Alden Clarke

Divisando la Luna

(La Montaña Quemada)

Divisando la Luna (La Montaña Quemada)
Alden Clarke
1ª edición

No. de Registro: 03-2023-062210164700-01
ISBN: 9798262388363

© 2025 Perro Prieto Productions
www.aldenclarke.com

Diseño de portada: Nydia Lilian, Arturo Campos
Edición de texto: Soni Conde, Enrique González
Arte del libro: Anze Ban V.

JURAMENTO HIPOCRÁTICO (500 a.C.)

Juro por Apolo médico, por Esculapio, Hygia y Panacea, juro por todos los dioses y todas las diosas, tomándolos como testigos, cumplir fielmente, según mi leal saber y entender, este juramento y compromiso:

Venerar como a mi padre a quien me enseñó este arte, compartir con él mis bienes y asistirle en sus necesidades; considerar a sus hijos como hermanos míos, enseñarles este arte gratuitamente si quieren aprenderlo; comunicar los preceptos vulgares y las enseñanzas secretas y todo lo demás de la doctrina a mis hijos, y a los hijos de mi maestro y a todos los alumnos comprometidos y que han prestado juramento según costumbre, pero a nadie más.

En cuanto pueda y sepa usaré las reglas dietéticas en provecho de los enfermos y apartaré de ellos todo daño e injusticia.

Jamás daré a nadie medicamento mortal, por mucho que me soliciten, ni tomaré iniciativa alguna de este tipo; tampoco administraré abortivo a mujer alguna. Por el contrario, viviré y practicaré mi arte de forma santa y pura.

No tallaré cálculos, sino que dejaré esto a los cirujanos especialistas.

En cualquier casa que entre, lo haré para bien de los enfermos, apartándome de toda injusticia voluntaria y de toda corrupción, y principalmente de toda relación vergonzosa con mujeres y muchachos, ya sean libres o esclavos.

Todo lo que vea y oiga en el ejercicio de mi profesión, y todo lo que supiere acerca de la vida de alguien, si es cosa que no debe ser divulgada, lo callaré y lo guardaré con secreto inviolable.

Si este juramento cumpliere íntegro, viva yo feliz y recoja los frutos de mi arte y sea honrado por todos los hombres y por la más remota posteridad. Pero si soy transgresor y perjuro, avéngame lo contrario.

LOS DIEZ MANDAMIENTOS HIPOCRÁTICOS

I
Preservarás la vida a toda costa

II
No causarás daño

III
Procurarás la humildad y el espíritu de servicio

IV
Hablarás con autoridad y amabilidad al paciente

V
*Tratarás a todo paciente por igual, sin importar sexo,
raza, religión, o estatus social*

VI
*Delegarás tu paciente a un médico mejor capacitado
cuando tu habilidad sea superada*

VII
Hablarás con la verdad a tu paciente

VIII
Llevarás un estilo de vida saludable

IX
Respetarás a tus colegas y no hablarás mal de ellos

X
Guardarás el secreto médico con recelo

Yo acepto el legado eterno de los hijos de la luz.
Yo acepto el legado eterno de los hijos de la luz.
Yo acepto el legado eterno de los hijos de la luz.
Yo acepto el legado eterno de los hijos de la luz.
Yo acepto el legado eterno de los hijos de la luz.

ÍNDICE

PRÓLOGO

"*Divisando la Luna*" nos presenta a "*Jaguar*" como guía espacial entre viajes oscilatorios de lo micro a macro-cósmico: *mental, álmico, físico y espiritual.*

Como lectora viajante, encontré en cada paso de *Jaguar*, esencia infinita divina, animal y humana, ser y estar con él, los seres que más ha amado, algunos familiares y Diana, cómplice de su viaje al interior.

Esta novela es un portal abierto para los sentidos extra temporales, y así poder sentir en cada capítulo las aventuras, los duros golpes de la vida personal de *Jaguar* en su versión más vulnerable, y cómo en él mismo encuentra las respuestas a sus más profundas incógnitas acerca de la fuente inagotable de salud integral.

¿Cuántas veces nos hemos preguntado lo mismo cuando enfermamos?

Jaguar también te hace partícipe de su conexión natural, en los lugares y rincones de sus viajes, contratiempos y percances, desde un consultorio médico psiquiátrico al desierto, selva, montaña, bosque y playa.

En lo personal, comparto que llegaron momentos en los que mimeticé, observé, escuché, y sentí las vivencias de este excelente guía cósmico, que comienza "*Divisando la Luna*" en todas sus fases de luz y sombra para llegar al más infinito y luminoso sol de su interior.

Erika Merari, Locutora y Comunicóloga

PRIMERA PARTE

"Es una trascendencia que pertenece a un orden distinto del humano y que, sin embargo, puede estar presente en nosotros como una inminencia sentida, como una participación experimentada. Saber es darse cuenta, siempre, de la realidad total en su diferenciación inmanente; darse cuenta de ello y, aun así, permanecer en condiciones de sobrevivir como animal, de pensar y sentir como ser humano, de recurrir cuando convenga al razonamiento sistemático. Nuestra finalidad es descubrir que siempre hemos estado donde deberíamos estar."

(Aldous Huxley)

I. Los sueños que hemos olvidado

"¿Qué es la vida? Un frenesí
¿Qué es la vida? Una ilusión,
Una sombra, una ficción;
Y el mayor bien es pequeño;
Que toda la vida es sueño,
Y los sueños, sueños son."

(Pedro Calderón de la Barca)

Estaba a punto de convertirme en un científico dedicado a adentrarse en uno de los misterios más grandes del universo: *la mente humana*.

***

Desde que tengo uso de razón, yo siempre había querido ser doctor. Desde pequeño, mi único sueño era el de curar enfermos. Mientras que la mayoría de los niños soñaban con ser bomberos, policías, o futbolistas, la única imagen que tenía en la cabeza era yo de adulto, vistiendo una bata blanca y con un estetoscopio colgado alrededor del cuello.

Durante la infancia, mis padres me rodearon de un entorno que alimentó el sueño de querer convertirme en médico. Me compraron algunas enciclopedias cuando ya había comenzado a aprender a leer. En esas páginas, tuve mis primeros fascinantes encuentros con la biología, con la geografía, la astronomía y otras ciencias. Cuando pude discernir entre las diferentes palabras y descubrir lo que cada una de ellas representaba, el mundo se transformó en un lugar inmenso y lleno de misterio. Los juguetes que mis padres me regalaron fueron los que típicamente le

23

comprarías a un niño normal, pero acompañado de sus esporádicas excentricidades debido a mi inclinación por la profesión de doctor.

Recuerdo que en una Navidad en particular, mis padres me regalaron un pequeño estetoscopio de juguete que hacía juego con una pequeña bata blanca. Jugaba a imaginar que atendía a mis papás en un consultorio. Primero, me colocaba los auriculares del estetoscopio en los oídos, estos formaban una 'U' y desembocaban a la mitad para unirse con un tubo delgado hacia la parte que sostenía una pequeña campanilla color metálico; la parte que se usa para auscultar y revisar a los pacientes.

Luego, procedía a poner la campanilla sobre el pecho de mi madre.

"Lub-dub, lub-dub, lub-dub, lub-dub. Tu corazón se escucha bien, mamá. Vivirás por muchos años."

Otro regalo que me compraron, esta vez para un cumpleaños, fue un juego de mesa muy de moda en aquel entonces llamado 'Operando', juego en donde el objetivo principal era el de extraer los supuestos órganos del cuerpo de un hombre muy *mono* y con una nariz que se tornaba roja cada vez que alguien fracasaba en la misión de extraer dichos órganos sin tocar algún borde de los orificios del paciente.

Además, cuando alguien fracasaba en la operación, el juego de mesa daba una especie de descarga eléctrica a través de unas pinzas que se utilizaban para llevar a cabo el procedimiento 'quirúrgico'. Años después, me di cuenta de que estas 'descargas eléctricas' eran solamente un efecto de vibración generado por algún mecanismo escondido en el interior del juego de mesa.

Me volví todo un experto en 'Operando'.

"Mira mamá, ¡ya le operé los riñones y no se murió el paciente!"

Crecí en un hogar completamente conservador y cristiano durante la infancia. De niño, me fascinaban las historias de la Biblia, especialmente las de Jesucristo, el más grande médico de cuerpos y almas que ha existido.

Durante los años de secundaria y de preparatoria, mi vista seguía fija en la meta; estudiar la noble carrera de médico cirujano y partero. En los años de preparatoria, disfruté mucho las materias de biología y química. Para mí, llegar a saber cómo funcionaba el cuerpo humano era el equivalente a un mecánico destapando el cofre de un auto para descubrir su motor, su sistema hidráulico, así como el sistema eléctrico y demás piezas.

Al llegar el tiempo de dejar la comodidad de mi hogar para finalmente ir a la universidad, tuve la buena fortuna de aprobar el examen de admisión para la carrera de Medicina de una prestigiosa y reconocida escuela que se ubicaba en el noreste de México.

Había logrado el primer peldaño para alcanzar lo que siempre soñé desde niño. Este fue uno de los pasos más importantes para mí, así como también, un gran orgullo para mis padres.

Durante el tiempo en la universidad, me obsesioné con las series médicas como *E.R.* y *Grey's Anatomy*. Hasta el sarcástico *Dr. House* era de mi personal agrado. Todos estos programas de televisión alimentaban el gran sueño de querer convertirme en doctor. A veces, fantaseaba con estar en un *set* de televisión, interpretando a un doctor en alguna sala de urgencias, dándole RCP (reanimación cardiopulmonar) a un paciente que acababa de llegar con un infarto al corazón.

Lo había memorizado a la perfección.

"Preparen el desfibrilador. Yo inicio compresiones. ¡Rápido! Enfermera, por favor, ábrame una vía en caso de que tengamos que administrar algún fármaco."

Me apasionaba intervenir en los procedimientos médicos que estaban dentro de mis capacidades poder aprender. Los libros de Medicina se convirtieron en mis cánones.

Durante los últimos años en la universidad, conocí a la chica de mis sueños. Se llamaba *Miztli*, una belleza sinaloense de piel clara, de ojos rasgados y con una magnífica melena, quién en poco tiempo se convirtió en mi novia y posterior a eso, en mi esposa. Desde nuestra primera cita romántica, hubo una química increíble y nos enamoramos perdidamente. No nos dejamos de ver en absoluto desde aquel primer momento en que nos vimos, y en un año y fracción, terminamos por casarnos. Todo esto sucedió mientras yo cursaba el penúltimo año de la carrera de Medicina, conocido como el año de 'internado', año en el que los médicos en formación realizan sus prácticas intrahospitalarias, haciendo rotaciones por las diferentes especialidades.

Miztli venía detrás pisándome los talones, pues ella llevaba algunas materias de sexto y octavo semestre. Siendo un matrimonio joven, nuestro primer reto mayor fue durante el año de mi servicio social.

Fui asignado como médico general a una pequeña comunidad llamada El Madroño, ejido ubicado en la parte norte de la Sierra Madre Oriental; región geográfica que forma parte de una gran cordillera con la característica de tener enormes e imponentes montañas, grandes valles y barrancos muy profundos. El Potosí, una montaña que posee la altura de aproximadamente 3700m sobre el nivel del mar, es el lugar más alto e imponente de dicha sierra. En contraste, El Madroño se encuentra a unos modestos 1240m de altura. Esta comunidad se ubica como a cuarenta kilómetros de la carretera principal, siendo Iturbide la cabecera municipal de dicho ejido.

Ese año estuve a cargo de un viejo, destartalado y despintado consultorio médico; techo de color rojizo pálido y paredes de color hueso desvanecido. Eso sí, era firme como una roca. Unas grandes ventanas de madera en la cara anterior y lateral se abrían hacia arriba y hacia afuera. En la parte posterior del edificio también había varias ventanas que eran de vidrio y que permitían la entrada a la luz solar. La construcción estaba dividida en tres compartimentos: *sala de espera, el consultorio y un área de descanso*. La puerta principal, hecha de metal y con un vidrio grueso en la parte superior, daba al área más amplia que era designada como la sala de espera y atención primaria. Ahí me acostumbré a tomar los signos vitales de mis pacientes; durante el año entero me tocó llevar a cabo el trabajo de enfermería ya que no conté con este apoyo. El espacio para la consulta médica consistía de un enorme escritorio, varios estantes de metal para el acomodo de los medicamentos y una vitrina oxidada que daba tanta lástima con el simple hecho de verla. En dicha vitrina había dos equipos de sutura, material de curación, varias pinzas y otras herramientas quirúrgicas. El último cuarto era un dormitorio-bodega-cocina en donde había una cama sencilla con un colchón en tan pésimo estado que era preferible tener un catre, una cocineta portátil conectada a un pequeño tanque de gas, así como también algunas cajas de medicamento sobrante que ya no cabía en los estantes del consultorio. En este cuarto también había un baño rústico con su respectiva regadera. Cabe mencionar que carecí de agua caliente durante el año entero.

En el primer día del servicio social, como en forma de bienvenida *cósmica*, me encontré con una serpiente color verde y café, de mediano tamaño y deslizándose sigilosamente justo enfrente de la puerta principal de mi consultorio médico.

Justo en ese momento, la melodía del trovador *Silvio Rodríguez* comenzó a sonar en mi cabeza mientras le daba estocadas rítmicas al inoportuno visitante con una vieja escoba.

"Sueño con serpientes,
Con serpientes de mar,
Con cierto mar, ay, de serpientes sueño yo.
Largas, transparentes,
Y en sus barrigas
Llevan lo que puedan arrebatarle al amor."

"¡Vaya bienvenida! Tan cerca de Dios pero tan lejos de ti, Miztli."

Aquel año fue un año emocionalmente agotador, tanto para ella como para mí. Éramos jóvenes, estábamos recién casados, y lo único que queríamos era estar juntos. Sentímos, con agudeza, el dolor que solamente sienten los amantes, ese dolor de la distancia, ese dolor de la separación; el deseo desgarrador de querer sentir la piel de la amada y el anhelo de estar enredados como parras entre nuestros brazos. Nos vimos en doce ocasiones durante el año de mi servicio social; un fin de semana por mes. Esto, sumado a dos semanas de vacaciones, una semana durante los primeros seis meses y la otra en alguna ventana dentro de la segunda mitad del servicio. Sentí que fue como irme a la guerra. Este soldado se encontraba lejos de su prometida. El pez estaba fuera del mar. El poeta se hallaba lejos de su musa.

A pesar del reto de la distancia, la vida parecía sonreírnos de oreja a oreja. A pesar de aún no tener una remuneración justa, en cierto sentido, ya estaba viviendo mi más anhelado sueño; ejercer la profesión de médico. Además, me había casado con una hermosa mujer, también pronto a ser doctora. Todo se veía linealmente organizado y armonioso en nuestro pequeño universo. El plan era concluir el servicio social, graduarme, y entonces estaría listo para enfrentarme a la vida con todas las ganas del mundo. Todo estaba planeado a la perfección.

Al finalizar mi año de servicio en la Sierra Madre Oriental, *Miztli* y yo nos mudamos a Monterrey, la ciudad de las montañas. Ahora le tocaría a ella iniciar sus últimos años de prácticas médicas.

Ella estaba iniciando su internado en el 'Hospital General de Zona No. 33', un hospital de gobierno y de enseñanza de alto nivel. Yo había encontrado un trabajo como médico general en un consultorio-farmacia de veinticuatro horas que se hallaba al norte de la ciudad en las afueras de la metrópoli, ubicado cerca de una fábrica de Hershey's. Se llamaba 'Centro Médico Maranatha' y el dueño del consultorio era el Dr. Bullón. Como jefe, era amable pero firme; un médico con amplio conocimiento clínico. Aprendí mucho bajo su tutela, y gran parte de lo que sé referente a mi profesión, especialmente en el área clínica, se lo debo a él.

La vida parecía ir viento en popa para nosotros. *Miztli* y yo estábamos listos para enfrentarnos al mundo.

***

La narración de mi travesía inicia a partir de este momento...

Viajé a la Riviera Maya a principios de un azulado invierno. Era la primera parada de varios destinos que me había propuesto visitar. Me encontraba en Playa del Carmen. Pensándolo bien, fue algo perverso de mi parte volver al lugar en donde *Miztli* y yo habíamos celebrado nuestra luna de miel. Quizás volví a este lugar en busca de alguna pista que dejamos tirada en el camino. Tal vez, entre las cenizas y los restos de nuestros sueños y planes consumidos por el fuego de un joven y estúpido amor, yo encontraría los votos y las promesas que alguna vez nos hicimos. Me esperanzaba en encontrar flotando en el mar, una máquina de tiempo portátil que nos pudiera regresar a los días en donde una vez fuimos felices. En una ingenua fantasía, imaginaba con encontrarme de frente a *Miztli* en la playa, cara a cara otra vez, ambos con los pies descalzos y arenados. Ella y yo con una búsqueda en común; un paraíso que una vez tuvimos y luego que perdimos para siempre.

Como para sumergirme de lleno en una profunda y enfermiza nostalgia, hasta me quedé en el mismo hotel de aquella vez de nuestra luna de miel. Era un hotel llamado 'El Campanario' que está ubicado frente a una iglesia católica y cerca de la famosa Quinta Avenida. Incluso le pedí a la recepcionista si me podía hospedar en el mismo cuarto en el que nos quedamos en aquella ocasión.

La vergüenza de semejante morbo me ganó.

"Pero, ¿qué diablos pasa contigo? ¡Me das asco! Eres un pervertido. Acéptalo ya, cabrón. Aquí no hay nada más para ti."

Me encontraba frente al espejo del baño hablando solo, uno de los primeros indicios de que me estaba volviendo loco. Además, me perdía completamente en pensamientos obsesivos sobre lo que pudo haber sido, en recordarlo todo y en pensar en qué pude haber hecho diferente para que ella estuviera aún a mi lado. Aquí me encontraba, reviviendo fantasmas del pasado, sumergido de lleno en una patética nostalgia, con el anhelo obsesivo de un ayer que ya se había evaporado por completo. No ocurre nada bueno cuando vuelves a sacar los esqueletos que ya se habían guardado bajo llave dentro del armario.

Decidí dar un paseo. Tomé la calle 12 Norte con dirección al mar. Esta cruza perpendicular a la Quinta Avenida. La calle se convierte en un pequeño callejón que salta a la calle 1 Avenida Norte, y justo ahí a mi lado derecho, se encontraba el 'Blue Parrot', centro nocturno en donde había ocurrido una tragedia hace algunos años y que aún permanecía clausurado.

Era la última tarde que yo tenía planeado pasar en Playa del Carmen, por lo que decidí caminar por la costa nuevamente, primero con rumbo al norte en donde se encuentra un gran muelle de cemento sobre el cual se puede caminar hasta topar con el mar Caribe. Cuando terminé de recorrer la playa que se extiende más allá del muelle, volví en dirección hacia el sur, cruzando una vez más por aquel muelle y pasando nuevamente por algunos imponentes edificios hoteleros. El sol iba cayendo cada vez más en el poniente. Llegué justo antes del atardecer a la plaza en donde está erigida una estatua que se conoce como 'El Portal Maya'. Esa tarde había más gente reunida de lo normal. Al acercarme, me di cuenta del por qué.

Resulta que los Voladores de Papantla tenían su espectáculo de los hombres pájaros en pleno vuelo (juego de palabras intencionado). Con una indumentaria muy colorida y peculiar, ostentaban unos pantalones rojos claros, una camiseta blanca lisa y un gorro multicolor con un plumaje artificial del cual también colgaban múltiples listones sobre sus espaldas. Cinco voladores estaban sentados sobre un poste grueso de madera que medía como unos diez metros de altura; parecido a un palo tótem con escalones de madera clavados a un lado para poder subir.

En la parte superior del poste, estaba construido una especie de marco simétrico en forma rectangular en el que los hombres pájaros, sentados hacia adentro, se preparaban para el siguiente descenso a la tierra. Cuatro de ellos llevaban una soga individual y la amarraron estratégicamente alrededor de las partes del cuerpo en donde necesitaban hacerlo para así poder llevar a cabo el vuelo con éxito. Eran cuatro los guerreros emplumados que descenderían en espiral mientras que uno de ellos permanecía en el centro del tronco, en el mero ápice, tocando un tambor prehispánico a un ritmo constante e hipnótico. Al dejar de sonar el tambor por un momento, sobrevino un breve silencio; este era el llamado para que los hombres pájaros comenzaran a descender.

De repente, el hombre que permanecía en el centro volvió a tocar el tambor enérgicamente, y al son de este ritmo, los otros cuatro voladores se dejaron caer de espaldas al vacío, soltándose mientras la estructura de madera comenzaba a girar en espiral a una velocidad vertiginosa, hasta que finalmente llegaban a tocar tierra firme.

Esta danza me alegró el corazón roto.

"Aquí está la magia. Cuando los hombres pájaros vuelan y nos dicen que nosotros también podemos."

Me quedé hipnotizado viendo varios descensos antes de volver al hotel; completamente absorto por este ritual. Fue la primera vez que lo pude presenciar en vivo. Me sentí afortunado de poder contemplar una danza que se remonta a épocas antiguas prehispánicas. Esto era una parte de la magia de México; danza, ritual, y hombres emplumados.

Mientras intenté inútilmente de buscar una buena razón para quedarme unos días más, terminé aceptando el hecho de que Playa del Carmen ya no tenía nada más que ofrecerme; fantasmas del pasado nada más.

Siendo completamente honesto conmigo mismo, sentía que tanto Cancún como Playa del Carmen habían perdido su encanto caribeño. Las playas eran lo único que aún se rescataba. En los años recientes, todo lo demás se había convertido en un gran *catering* para el típico turista americano. Eso del 'todo pagado' no iba bien conmigo. Me gustaba conocer a fondo la cultura y las costumbres de los lugares que visitaba. No me era posible conocerlas por completo sin explorar de lleno la gastronomía local, sin visitar los mercados o los kioscos, y sin caminar por sus calles; eso nunca me lo iba poder ofrecer un 'todo pagado'.

La Quinta Avenida que alguna vez fue especial, terminó mutando en un gran centro comercial a la orilla del mar. Donde antes podías encontrar negocios locales de comida típica de la región, restaurantes artesanales, así como puestos de productos y arte indígena mexicana, todo esto se *catafixió* por tiendas departamentales como *Victoria Secret*, *American Eagle, Banana Republic*, entre otros.

Me hacía preguntas retóricas a las que ya sabía la respuesta.

"¿Qué hago aquí? ¿Qué hago aquí acostado en la misma cama en donde alguna vez Miztli y yo hicimos el amor?"

Durante la universidad, los maestros trataron de inculcarnos la observación constante como herramienta para el ejercicio de la profesión médica. Esto es de crucial importancia al momento de realizar diagnósticos de todo tipo de enfermedades. Mientras en mejor observador te vuelves, en mejor doctor te conviertes. Esto es un hecho.

Siguiendo dicho consejo, volteé el foco de atención hacia el interior, me observé detenida y dolorosamente hasta quedar completamente asqueado de mi persona.

Decidí justo en ese momento terminar con los anhelos *emo* y nostálgicos, también con mis patéticos lamentos de perdedor. Empaqué las pocas pertenencias que cargaba conmigo y me fui caminando a la terminal de autobuses de Playa del Carmen que se encontraba a unas cuadras de 'El Campanario'.

Aún me encontraba a buen tiempo para salir hacia el siguiente destino: *Tulum.*

***

Si me preguntas qué es lo que más amo de Tulum, tendría que contestar sin duda alguna, que el color del mar. Es inútil intentar describirlo a otra persona; ni una fotografía le haría justicia a lo que pueden ver tus propios ojos porque su mar oscila entre un azul turquesa y un verde esmeralda. Quizás te pudieras hacer una vaga idea del espectro de colores que te esperarías encontrar, pero hay algo en el movimiento de las olas, algo en los colores naturales de la arena y las formaciones rocosas de la costa, el arrecife y el juego incansable de los rayos del sol; todo esto en conjunto, lo hace indescriptible. Incluso la formación de nubes o en su debido caso, la ausencia de estas mismas, tiene un efecto sobre el color del mar Caribe.

Cualquier monje budista *zen* diría lo siguiente:

"*No hay mar sin su horizonte. No hay tierra sin su cielo. El uno no puede existir sin el otro.*"

Cada vez que visito Tulum, acostumbro a rentar una bicicleta e irme pedaleando hasta dar con la costa. Si sigo derecho por la Avenida Coba, calle principal que da con la costa, llego a una 'T'. Si volteo a mano izquierda, llego a unas ruinas arqueológicas que están a la orilla del mar. Es el imponente sitio maya de Tulum que presume orgullosas construcciones de piedra ancestral erguidas sobre el mar caribeño. Ver las olas por debajo de este sitio junto con el verdor efervescente de las iguanas, aunado a la mística de la historia del antiguo mundo, le agrega un toque preciso de surrealismo y ensueño a esta concurrida atracción turística internacional.

Si en cambio en la 'T' doy vuelta hacia mi mano derecha, termino por arribar a la zona hotelera, que ofrece una amplia gama de opciones para instalarse a tan solo unos escasos metros de la playa; para disfrutar de amaneceres y puestas de sol inolvidables. En Tulum, se puede arribar a la costa un poco antes del atardecer; los fotógrafos lo llaman 'la hora dorada'. Se puede llegar empapado de sudor, quitarse las sandalias y comenzar a caminar por la costa entre las aguas del mar verde azul esmeralda. Se puede pasar cerca de unas grandes rocas en forma de tortuga gigante. Mientras los pies mojados van pisando la suave arena de una de las playas más hermosas que existen, quizás no quede más que voltear hacia el horizonte y quedarse estupefacto ante un atardecer donde el cielo se ve teñido de naranja y rosa, combinando perfectamente con el brillo de esmeraldas verdes luminiscentes sumergidas en las aguas distantes; el gran 'güero' despidiéndose en todo su esplendor.

Si se decide seguir caminando, quizás se pudiera ver a un par de amantes a unos escasos metros de uno, fundidos en un abrazo amoroso, haciendo justamente lo mismo que los demás turistas presentes; observando maravillados con la vista fija al horizonte disfrutando del *show* de luces.

Se puede definir ese preciso momento como uno en el que Dios está jugando a ser pintor. Es posible llegar a sentir que el tiempo pareciera detenerse. Si se tiene la suerte, se pudiera ver venir desde lo lejos en forma de nubarrones grises, el presagio de unas lluvias; en ese momento, decidir retirarse en busca de protección o esperar la tormenta pacientemente y rendirse ante lo inevitable. Pudiera uno no tener un refugio cerca y en ese momento decidir reír y aceptar la inevitable situación, quedándose uno justamente en donde se está. Si se tiene paciencia y se espera un poco a que pasen las lluvias, después de la tormenta viene la calma, y se podría tener la oportunidad de ver un arcoíris suspendido en altamar, asomándose detrás de unas nubes que se van disipando poco a poco.

Eso sí que sería una dulce promesa.

"Estará el arco en las nubes, y lo veré, y me acordaré del pacto perpetuo entre Dios y todo ser viviente, con toda carne que hay sobre la tierra."

(Génesis 9:16)

II. Mi casa es el mar

"El mar se mide por olas,
El cielo por alas,
Nosotros por lágrimas.
El aire descansa en las hojas,
El agua en los ojos,
Nosotros en nada.
Parece que sales y soles,
Nosotros y nada..."

(Jaime Sabines)

Imaginen esto por un momento.

Imaginen que lo tienen todo.

Todo lo que siempre han querido, todo lo que han anhelado, lo que han deseado; sus sueños más preciados. Todo por lo que han luchado durante una vida entera, lo han logrado. Esas cosas, algunas tangibles, otras no tanto, pero que les acelera el ritmo de su corazón. Traigan a su mente eso que más aman, eso que les apasiona y les llena el alma, eso que les da propósito a sus vidas. Visualícenlo. Puede ser una persona, sus metas o sueños. ¿Lo tienen? Cierren sus ojos por un momento si necesitan hacerlo.

Tomen su tiempo.

Ya que lo hayan definido bien y le hayan dado forma, imagínense ahora que esa persona o esos logros en su vida, ¡*pum*!, les son arrancados abruptamente de las manos, en un chasquido de dedos, en un abrir y cerrar de ojos, en un rápido pestañeo mortal; un cambio radical e irreversible. Que aquello que te hacía tan feliz, lo que te llenaba de una razón para vivir y un propósito por el cual levantarte por las mañanas, ya no existe más.

¿Cómo se sentirían?

¿Qué es lo que harían?

Esto fue lo que me sucedió en un rápido suceso de eventos. En resumidas cuentas, el tapete de la realidad sobre el cual me encontraba parado fue violentamente arrancado de debajo de los pies.

Perdí el balance.

Sucumbí.

Comencé a caer en espiral sin detenerme; como *Alicia* por la madriguera. Perdí las dos cosas que más amaba en la vida; mi mujer y la práctica médica. Todo esto ocurrió como en un efecto dominó.

Comprobé en carne propia que tarde o temprano, las cosas tienden a caer por su peso. A pesar de que *Miztli* y yo nos amábamos apasionadamente, la separación fue inevitable.

Recuerdo lo último que me dijo.

"Es que no veo un futuro contigo, cariño. No te veo llegando a ningún lado."

Esas palabras punzocortantes aún resuenan en mi cabeza hasta el día de hoy. Con eso, *Miztli* saltó del barco y se fue para no volver jamás. Nuestro hogar se derrumbó sin dejar huella alguna. Esto fue un duro golpe para mi ego, pues yo me consideraba un buen partido. Además, pensé que nuestro amor era sólido y duradero. Ella vio en mí, algo que la hizo decidir ya no seguir al lado de la persona a quien alguna vez había jurado amar por siempre. Después de ese trago amargo, me quedé solo como náufrago en altamar.

***

No fue amor a primera vista.

Cuando nuestros caminos se cruzaron, fue algo completamente *random,* un encuentro al azar, pero dicen los que saben, que *nada es casualidad* en esta vida. Dicen que las personas que entran a nuestras vidas tienen un por qué, una razón de ser. Aunque no lo comprendamos justo en ese momento, el tiempo nos va dando todas las respuestas del por qué suceden los encuentros y las situaciones particulares de nuestra historia.

Algunos lo llaman coincidencia, otros, destino. Son las dos caras de la misma moneda.

En lo personal, Tulum se había convertido en una especie de retiro predilecto, un lugar lejos del bullicio de la ciudad de las montañas. Había visitado este pequeño paraíso caribeño ya en varias ocasiones, y me sentía muy a gusto cada vez que lo hacía. Tulum aún conservaba su magia, misma que Playa del Carmen y Cancún habían perdido hace ya varios años. Había visitado la ruina maya que está situada a la orilla del mar un par de veces ya. El lugar parece ser una reserva natural para las iguanas de la localidad porque había muchas de esas criaturas verdes paseándose en el perímetro del sitio arqueológico ambas veces que había ido yo. Había rentado una bicicleta y me había paseado por la costa y por el pueblo. Hasta tuve la oportunidad de visitar un par de cenotes ubicados en la proximidad. A recomendación de uno de los locales, descubrí uno de los mejores cocteles de camarón y tacos de pescado en un modesto restaurante de mariscos ubicado sobre la Avenida Coba llamado 'El Dorado'.

El último día que estuve en la Riviera Maya, le hablé por teléfono a un amigo que era DJ de profesión, entre otras ocupaciones. Procuraba saludarlo siempre que llegaba yo de visita a Tulum.

Cuando le marqué a su celular, me contestó.

–¿Qué *onda*, hermano? ¿Cuándo llegaste? Sí, mira, unas amigas y yo iremos a la playa a pasar la tarde. Estás invitado. Puedo pasar por ti primero ya que ando cerca del centro.

Me pareció buena idea acompañarlos, pues ya no tenía planes para ese día. Todos mis caprichos turísticos habían sido llevados a cabo con gran éxito.

–Llego en un par de horas –me terminó diciendo.

Como habíamos acordado, el DJ pasó por mí al hotel en un auto de color rojo y luego fuimos a buscar a sus amigas. La primera amiga por la que pasamos se llamaba Diana, una morenita de fuego con aires de misterio y con los ojos escondidos detrás de unos lentes oscuros. Vestía una indumentaria *hippie* y unas sandalias color café. Diana y el DJ se abrazaron como si no se hubieran visto en años. Fue un abrazo más prolongado de lo normal. Me pareció tierno y sonreí sigilosamente.

Dirigiéndose a Diana, el DJ le dijo:

—Mira, te presento a un amigo, se llama *Jaguar*. Está de visita en Tulum por unos días.

Mi amigo leía el horóscopo maya. Una vez le pedí que leyera el mío y terminó diciéndome que mi *animal de poder* era el jaguar. Desde ese entonces él me llamaba así.

Diana y yo nos saludamos sin más ni menos. No pude observar sus ojos, pero su sonrisa radiante fue muy cautivadora. Su piel de *princesa* mexicana brillaba bajo el sol del Caribe. Todo en Tulum parecía más brillante de lo ordinario. Ella se subió al auto del DJ y se puso cómoda en el asiento de atrás, pues yo iba sentado en el asiento del copiloto.

Diana habló, dirigiéndose a mí.

—Hola turista, bienvenido a Tulum. Y dime, ¿cuál es tu *medicina*?

Volteé a ver a Diana un tanto perplejo. No supe a lo que se refería.

Diana intentó iniciar la conversación casual una vez más.

—Bien, ¿qué te parece Tulum, *Jaguar*?

Esta vez, pude seguirle el hilo y contestar.

—¡Oh! Es un paraíso —le respondí—. El color del agua es muy hermoso. Es como si hubiera salido de un sueño.

—El arrecife es lo que le da el color —intervino el DJ.

Noelia, la otra amiga del DJ, caminaba campante por la banqueta de Avenida Coba comiéndose un helado, cuando la interceptamos. Mi amigo se orilló y detuvo el vehículo para que la última pasajera se pudiera subir.

Noelia era de nacionalidad argentina. Ella era alta y delgada, rubia de ojos azules claros y con el cabello hasta los hombros. Nos saludó a todos amablemente. Ahora sí estábamos listos para dirigirnos a la playa.

Llegamos a la zona hotelera en donde había un aumento notorio de construcción de hoteles y hostales, en proceso. Esto era un obvio llamado para el turismo internacional, así como también para el turismo local, sin embargo, un tanto menos para este último.

El poder adquisitivo del dólar era un factor que pesaba en estos lugares.

Nos detuvimos finalmente en un lugar llamado 'Dos Ceibas', una instalación hotelera situada en la orilla de la playa, rodeada de palmeras y chozas. La vista hacia el mar era algo espectacular. Cuando ya nos habíamos acomodado, se nos acercó un mesero y todos pedimos algo de tomar. Ordené una piña colada virgen con dos cerezas. Después de estar bien instalados en la playa debajo de una pequeña palapa y ya que cada quién había terminado su respectiva bebida, no tardamos mucho en meternos al agua para darnos todos una bien merecida refrescada en el mar Caribe. Era una tarde ideal para darse un buen chapuzón. Mi amigo y Diana platicaban efusivamente mientras 'surfeaban' las olas que iban y venían. Noelia se bañaba en modo *topless* quitada de la pena. Sus pequeños pechos y pezones rosas combinaban perfectamente con la estética de su delgado cuerpo de modelo. Ella disfrutaba de las olas del mar, totalmente sumergida en el momento. Noelia reía como una niña pequeña. Fue algo asombroso de observar; el nivel de desinhibición que portaba esta güera.

Yo también disfrutaba del mar Caribe, un tanto alejado del grupo, nadando y flotando, sumergiéndome por debajo de las olas cada vez y cuando. Tragué agua salada en un par de ocasiones y en una voltereta por debajo de una gran ola, terminé perdiendo los lentes oscuros que traía puestos cuando el mar me tumbó y revolcó en el piso del océano.

Después de terminar de disfrutar de una buena nadada, nos fuimos a descansar de nuevo bajo nuestra palapa. El mesero se volvió a acercar y aprovechamos para encargar otra ronda de bebidas. Esta vez, pedí una limonada. Noelia era la única que seguía adentro del mar.

Intenté iniciar conversación casual.

–¿Y en dónde vives? –le pregunté a Diana.

–¿Te refieres a que si soy turista? –me contestó sonriente–. Vivo con un amigo en el espesor de la jungla como a doce kilómetros de Tulum. Tengo un año viviendo aquí, pero en realidad soy originaria de Guanajuato.

Noelia aún estaba sumergida en su propio mundo; parecía una sirena. El DJ y Diana no dejaban de chismear. Me sentía como el chico nuevo, el chico raro del grupo. No obstante, yo estaba contento de estar acompañado esa última tarde, pues mis viajes solían ser en solitario, a veces con interacciones sociales casuales o con algún encuentro amoroso fugaz también de índole superficial; lo que los gringos llaman una *one-night stand*.

Desde mi divorcio, había evitado todo lo posible por comprometerme emocionalmente y por intimar con otras personas, independientemente si eran hombres o mujeres. Sin embargo, esto me estaba carcomiendo por dentro, pues los seres humanos tendemos a ser criaturas sociales por naturaleza. Tenemos la inherente necesidad de conectar a un nivel emocional con otros de la misma especie; esto genera un aporte monumental a la salud mental. Como doctor, esto lo sabía cierto, pues durante la carrera tomamos algunas clases de psicología. Yo había leído la literatura actual y en base a lo investigado, parece ser que la estructura social de cualquiera persona es de suma importancia, tanto en las buenas como en las malas. Funciona como una red de protección emocional. Si no nos protege por completo, por lo menos amortiguará los duros golpes de la vida.

***

El DJ, sus amigas y yo, regresamos rumbo al centro un poco antes del atardecer para que no se nos hiciera de noche. En Tulum el tiempo parece detenerse. Si te dejas llevar, los días se pueden convertir en semanas.

No creerán la tremenda *telenovela* que nos tocó vivir de regreso en el pueblo. Mi amigo hizo una parada en un supermercado, se bajó del auto y entró a la tienda para comprar unas chanclas, qué sé yo. Mientras tanto, Noelia, Diana y yo seguíamos conversando campante y esperado pacientemente. Después de varios minutos, el DJ salió del super y se volvió a subir al carro, pero justo antes de que lograra cerrar la puerta, una mano extraña lo detuvo en seco. Una chica pelirroja de baja estatura, salida de la nada y visiblemente enfurecida, le abrió la puerta a la fuerza y empezó a forcejear con él, intentando hacerlo bajar del automóvil mientras ella lo golpeaba simultáneamente.

Se llamaba Arco Iris y era la pareja actual del DJ.

—¡Alex! ¿Por qué? ¡Me dijiste que ya no me harías esto!

Mi amigo replico, diciendo:

—¡Arco Iris, tranquila! ¡Espérate! ¡Solo son amigas!

Desde donde estaba yo sentado, justo detrás del asiento del chofer (Diana ocupó el asiento del copiloto de regreso), vi todo el *desmadre* ocurrir en primera fila. La chica lo jalaba de las greñas al mismo tiempo que lo golpeaba desesperadamente, mientras el DJ se escabullía de sus manos, intentando con ligereza esquivar algunos golpes.

Al poco rato, Diana abrió la puerta y se bajó del asiento, rodeó el auto por la parte delantera y abordó a la chica, intentando calmarla.

—¡*Güey*, ya bájale! ¡Aquí no ha pasado nada! ¿No entiendes que él y yo nos amamos? Pero no es de la forma que tú crees.

–¡Cállate, Diana! –gritó amargamente, Arco Iris–. ¡Esto es entre este *cabrón* y yo! ¡Tú ni te metas!

Obviamente, esta intercesión no ayudó en nada a la situación. Solo sirvió, como dicen coloquialmente en México, para *echarle más leña al fuego*.

Arco Iris lloriqueaba colérica y frustradamente en respuesta al comentario emitido por la amiga del DJ, mientras seguía forcejeando con él; ella no sabía qué más decir. Su desesperación era más que evidente. El DJ ya no decía nada. Noelia no decía nada. Yo, mucho menos.

Después de varios minutos de haberse iniciado esta batalla campal en el estacionamiento de un centro comercial, al DJ se le 'encendió el foco' y decidió que sería mejor de que nos fuéramos para que él atendiera sus asuntos pendientes.

–Los veo después, banda –dijo derrotado.

Con eso nos despedimos, alejándonos a pie del supermercado y dejando a nuestro amigo atrás para que intentara desenredar su bronca.

Resulta que Arco Iris esperaba un bebé de mi amigo y él no sabía si quería hacerse responsable del embarazo o no. Aparentemente, esto era lo que tenía *encabronada* a la futura mamá, aparte de que el DJ se andaba paseando con otras chicas en la playa y Arco Iris reclamaba que él no hacía esfuerzo alguno por ponerse en contacto con ella ni de llevarla a sus citas médicas ni de acompañarla a realizarse los ultrasonidos. La relación de Arco Iris con mi amigo no era la mejor que digamos en estos momentos; la llegada de un bebé complicaría aún más la trama.

En un intento por olvidar lo sucedido, decidimos pasar por unas pizzas *gourmet* que Diana conocía. El lugar quedaba cerca del centro, igualmente cerca del hotel en donde me estaba hospedando.

Ya habíamos *hecho hambre*, pues una nadada en el mar más una dosis de drama puede abrirle el apetito a cualquiera. Llegamos a la pizzería y Diana ordenó dos rebanadas de champiñones con espinaca mientras que

Noelia y yo pedimos unas rodajas de tomate con acelgas. Después de habernos terminado las pizzas, regresamos al hotel en donde me hospedé.

Era temporada baja y teníamos el sitio solo para nosotros. Decidimos reposar la cena en el área *lounge* antes de despedirnos. Noelia sacó tabaco orgánico de su bolso, lo enrolló hábilmente en una *sábana* y lo encendió. Yo empecé a fumar un *porro* que me había obsequiado el DJ. Diana tomó varias semillas de cacao de su morral y las comió de postre; me compartió unas. Yo le compartí gustosamente el *toque* a estas dos mujeres. En estado *postprandial* (etapa posterior al haberse alimentado), en un hotel ubicado en la Riviera Maya, junto a un par de *diosas* y tener el lugar para nosotros solitos; no hay mucho más que un hombre pueda pedir.

Aunque a algunas mujeres les cuesta aceptarlo, la mayoría de los hombres somos animales sencillos por naturaleza.

Diana rompió el silencio.

–*Jaguar*, ¿puedo ver tus ojos? –me preguntó.

Volteé a ver tímidamente a esta hermosa morena de fuego, dibujando una sonrisa a medias en mi rostro.

–Si claro, ¿por qué? –pregunté ingenuamente.

–Pensé que te los había visto de un color distinto en la playa –contestó confiadamente–. ¿De qué color son?

–No sé, café claro, quizás. Mi madre me ha dicho que los tengo de color miel.

–Es verdad –afirmó Diana–. Parecen ser medios camaleónicos y de color miel.

Me sentí ligeramente intimidado ante la presencia de esta belleza *azteca*. Mientras ella me observaba fija y detenidamente, yo hacía lo mismo, dirigiendo mi mirada hacia los bellos ojos negros de una de mis acompañantes de la noche.

–Además –agregó Diana–, dicen que los ojos son las *ventanas* del alma.

Sonreí nuevamente, y en un tono menos poético, le contesté, diciendo:

–Pues, ¿sabían que estos dos orbes gelatinosos son utilizados por el cerebro para recoger la luz? No sabría decirles nada con respecto a eso, si son ventanas o no, pero lo que sí les puedo decir sin duda alguna es que, al atrapar nuestros ojos la luz, hay unas células llamadas fotorreceptores, unos 120 millones de ellas, la procesan, traduciéndolos en impulsos eléctricos nerviosos que el cerebro puede entonces interpretar y darle coherencia a lo que estamos observando en ese momento. Así es como ocurre la visión.

Diana se me quedó viendo como sorprendida. Yo pensé que estaba a punto de recibir un cumplido por la 'inteligente' aportación a nuestra conversación.

–¡Ay, *Jaguar*! –dijo abruptamente–. No le restes la magia a la vida. Así solamente arruinas el momento –y estiró una mano para tomar mi cabello y revolverlo infantilmente.

–Es verdad lo que dice Diana –agregó Noelia con serenidad–. Ustedes los médicos son muy mentales, muy analíticos. La vida no es mental. La naturaleza no es analítica. Al contrario, la vida es una gran proeza. La naturaleza es una poesía interminable. En fin, como dice uno de mis cantantes argentinos favoritos, "*la poesía es la única verdad.*"

Me sonrojé de inmediato. Mi tremendo *ego* había sido cacheteado con guante blanco, y es que Diana no dejaba de mirarme con sus ojos negros penetrantes, con un aire que pude deducir únicamente como de cariño, como un amor fraternal; a pesar de apenas habernos conocido el día de hoy.

–Bien, chico ojos de miel –concluyó Diana–, lo que puedo ver es que tu alma es monocroma en estos momentos. Verás, nuestras almas tienden a cambiar de color dependiendo de nuestros estados de ánimo, los niveles de estrés que manejamos, y de algunos otros factores. Un alma multicolor, por ejemplo, es una persona que está viviendo en plenitud, que se siente cómoda dentro de su piel y que está agradecida con todo lo que la vida le ha puesto en su camino. Un alma que no le teme a nada, un alma libre, un alma *arcoíris*.

Nos seguíamos viendo directo a los ojos. Los míos se habían humedecido discretamente por el comentario de Diana. Ella tenía razón. Mi alma era gris, o al menos así me sentía por dentro.

Ella preguntó:

–Dime, *Jaguar*, ¿de qué color es mi alma?

No le pude contestar. Lo único que vi al mirarle los ojos era un par de córneas, dos iris, sus respectivas pupilas y las conjuntivas oculares.

Diana fue la última en irse esa noche ya que Noelia se tuvo que ir un poco antes.

–Contáctame en unos días, *che* –le dijo Noelia a Diana, despidiéndose de nosotros–. Me siento con ganas de un muy merecido temazcal y una buena sesión de *bufo*. Tengo algunas cosas que necesito trabajar.

Noelia ya se había ido. La enigmática Diana y yo nos quedamos platicando un rato más. Teníamos algunos intereses en común. Últimamente me había interesado en la cultura de la psicodelia y a Diana parecía fascinarle también el tema. Ella me contó que en la selva en las afueras de Tulum había chamanes llevando a cabo ritos ceremoniales con plantas ancestrales psicoactivas con fines terapéuticos.

–¿*Xanga*? No, jamás lo había oído mencionar –le confesé–. Aunque sí conozco a lo que se refería tu amiga. *Bufo alvarius*, ¿cierto? Aunque el nombre correcto de ese sapo es en realidad, *Inciluis alvarius*. La sustancia activa que se encuentra en el veneno de ese sapo es la *5-MeO-DMT*, o *5-metoxi-dimetiltriptamina*.

Diana sonrió.

–Así es, *Jaguar* –y prosiguió en tono bromista–. Tú siempre tan científico, ¿verdad?

Le devolví la sonrisa con timidez.

Ella agregó:

–Yo lo llamo *medicina* y ya. No necesito saber su componente químico ni cuantos anillos de carbono tiene o no. Le encargaré esa tarea a ustedes los intelectuales, *Jaguarcito* –y me palmeó la espalda ligeramente para hacerme saber que seguía bromeando conmigo.

Diana me siguió contando sobre la *xanga*. Ella me decía que los chamanes locales eran como una mezcla entre curanderos, hierberos y psicólogos facilitadores. Llevaban a cabo ceremonias conocidas como temazcales y le daban de fumar la *medicina* a quienes querían. Algunas personas llegaban en busca de apoyo espiritual; hay quienes simplemente iban en busca del *turismo psicodélico*.

Diana continuó, diciendo:

–He estado en varias de las ceremonias como cantora. Es muy catártico, muy intenso lo que se vive. Las personas llegan a veces con una energía muy densa, con mucha carga emocional negativa atrapada dentro de sus cuerpos. Los *chakras* se encuentran bloqueados. He visto como el trabajo de los curanderos no es para nada fácil. Son como doctores del alma. Ellos utilizan el canto, el rezo y la *medicina ancestral*, en este caso, la *xanga*, para ayudar a la gente quien la necesita.

Toda esta plática sobre energía y sobre *chakras*, debo confesar, me causaba cierta resistencia. Vengo de la escuela científica. Háblame de la fisiología del cuerpo y de sus funciones, háblame con datos fehacientes de las investigaciones, y quizás podré estar de acuerdo contigo. No creía en eso de la energía, de las malas o las buenas *vibras*. Yo pensaba que toda esa nomenclatura era pura habladuría *hippie*, para describirlo de alguna manera. También tenía la idea de que los curanderos eran meros charlatanes, y que no brindaban beneficio alguno a las personas que iban en busca de su ayuda. Obviamente, no le comenté a Diana mi punto de vista, ya que ella hablaba efusivamente sobre el tema; lo que menos quería hacer era antagonizarla.

Cambiando ligeramente de tema, dije como para impresionarla:

–Por cierto, ¿sabías que tu nombre en sánscrito significa meditación?

–¡Ja, ja, si! *Dhyana* o algo así. Y dime, *Jaguar*, ¿tú meditas? –de nuevo haciendo contacto visual conmigo, mirándome fijamente con sus penetrantes ojos negros.

–En realidad, no. He escuchado a personas hablar maravillas sobre los efectos positivos de la meditación y cómo esta práctica les ha servido para mejorar su calidad de vida, etcétera. La verdad es que, honestamente, pienso que es una reverenda pérdida de tiempo el estar sentado con las piernas cruzadas sin hacer nada –le contesté.

–¡Uy! Pues deberías de intentarlo alguna vez. Es bueno poner nuestra cabecita en descanso de vez en cuando, ¿sabes? Muchas veces nuestros pensamientos no nos permiten experimentar la verdadera realidad. No podemos conocerla si lo único en lo que pensamos es en nuestros pensamientos.

La miré con discreta incredulidad.

Ella concluyó diciendo:

–Muchos tenemos mentes distraídas y por eso a veces no logramos aterrizar los objetivos o metas. Es el famoso TDAH, el 'Trastorno por Déficit de Atención e Hiperactividad' que se ve mucho en los niños. Algunos lo seguimos teniendo ya de adultos si esta condición nunca es diagnosticada. Pienso que no es una enfermedad en sí, sino más bien como una mente no entrenada. Los papás van con el médico porque piensan que algo está 'mal' con el niño. El médico se limita a medicar a este niño con *Ritalin* porque no sabe qué otra cosa hacer. Hemos creado a pequeños niños zombies.

Diana sabía mucho sobre *medicina ancestral*, así como para mi sorpresa, también sobre la medicina convencional. Yo no estaba de acuerdo con lo que me decía de los *chakras* y de la energía, pero sí coincidía con ella en que la salida fácil, tanto para la comunidad médica así como para los padres, es la de 'dopar' a los niños ya que los padres no quieren batallar y tratan de encontrar una 'solución' rápida a la situación.

Casi puedo escucharlos en algún consultorio.

"*Ay, doctor, ya no sé qué hacer con este niño. ¿No puede darnos algo para que le baje a sus revoluciones? No se está quieto en ningún momento. Es muy desgastante, la verdad. Seguramente usted puede recetarnos algo para que se comporte como un niño normal, ¿no?*"

Estamos creando a pequeños 'drogadictos' y solo porque es legal, no está mal visto.

Disculpen, he divagado ligeramente del hilo de esta narración, pero es que algunos datos médicos serán compartidos a través de mi viaje. Dentro de mí, está bien engranado el rol de observador analítico y de científico, quien goza de compartir los hallazgos cualitativos y cuantitativos encontrados, con otros, siempre que esto sea posible. Ya ven, no se puede 'colgar la bata' así nomás. En fin, permítanme retomar la narración...

Terminando su discurso sobre la meditación y los niños zombies, Diana me preguntó:

–Y después de esto, ¿qué sigue para ti, *Jaguar*? ¿A dónde te llevará el viento?

La miré pensativamente y pausé por un segundo antes de contestar.

–Estos días, volveré a la ciudad de las montañas. Allá pasaré Navidad y Año Nuevo, pues no me agrada mucho viajar en esas fechas. Después de eso, reanudaré mi viaje por México, tomando como nuevo punto de partida, el estado de Chiapas. Pienso pasar por el centro de la república y terminaré en el desierto de San Luis Potosí. Mi destino final es *Wirikuta*, lugar en donde crece la mítica planta ancestral llamada *peyote*. Al menos ese es el plan.

Hubo un breve intervalo de silencio.

–Llévame, *Jaguar* –me dijo Diana, serenamente.

La miré sin poder descifrar si me lo decía en serio. Después de varios segundos de simular desinterés, me devolvió la mirada con una repentina sonrisa de oreja a oreja, pues me observó tratando de averiguar si hablaba en serio o no. Tan misteriosa ella y con su cálida sonrisa.

Diana vio que me había dado por vencido y habló, diciendo:

–Por algo nos conocimos hoy, *Jaguar*. Los caminos de la vida son fantásticos. Seguro aprenderemos mucho de cada uno. Tenemos cosas que podríamos enseñarnos mutuamente, intercambiar ideas, ¿sabes? Causalmente, me voy a Chiapas, a Palenque para ser exacta. Voy a ir allá a quedarme en una pequeña comunidad por una corta temporada. Pienso pasar las fiestas decembrinas en otra selva. Cuando vayas para Chiapas, contáctame, y me voy contigo al desierto. Sirve de que no viajes solo. Además, estarías en muy buena compañía –y terminó por guiñar el ojo.

Diana hablaba en serio. En este preciso momento, Diana y yo no teníamos idea de que hoy, marcaría el inicio de una ruta única en nuestras vidas, una ruta compartida, un camino en común. Diana era una mujer intrigante, una mujer interesante. Eso era todo. Sin embargo, ambos nos sospechábamos mutuamente; sin decir palabra alguna y solamente con las miradas.

Era la sospecha del potencial de una historia de amor o por lo menos, la de una amistad, la de una alianza mutua. Ella era como una flor en primavera a punto de abrirse en cualquier momento; yo era la abeja en busca de ese dulce elíxir escondido detrás de sus pétalos. En el brillo de sus ojos, pude ver un amor latente, un amor palpable, pues los iris y las pupilas, aquellos dos orbes gelatinosos, todo eso por fin había desaparecido.

Al final sí pude observar por un breve momento un destello de las *ventanas* de las cuales ella me hablaba. Diana por igual, en el brillo de mis ojos podría haber visto posiblemente, un nuevo amor, un hombro, un refugio, hasta un amante si ella lo quisiera; un puerto en donde ella pudiera sentirse segura.

Lo que sí sabía cierto era esto, que me fascinaba escucharla hablar. Su suave y oceánica voz tenía algo que podía definir solamente con una palabra: *magia*.

III. Abuelito

"Desde lejos, desde lejos oigo
El canto enamorado de un pájaro.
Ese pájaro es mi abuelo
Es mi abuelo que canta, canta enamorado."

(Rodrigo Gallardo)

Después de despedirme de Diana en Tulum, volví por unos días a la ciudad de las montañas.

Antes de reanudar mi viaje por México, decidí volver a casa y permanecer quieto, pues se acercaban las festividades navideñas y el Año Nuevo. Así, evitaría yo el frenesí de la temporada. En lo personal, no me agradaba mucho viajar en estas fechas porque todos los lugares, desde los restaurantes, los aeropuertos, y las terminales de autobuses, se volvían caóticos, por decir lo menos.

La segunda escala de mi viaje sería Comitán de Domínguez, una ciudad ubicada en el estado de Chiapas. Allá vivía un buen amigo de la universidad llamado Ernesto. El plan era partir desde ese punto y luego irme desplazando por la costa Pacífica atravesando el estado de Oaxaca, llegar a la Ciudad de México, usar la capital como una base temporal y de esa manera aprovechar para visitar algunos poblados cercanos, para finalmente, dar con el mítico desierto llamado *Wirikuta*. Este destino pretendía ser el final de mi viaje.

Ya había trazado un mapa con los puntos precisos que pensaba visitar y según mi criterio, ya me había propuesto también un margen de tiempo; más o menos treinta días.

Yo esperaba encontrarme con el *peyote*, un cactus milenario que crece en el desierto y que contiene el alcaloide principal llamado *mescalina*. Leyendo un poco de información, supe que esta planta, cactácea con el nombre científico de *lophophora williamsii*, era usada como un sacramento por una comunidad indígena de México llamada los *wixárika* (pronunciada gui-ra-ri-ca); conocida por llevar a cabo largas peregrinaciones desde estados del sur hasta *Wirikuta*. Algunas personas de esta tribu a quienes se les ha dado el nombre de *jicareros*, se encargan de cosechar el *peyote* en el desierto, llevándolo consigo de regreso a sus tierras para que su pueblo los pueda utilizar en rituales y ceremonias importantes para ellos. Esta comunidad nativa prehispánica parece haber sobrevivido el embate de la inquisición extranjera de los españoles, ya que al parecer, todavía conservaban la mayoría de sus costumbres y tradiciones, así como su lengua natal.

Referente a la aventura que tenía por delante de mí, el tiempo estimado del viaje ya estaba calculado y pensaba utilizar el dinero de la liquidación de mi trabajo anterior y gran parte de mis ahorros para realizar este recorrido. A pesar de haber laborado apenas un par de años en las instalaciones del 'Centro Médico Maranatha', me liquidaron formidablemente.

Creo que mi exjefe me tenía en buena estima.

"Doctor, dése un tiempo para descansar y despejar la cabeza. Espero que no se lo tome personal. Le deseo mucho éxito en su profesión. Cuando ya esté mejor, venga a hablar conmigo. Quizás encontremos alguna forma en que pueda usted volver a laborar con nosotros."

Estas fueron las últimas palabras que pronunció el Dr. Bullón. Yo sabía en el fondo que su comentario fue más que nada, una simple formalidad. Parecía que las personas importantes en mi vida me mandaban a la 'goma', directo y sin escala. Primero *Miztli*, ahora mi jefe de trabajo.

Le estreché la mano.

"En verdad agradezco el gesto, doctor," le contesté.

Y con eso, salí por la puerta principal del centro médico para no volver jamás.

***

La temporada navideña me pone algo nostálgico, así que les voy a contar lo que me sucedió hace unos años alrededor de estas mismas fechas.

Era la víspera de Navidad cuando mi abuelo se me apareció en un sueño. Ha sido uno de los sueños más lúcidos y extraordinarios que he tenido hasta hoy. En cuanto lo vi aparecerse en mi mundo onírico, como un *arco reflejo*, me puse a llorar incontrolablemente. Lo presentía. Sabía por qué el abuelo había venido a mí.

Estaba aquí para decirme adiós.

"No llores, mijo, yo estaré bien. Voy a irme un mejor lugar."

Mientras las lágrimas corrían por mis mejillas, él se acercó para abrazarme. Pude observar sus manos arrugadas tomándome de los hombros y sentirlo con una cálida firmeza. Eran las manos de un cañero, de un hombre del campo. Nos abrazamos con fuerza, abuelo y nieto fundidos en el mundo de los sueños.

Entre sollozos, le dije:

"Abuelito, no quiero que te vayas."

"Todo va a estar bien, mijo," me volvió a asegurar.

En eso, me desperté abruptamente y de un solo sacudón. Me levanté temblando y llorando sin control; lágrimas reales corriendo por las mejillas. Era muy de madrugada, a eso de *la hora de las brujas*, cuando me levanté. Con toda la conmoción, desperté a *Miztli* sin querer. Aún seguíamos juntos cuando esto pasó. Ya que me había calmado un poco y como pude, en ese momento, comencé a narrarle a mi exesposa el sueño vívido que acababa yo de tener. Ella se quedó en silencio, pensativa, despeinada y modorra. Me abrazó para darme consuelo con el calor de su terso cuerpo. Ambos estábamos de acuerdo en que yo necesitaba ir a ver a mi abuelo de inmediato, de no tomar el sueño con ligereza y de verlo como una señal. Aunque no tenía lógica alguna, yo sabía que necesitaba llevar esto a cabo lo más pronto posible. El mundo de los sueños sigue siendo un gran misterio, pero en esta específica ocasión, *Miztli* y yo compartimos una corazonada. Podría en verdad ser un mensaje de mi abuelo.

Habíamos decidido visitar la familia de *Miztli* para compartir las festividades de la temporada, cuando esto ocurrió. La abuela Inés vivía en la ciudad de México y era una católica devota. Una tradición que ella tenía en su casa era la de poner 'el nacimiento' en cada Navidad; un homenaje en honor al evento histórico del natalicio de Jesucristo. Aunque este suceso es judeocristiano, puedo decir sin duda, esto ya es toda una tradición mexicana bien cimentada entre la población católica.

En fin, ya no me tocaría estar con ellos para recibir el nuevo año. *Miztli* decidió que lo mejor era que ella se quedara con la familia de su abuela hasta Año Nuevo, y que yo me fuera por mi propia cuenta a visitar a mi abuelo. Todo esto fue decidido en las horas posteriores al sueño extrañamente surreal y vívido que había tenido.

A la mañana siguiente, durante el desayuno, le platicamos a la abuela Inés lo ocurrido en relación con el sueño reciente y la iniciativa que acabábamos de tomar como pareja. Ella no hizo ninguna objeción en que yo me fuera. Al contrario, ella estaba de acuerdo y hasta me dio la bendición. Ya que terminamos de comer, me ofrecí a recoger la mesa y a lavar los trastes sucios del desayuno.

La abuela de *Miztli* no quería que yo lo hiciera.

"Abuelita Inés, esto sí que no me lo va a negar. Es lo mínimo que puedo hacer después de ese rico banquete que preparó usted anoche. ¡La comida estuvo deliciosa!"

Después de haberme despedido de la abuela Inés y después de un beso apasionado y un abrazo invernal de *Miztli*, con la mayor urgencia posible, empaqué todas mis maletas y viajé desde la ciudad de México por tierra hasta una pequeña aldea ubicada en Centroamérica; aldea en donde se encontraba mi moribundo abuelo.

Sigmund Freud y Carl Jung aparecieron de repente en mis pensamientos. Dos eminencias, uno considerado el padre del psicoanálisis y el otro, padre fundador de la psicología analítica, hicieron algunos avances en cuanto a la ciencia de la interpretación de sueños, de lo que ocurre cuando nuestra mente consciente se apaga y el subconsciente toma control, por así decirlo.

A pesar de nuestros avances científicos, la mente humana sigue siendo territorio desconocido, aún más lo que es la frontera del misterioso mundo de los sueños con la consciencia cotidiana.

***

Mi abuelo padecía de la hipertensión y desarrolló insuficiencia cardíaca al final de su vida. Sus rodillas se habían vencido hace unos años y ahora yacía en cama sin poder caminar. En los últimos días de su existencia, él se encontró postrado permanentemente en cama. Así había estado ya por varios meses cuando lo visité. Creo que el no poder deambular lo acabó más que la enfermedad en sí. Mi abuelo era feliz tomando su machete y yéndose al campo. Este era su ritual. Todas las mañanas, desde muy temprano, antes que rayara el alba, él se iba por el camino polvoriento que pasaba por enfrente de nuestra casa para irse a trabajar el campo y estar en comunión con la naturaleza. Regresaba para la hora de la comida y luego volvía a irse un rato más en la tarde.

El abuelo era un hombre de pocas palabras, muy devoto y trabajador. Laboró hasta que su corazón y sus rodillas le dijeron 'ya no más'.

El abuelo Pancho fue agricultor.

Se dedicó mayormente a la siembra y a la cosecha de la caña. Ser sembrador o cortador de caña era uno de los principales trabajos disponibles durante la época en que duró el auge azucarero en el país en donde crecí. Era un trabajo sumamente arduo y desgastante, físicamente hablando. Los cortadores de caña se despertaban antes del amanecer para irse al campo y trabajaban hasta que el sol se los permitiese, hasta llegar a un intervalo de descanso antes del mediodía, tiempo que utilizaban para alimentarse, para recargar las pilas y para resguardarse momentáneamente del embate del sol. Al terminar la hora de descanso, ya cuando había pasado el intervalo más caliente del día, los cortadores volvían al cañaveral para así terminar la jornada restante, misma que duraba casi hasta el atardecer. Como quien dice, de sol a sol. Esta profesión de agricultor y sembrador de caña le dio al abuelo el ingreso económico necesario para sostener a su numerosa familia. Fue lo suficiente para proveer y cubrir las necesidades básicas de todos sus hijos; de mandar a unos cuantos a la primaria y a otros pocos a la secundaria.

Durante la adolescencia, nunca fui muy cercano al abuelo. Le tuve demasiado respeto, quizás hasta cierto grado de temor; hay una línea muy delgada entre el respeto y el temor.

Nuestras interacciones solían ser muy efímeras. Un saludo cordial asintiendo con la cabeza, anexado a un saludo verbal como *"¡buenas tardes, abuelo!"* o *"¡buenas noches, abuelo!"* era todo lo que yo lograba musitarle a mi ancestro más cercano.

Cuando el abuelo Pancho gozaba de salud, además de su ritual en el campo, cada fin de semana, justo antes del atardecer de los viernes, convocaba a toda la familia, a sus hijos y a los nietos para una pequeña reunión en donde solíamos agradecerle colectivamente a Dios por todas las bendiciones recibidas en la semana, cantando algunas alabanzas, y siempre concluía estos encuentros con una reflexión proveniente de algún versículo de la Biblia, su libro favorito sin duda alguna. El abuelo era un hombre religioso, era conocido como un cristiano devoto en la comunidad en donde vivimos. Ayudó a construir varias iglesias, en nuestra aldea así como también en otras aledañas. La gente que entraba en contacto con el

58

abuelo Pancho se conmovía y lo consideraban realmente un *homme de Dieu*.

Aún postrado en cama, él me miraba directamente a los ojos y no perdía la oportunidad de compartirme su fe.

"*Busca a Jesucristo, hijo. Él te ama y murió por ti. No encontrarás lo que necesitas en el mundo.*"

Yo trataba de aliviar la situación bromeando.

"*¡Guau, gramps! Aquí estás, no te puedes mover, apenas puedes respirar, ¿De dónde sacas la fuerza para evangelizarme?*"

"*Puedo hacer todas las cosas en Cristo que me fortalece. Además, estoy por cambiar de domicilio, mijo. De la tierra al paraíso.*"

Le contesté:

"*Gramps, es increíble. Usted siempre me ayuda a ver la vasija media llena.*"

Después de una breve pausa, el abuelo hizo un esfuerzo monumental para poder levantar su cabeza del respaldo de la almohada.

Me tomó con sus manos para acercarme a él y susurró suavemente en mi oído izquierdo:

"*Es una vasija muy hermosa.*"

Me dio paz haber podido decirle adiós al abuelo en persona ya que me fue imposible asistir a su funeral. El abuelo dejó su cuerpo unos meses después de que lo visité en aquel premonitorio invierno. Completamente solo y sin nadie a su alrededor, el abuelo Pancho exhaló su último aliento y emprendió el viaje sin retorno hacia *Mictlan*.

***

Durante el tiempo en que el abuelo murió, me encontraba realizando el servicio social en El Madroño, ejido que le pertenece al municipio de Iturbide. Yo solía salir a caminar por las noches.

Al levantar la cabeza, podía observar un manto infinito de estrellas en el oscuro firmamento; estrellas que no se veían en la ciudad por toda la iluminación artificial. Las constelaciones conocidas desaparecían y en cambio, me cobijaba una sábana estelar de inmensas proporciones, una miríada de luciérnagas; algo más allá de toda aglomeración de estrellas que había visto jamás. Me encontraba lejos de toda civilización y más cerca del cosmos infinito. Quizás me estaba volviendo loco, pero poco tiempo después de que el abuelo dejó su cuerpo, por alguna extraña razón, comencé a sentirlo más cerca de mí que cuando en vida. Fue como si al dejar su cuerpo, él hubiese adquirido una especie de *omnipresencia*, y ahora, su esencia emanaba desde el interior de todas las cosas; la luna, las estrellas, los pinos, y hasta de los animales que me encontraba en los caminos polvorientos.

A veces, me paseaba por los caminos de terracería durante las tardes o por las noches, y me ponía a hablar con el difunto abuelo (los psiquiatras dirán que estaba hablando solo). Yo estaba experimentando estos estados no ordinarios de consciencia en los días posteriores a la muerte del abuelo Pancho. No creo que exista un término en castellano para definir lo que estaba sintiendo en esos momentos.

Mi diagnóstico era lo siguiente: *la locura de la soledad comenzaba a invadir mis neuronas.*

En tal caso, casi podía oír la mágica voz de Diana diciéndome algo así cómo, "*Jaguar, dicen los grandes abuelos de la sabiduría ancestral, que estamos conectados al pasado por linaje, por nuestros antepasados, por los que caminaron la tierra mucho antes que nosotros. Si tomamos en cuenta que la energía no muere sino que solamente se transforma, podremos comenzar a darnos una idea del significado de todo esto. En realidad, cada ser humano que habita la Tierra, está interconectado si nos ponemos a pensar en ello. No solo estamos conectados a otros seres humanos, estamos conectados a todo nuestro entorno, como un único gran organismo. Conectados hace milenios hasta la gran abuela de África, o en el formato en que tú creciste, me refiero a tu formación cristiana, todos somos descendientes directos de Adán y Eva, los abuelos más antiguos del mundo."*

Hasta la fecha, creo firmemente que el abuelo Pancho se convirtió en una especie de ángel guardián. Aunque me encontraba lejos de toda civilización y en medio de la nada, me sentía tranquilo y seguro.

Les cuento el por qué de esta creencia.

En ese tiempo durante mi servicio social médico, tenía un buen amigo y colega llamado Dr. J que también se encontraba estacionado en la Sierra Madre Oriental; en algunas montañas en la proximidad y dentro de la misma cordillera. Ambos compartíamos un amor por la Medicina. En algunas ocasiones nos hacíamos compañía reuniéndonos en Iturbide, la cabecera municipal, para tomar cerveza y convivir antes de partir hacia nuestros respectivos hogares durante los fines de semana cuando nos tocaba descansar. Dr. J fue un gran aliado durante ese año. Él y un cura, el padre Félix, se convirtieron en dos amigos invaluables durante mi estancia en El Madroño. El padre Félix estaba establecido en la iglesia católica de Iturbide. Abastecía a la gente de la sierra con víveres y también daba Misa a los católicos de las comunidades rurales en algunos domingos.

Dr. J, el padre Félix y yo, nos reuníamos a veces en el aposento alto de la iglesia para socializar, hablar de filosofía, religión y otros temas de índole intelectual. Nos hacíamos acompañar de whiskey, el licor preferido del cura, y en otras ocasiones, de unas cervezas bien heladas.

El padre Félix vino a romper el molde del típico religioso, mostrándose más como un ser humano común, abnegado, accesible y de espíritu misionero.

Dr. J y yo habíamos tenido nuestros respectivos desencantos con las organizaciones religiosas en las que crecimos, así que fue reconfortante conocer al cura de la sierra, ya que nos mostró el lado más humano, el lado 'orgánico' de un hombre de Dios que desafiaba el típico estereotipo de una persona en su posición. Él no era otro moralista para pronto juzgarte, sino además, mezclaba whiskey, agua mineral, hielo, y te servía una copa.

Volviendo a la historia de mi ángel guardián...

Ya habíamos concluido nuestro año de servicio social con éxito. Era el último día de nuestra estancia en la sierra y por esa razón, Dr. J y yo habíamos pedido prestada una camioneta de la presidencia municipal de Iturbide para ir por las últimas pertenencias. Primero pasamos por las cosas de mi colega, para ir después por las mías a El Madroño.

Ya de regreso y al comenzar a bajar la montaña, a pocos kilómetros de distancia de mi clínica y pasando la comunidad rural llamada Camarones, la llanta delantera del lado derecho de la camioneta estalló repentinamente, ocasionando que mi colega perdiera control del vehículo.

Todo comenzó a suceder en cámara lenta.

El camino era uno de pura terracería. De repente, comenzamos a derrapar violentamente y sin control. El polvo comenzó a levantarse detrás. Por nuestro lado izquierdo, yacía un cañón de pinos y arbustos que se extendía hacia el vacío, mientras que a nuestra derecha, había una pared irregular de piedra, entremezclada con tierra y vegetación de unos cuatro metros de altura que sostenía más pinos y otros tipos de árboles endémicos de la región. Comenzamos a rebotar sin control sobre los asientos de la camioneta. Volteé a ver al Dr. J, y ambos cruzamos una mirada de terror en fracción de segundos. Seguímos derrapando, y justo cuando estuvimos por impactarnos contra una roca que se encontraba en la pared del lado derecho del camino, la camioneta se deslizó milagrosamente hacia la izquierda, esquivando la roca por centímetros. La camioneta siguió derrapando descontroladamente hacia el lado izquierdo del camino, perfilándose para llevarnos al precipicio. De forma casi milagrosa, Dr. J logró disminuir la velocidad sin pisar el freno. Por inercia, la parte trasera del vehículo comenzó a gravitar violentamente hacia el mismo lado, haciendo que la camioneta se quedara estacionada con la parte posterior colgando sobre el voladero, mientras que la cabina se sostuvo firmemente sobre la carretera.

Mientras que el polvo se terminó de asentar y la camioneta se detuvo por completo, procedí a salir lo más rápido posible por la ventana sin abrir la puerta porque pensé que el vehículo terminaría por irse rodando por el cañón. Dr. J logró abrir su puerta serenamente y salir ileso; yo tampoco había sufrido alguna lesión de seriedad. Ambos estábamos mudos del susto. Me temblaban las piernas. Nos miramos con incredulidad, luego volteamos a ver el precipicio, después a la camioneta, y una vez más, entre nosotros. No necesitábamos pronunciar palabra alguna en ese momento.

Era muy claro para los dos lo que acababa de suceder; nos habíamos salvado de una muerte inminente.

Esto no fue el final del día sino que el inicio de una odisea monumental; una travesía de aproximadamente veinte kilómetros a pie hacia la próxima comunidad. Era ya de tarde y faltaban pocas horas para que oscureciera. Sin lámparas y sin navajas, Dr. J y yo tomamos algunas de nuestras pertenencias, dejamos lo demás en la cabina de la camioneta, la cerramos con llave y emprendimos la caminata más larga y tortuosa de nuestras vidas. Ese día caminamos más de cuatro horas para intentar bajar de la sierra. Cabe mencionar que la mayoría de la caminata fue al anochecer, además de tener que cruzar dos ríos a pie y estar a merced de algún animal silvestre que pudiera andar merodeando por ahí. Fue una caminata con pocas palabras pronunciadas. Aún en *shock*, ambos estábamos seguros de que no fue suerte el que estuviéramos vivos.

Logramos llegar a la siguiente comunidad un poco antes de la medianoche. Cansados y abatidos, tocamos la puerta de algunas casas para pedir posada, sin tener mucho éxito. Nadie nos daba refugio. Por fortuna, una mujer que cuidaba la escuela del ejido nos dejó dormir en una de las aulas del edificio. Esa noche, nos fuimos a dormir con frío y con los pantalones aún mojados; mi pantalón húmedo hasta las rodillas. Los mosquitos nos acribillaron por todos lados ya que el salón en donde nos quedamos esa noche no contaba con mosquitero. Estaba tan cansado que a pesar de lo incómodo que me sentía y a pesar de los mosquitos chupándome la sangre como vampiros en miniatura, en poco tiempo ya no supe de mí. Me entregué con poca resistencia a los brazos de *Morfeo*.

No fue sino hasta el día siguiente que Dr. J y yo comenzamos a platicar sobre lo que habíamos vivido la tarde anterior. Poco antes del mediodía, alguien de la cabecera municipal fue a recogernos, y se sorprendió cuando le contamos que fue lo que nos había sucedido. El funcionario que nos había prestado la camioneta nos comentó que le pareció extraño que no hubiésemos llegado a Iturbide el día anterior, pero que jamás se imaginó que por poco y nos íbamos al barranco.

Dr. J y yo sentimos que habíamos vuelto a nacer. Habíamos tenido una 'experiencia cercana a la muerte'. Nos mirábamos incrédulos y no podíamos evitar sonreír de gozo y sentir agradecimiento por el hecho de estar vivos aún. El aire que respiraba y que entraba por mis fosas nasales se sentía tan fresco, tan nuevo. Mientras que mis pulmones se expandían al inhalar ese preciado oxígeno, pensé en lo afortunados que fuimos mi colega y yo de no caernos por el precipicio hacia una muerte segura.

Quiero agregar que de una forma casi irónica, el padre Félix también había sufrido un accidente en la sierra unos meses anteriores, la gran diferencia siendo que el vehículo en el que iba viajando (le decíamos el papamóvil en son de broma) sí se desbarrancó; rodando unos diez metros hasta detenerse entre los arbustos y las piedras dentro de uno de los cañones de la sierra. El padre Félix salió ileso de ese incidente. Obviamente, él contaba con protección mayor.

Dr. J y yo nos abrazamos con fuerza.

"Lo logramos, colega. ¡Felicidades!"

Le recordé a mi colega el Dr. J que acabábamos de concluir un año de sacrificio y dedicación como médicos sierreños.

Añadí, bromeando:

"No fue mi intención, doctor, pero el cierre ha sido muy dramático, debo de confesar, hasta para mi gusto."

Elevé un rezo a mi nuevo ángel guardián.

"Abuelito, donde sea que estés, quiero agradecerte por protegernos a los dos, a mi amigo y a mí. Supongo que aún no es nuestro tiempo de cambiar de domicilio."

IV. Mictlan

"¡Toma este beso en tu frente!
Y, ahora despidiéndome de ti,
Así mucho tengo que confesar–
No está equivocado, quien estima
Que mis días han sido un sueño;
Aún si la esperanza se ha volado
En una noche, o en un día,
En una visión, o en ninguna,
¿Es por eso menor la ida?
Todo lo que vemos o parecemos
Es sólo un sueño dentro de un sueño."

(Edgar Allan Poe)

La decisión de quedarme en casa para las fechas navideñas me resultó contraproducente.

El abundante tiempo para pensar, en recapacitar sobre mi actual situación y de revolcarme en nostalgia pueril, trajo consigo la resurrección de algunos de los fantasmas del pasado. Además de volver a consumir cantidades inadecuadas de alcohol, volví a caer en una depresión; el término correcto sería 'trastorno afectivo estacional' o 'depresión invernal'. Estos son los términos médicos que utilizan los psiquiatras para describir las tristezas de la época.

Decidí comprar una botella de vodka, misma que me terminé bebiendo en solitario y en dos tiempos; para Navidad y para Año Nuevo.

¿Qué otra cosa puedo hacer?

Ingerí la primera mitad de la botella durante la noche de Navidad, mezclando el vodka con jugo de arándano y agua mineral. La otra mitad me la tomé para recibir el Año Nuevo, como dirían los conocedores, 'en las rocas'.

Esta ocasión, decidí no perder el tiempo haciendo propósitos que sabía que no cumpliría.

"*Prometo no tomar una sola gota de alcohol.*"

He oído decirme esto contadas veces. La realidad es que los propósitos de Año Nuevo no funcionan en lo absoluto.

En conclusión, creo que tengo un problema con la bebida.

***

Cada cultura y cada civilización ha desarrollado su propia forma de darle sentido a la muerte, y *por ende*, a la vida misma, o viceversa; son las dos caras de la misma moneda.

En las culturas cristianas, nos han enseñado que después de morir, nos espera un paraíso sin igual si hacemos las cosas 'bien' en esta vida, pero si hemos sido 'malas' personas, la suerte que nos toca será la de sufrir en un vasto mar de fuego en donde arderemos por toda la eternidad a causa de nuestros pecados. Algunas sectas cristianas más recientes han modificado este dogma, pero esa sigue siendo la idea general. El hinduismo, en contraste, declara que al morir volvemos a nacer, y que dependiendo de lo que hemos hecho en nuestras vidas previas, la reencarnación que tomaremos dependerá del *karma* que acumulamos en esas vidas pasadas. Según sus creencias, este proceso puede durar indefinidamente, por miles de años. El Budismo tiene un concepto parecido a la reencarnación, pero no exactamente.

Y así, todas las culturas y todas las religiones y todos los hombres que nos precedieron, le han dado su toque particular a la forma de ver el viaje sin retorno; un viaje que todo ser humano indudablemente tendrá que hacer tarde o temprano.

Como escribió el cantante argentino favorito de Noelia en una de sus canciones:

"*Y uno toma otro barco aunque no quiera hacerlo.*"

Una de las cosmovisiones favoritas para mí es la de los *mexicas-aztecas* por su creencia sobre el *más allá*. A ese *más allá* lo llamaron *Mictlan*. Como soy amante de los perros, me atrapó de inmediato esta mitología desde el momento en que descubrí que la vida después de la muerte involucraba a un perro guardián color pardo, que cruza al difunto ser humano a través de un río que corre por el inframundo. El *Mictlan* es una creencia sobre el lugar a donde van los muertos. En *náhuatl*, todo parece indicar que *Mictlan* significa 'infierno'. Otra traducción nos dice que se interpreta como 'el lugar de los muertos'.

Podemos encontrar referencias de los perros en mitos de otras culturas. En la cultura hindú también existe una leyenda perruna. He oído a algunas personas comentar que la historia del *Mahabharata* comienza y termina con un perro. En la cultura griega encontramos la historia de *Argos*, el perro fiel de *Odiseo*, que muere a la llegada de su amo después de una ausencia de veinte años lejos de casa. Cuando descubrí estas referencias caninas históricas, supe que no se había equivocado la persona que patentó el famoso dicho que conocemos hoy en día: *el perro es el mejor amigo del hombre*.

***

Yo tenía como nueve años de edad cuando sucedió lo siguiente...

Recuerdo perfectamente haber entrado al baño de nuestra casa un día y encontrar sin querer, a mi padre llorando desconsoladamente. Nunca lo había visto así; en un estado vulnerable y roto. Las lágrimas corrían por sus mejillas como dos ríos de agua cristalina. Esta escena me perturbó en gran manera. Recuerdo que sentí algo que

69

nunca había sentido antes, una nueva emoción, algo visceral por primera vez en mi vida; una mezcla de terror, desesperanza e incertidumbre.

Entre sollozos, logró decirme lo que había pasado.

"Hijo, Chuck acaba de fallecer. Los doctores dicen que fue un infarto."

Nuestra familia vivía en México cuando mi padre recibió la devastadora noticia. Con mi papá al volante, salimos inmediatamente hacia el norte vía terrestre y viajamos más de veinticuatro horas sin parar; mi padre pisó el acelerador ininterrumpidamente con el único propósito de llegar a tiempo y así poder asistir al funeral.

Chuck fue catedrático y predicador. Había sido el mentor de mi papá. El impacto que este encuentro tuvo en su vida fue incalculable. Ellos se conocieron mientras mi padre cursaba el colegio. Chuck era catedrático de una institución privada estadounidense y estaba de visita en el *campus* en donde mi papá estudiaba. Durante la breve estancia de Chuck en un colegio de Centroamérica, mi padre logró reunir el valor necesario para acercarse a él y lanzarle una propuesta indecorosa.

Lo saludó cordialmente, y prosiguió, diciendo:

"Señor Chuck, me gustaría seguir avanzando en mis estudios. No tengo el dinero suficiente, pero quería ver si me puede ayudar de alguna manera."

Se lo dijo con una fe y certeza inamovibles, que Chuck no tuvo opción más que ceder ante la voluntad de mi padre. Gracias a su apoyo, mi papá fue capaz de aspirar a recibir una educación superior, completar una maestría y convertirse él también, en catedrático.

Este acontecimiento probó ser el catalizador para que se manifestara un *salto cuántico* para nosotros, ya que mi padre venía de una familia de diez hermanos y hermanas, además de que mis abuelos no contaron con los recursos necesarios para mandar a todos sus hijos a la escuela. El apoyo de Chuck fue monumental, ya que esto le proporcionó la oportunidad a mi padre de darle a nuestra familia una vida decente, pues nunca nos faltó alimento sobre la mesa.

Mi papá solía decir:

"*La educación es la mejor arma para cambiar al mundo, hijo.*"

Tengo un vago recuerdo del mentor de mi padre. De niño, yo solía ver una figura gigantesca vistiendo un traje negro (a la *Men in Black*), su piel blanca como la nieve, de escaso cabello y con lentes gruesos. A veces se le acercaba a mi papá, para luego ambos ponerse a platicar amenamente.

Mi padre solía hablarnos de cuan altruista, atento y amoroso Chuck fue hacia nuestra familia y hacia otras personas, sin siquiera tener la necesidad de hacerlo. No compartíamos lazos sanguíneos, sin embargo, cobijó a mi papá como lo haría un padre a un hijo.

Fue amor incondicional en su máxima expresión. Cuando mi padre viajó a Estados Unidos por vez primera, fue en la época de invierno y se podía sentir un frío gélido que lo aniquilaba por completo, pues siendo él de sangre caliente y viniendo de Centroamérica, un clima extremo como este no solamente era nuevo para él, sino que extremadamente desafiante. Corría en ese entonces el mes de enero y había nieve por doquier. La temperatura estaba bajo cero. Mi papá no iba preparado en absoluto para esto. Al bajarse del autobús, Chuck ya lo esperaba en la estación con la más cálida sonrisa y con un abrigo extra para que mi padre no pasara frío. Además, se aseguró de que mi padre tuviera un lugar en donde quedarse, así como también un pequeño trabajo de jardinería en la universidad en Michigan. Hasta le consiguió una pequeña beca para que este proyecto de vida pudiera hacerse financieramente viable. Chuck vio en mi padre algo que quizás otros no poseían; el deseo inexorable de ser mejor.

Considero que la historia de mi papá es una de éxito, pues viniendo de una familia de diez, en la época de los cincuentas y creciendo en un país tercermundista, era casi inconcebible ambicionar una educación superior. En una ocasión, mi padre me contó que su sueño alguna vez fue también el de ser doctor y que una vez le externó este deseo al abuelo.

Cuenta que en esa ocasión, el abuelo Pancho lo miró y le contestó con toda serenidad.

"Bwai, sabes que no tengo dinero para eso, pero ¿te gustaría estudiar para ser maestro?"

Mi papá tuvo que renunciar a su sueño de estudiar Medicina, pero no se quedó con los brazos cruzados y viajó a otro país para irse por otro camino, uno no menos loable; el camino de la enseñanza y la educación. *Fast-forward* unos años más tarde, y mi padre conoció a mi madre en el colegio. Poco tiempo después de esa sucesión de eventos, apareció el enigmático Chuck en la escena.

El encuentro con Chuck fue un momento clave en la vida de mi papá, y subsecuentemente, en la vida de nuestra familia, ya que este encuentro 'casual' dirigiría a mi padre por un camino en el que le sería posible darnos la vida decente que alguna vez soñó para su familia.

"A veces en esta vida tienes que renunciar a tus sueños, hijo. Mis únicas opciones en ese entonces eran la de recibir una educación formal o regresar a los cañaverales y trabajar en el campo con tu abuelo. Elegí la primera opción."

Estas frases y momentos compartidos con él me vienen a la mente de vez en cuando.

Mi padre atesoraba muchos recuerdos emotivos de aquella época de su vida. Él le tenía un cariño enorme a Chuck, pues lo trató como a uno de sus propios hijos.

Con razón su muerte le despedazó el corazón.

***

Hay una frase en la Biblia que dice, *"Instruye al niño en su camino, Y aun cuando fuere viejo no se apartará de él."* (Proverbios 22:6)

72

Existe otra frase que inmortalizó el psicólogo y especialista en conductismo B.F. Skinner, "*Dame a un niño y lo moldearé para cualquier cosa.*"

Lo entiendo más ahora ya de adulto.

Son las cosas que nos repiten hasta el cansancio las que se nos quedan grabados en los zurcos cerebrales. Sucede una domesticación social necesaria con el pasar de los primeros años de vida. Esto es inevitable para poder exisitir y coexistir en la sociedad.

En algunas ocasiones, tiendo a oír la voz de mi padre en la mente, así como cuando era niño. Él siempre me daba consejos mientras iba creciendo. Considero a mi padre como un hombre sabio y alguien con la paciencia de un *santo*; ha sabido siempre cuándo hablar y cuándo permanecer en silencio.

Solía decirme:

"*La ignorancia es el peor enemigo de la humanidad, hijo.*"

Lo puedo escuchar aconsejándome ahora mismo.

"*Yo nunca he tomado una sola gota de alcohol en mi vida, hijo. Tenía amigos que fumaban marihuana. Siempre me ofrecían, pero nunca se los acepté. Mis amigos también solían emborracharse a menudo. Hoy en día algunos viven en la pobreza. Otros han muerto. Yo supe que tenía que ser diferente si no quería que mi destino fuese similar al de ellos. Yo sabía que tenía que ofrecerle algo distinto a mi familia. Ojalá puedas hacer lo mismo algún día.*"

Aquellas conversaciones con mi padre se reviven periódicamente en mi psique. Cierro los ojos y me parece verlo recostado en su hamaca oscilando lentamente, su voz firme y certera viajando desde el pasado hacia mis neuronas en el presente y mi cerebro lo reproduce en tiempo real. Dicen que la manzana no cae muy lejos del árbol. En mi caso, tal analogía no podía estar más alejada de la realidad. En contraste con la sobriedad total de mi padre, yo había probado casi todas las drogas habidas y por haber.

Sacudo mi cabeza en negación al pensar en mi corta y *jodida* existencia.

Durante los años de la adolescencia, hice todo lo posible para intentar desasociarme de todo lo que representaba a mi padre. Me convertí en un rebelde sin causa y poco tiempo después, descubrí a la seductora *dama* llamada 'alcohol'.

Mi primer encuentro con la bebida fue durante la preparatoria. Esto me catapultaría, sin saberlo, hacia un hábito de años de excesivo consumo, hábito que duraría más de una década; hasta la fecha.

Decidí inconscientemente pasar por esto solo para demostrarle a mi padre que yo no era nada como él, que yo era mi propio hombre, por así decirlo. Además, era considerado algo muy masculino tomar alcohol.

Hoy en día es un comportamiento habitual tanto de hombres como de mujeres. He podido atestiguar que hoy en día la mujer está compitiendo por igualarse al hombre también en este aspecto (ya saben, por lo del feminismo). No es nada raro encontrarte en una noche de fiesta, a algunas chicas ebrias hasta las pantaletas, cosa que en el pasado no era tan común. Sin embargo, aún hoy, la cultura latina tiende a ver el consumo de cerveza y licores como algo muy masculino, *ergo* el alto porcentaje de alcoholismo entre los hombres.

Además de querer ser como mis amigos y de querer pertenecer al grupo, estaba tan desesperado por demostrarle a mi padre lo *macho* y cuán diferente era yo en comparación con él. Sin querer, la prueba de vida más grande de mi papá vendría, no de algún enemigo externo, sino desde lo más conocido; desde el mismo interior de las cuatro paredes de su sagrado hogar. El guantelete monumental vino de lo más próximo, de alguien a quien él amaba incondicionalmente; de la existencia de su propio hijo.

Puse a prueba el carácter del hombre que me dio la vida y que me formó en los años posteriores. Fui un completo malagradecido.

Pensándolo bien, qué nefasto de mi parte.

Recuerdo las primeras borracheras...

Una de aquellas tantas veces, me acuerdo haber subido a un bar en el tercer piso de un edificio que se encontraba en el centro del pueblo cerca de la aldea en donde vivíamos, pero no tengo memoria registrada en lo absoluto de cómo fue que bajé de allí. En otra ocasión, se me volvió a *borrar el cassette* y recobré la consciencia nuevamente cuando alguien me despertó dándome unos *sapes* en la cabeza. Era el abuelo. Mientras iba camino al monte, él me encontró inconsciente y cubierto de mi propio vómito, tirado entre los arbustos a escasos metros de mi casa.

Esa vez el abuelo le dijo preocupado a mi papá:

"Bwai, encontré a tu hijo por ahí tumbado entre el pasto cerca de la calle de tu casa. Será mejor que vayas por él. No anda muy bien."

Al medio recobrar la consciencia y después de que me despertara el abuelo, caminé como pude, *atáxico* (movimientos torpes), en *zig-zag* y vistiendo una sonrisa estúpida en el rostro, para finalmente llegar a casa.

En otra instancia, un tanto más dramático, llegué con mis padres tan ebrio que apenas podía sostenerme con ambas piernas. *Drunk as fuck*, como dicen los gringos; balbuceaba frases completamente incoherentes. Puedo recordar vagamente cómo mi padre me confrontó en esa ocasión desde el primer momento en el que puse un pie en casa. Ambos entramos en una acalorada discusión, aunque no lo llamaría discusión como tal; menos si una de esas personas no podía hilar una sola frase inteligible.

Me encontraba impertinente y sin la habilidad de poder mantener una simple conversación coherente. De repente, mi padre y yo comenzamos a forcejear. Mi madre lloraba mientras él intentaba tirarme al piso. Yo luchaba en vano, de alguna manera logró ponerme en una *manita de puerco* y me encontré finalmente con el rostro pegado el piso y con una mano detrás de la espalda. Mi padre amenazó con correrme de la casa (nunca antes había hablado con tanto enojo) ese día, pero mi madre no se lo permitió.

Fue un espectáculo horrendamente triste.

"¡Si no se corrige, se tendrá que ir de la casa! ¡Yo no lo eduqué para que sea un borracho!"

Probé la paciencia de mi padre hasta el extremo. Esta fue la segunda ocasión en la que vi llorar a mi padre en toda su vida. Esta vez, nadie había muerto.

***

Arribamos a Michigan justo a tiempo para hacer acto de presencia en el funeral. Había una atmósfera sombría en la iglesia, al menos eso me parecía a mi corta edad. Todos los que estaban presentes estaban vestidos de negro. Muchas personas se reunieron ese día, pues Chuck había sido un ministro devoto reconocido y muy amado entre su comunidad.

El espacio central de la iglesia parecía una nave espacial gigantesca, con varias filas alineadas con bancos de madera, acolchonados y cubiertos con una tela rojiza.

En las partes superiores de la pared hacia los dos extremos laterales de la nave principal, había dos vitrales cuyos diseños, impresionantes por sus propios méritos, se formaban de múltiples tamaños y colores de vidrios organizados artísticamente. A pesar de mi corta edad, las imágenes representadas en los vitrales me llenaba de una sensación de sublime grandiosidad, acompañado de un mensaje esotérico y no verbal proveniente de las esferas celestiales.

Al inicio del ritual fúnebre, tres hombres vestidos de traje negro se subieron a un escenario que tenía un mueble de madera llamado púlpito y este se hallaba en la parte central de la nave. Procedieron a tomar asiento. Hubo un silencio de reverencia. Después de eso, el hombre sentado en el centro se levantó de su asiento

76

para acercarse al micrófono y así poder decir algunas palabras en honor al difunto.

Habló diciendo:

"Chuck fue un hombre de Dios y un siervo fiel. Él descansa ahora. Él duerme en el Señor y espera tranquilo la resurrección final. Un lamento para quienes nos hemos quedado aquí, pues aún debemos de permanecer en este mundo lleno de pecado y enfermedad, lleno de dolor y de sufrimiento."

Después, se pronunció un rezo en honor a Chuck. El hombre de negro sentado en el centro volvió a tomar asiento, pero no sin antes invitar a que lo relevara una mujer cantora también vestida de negro y con una indumentaria que le llegaba hasta los tobillos. Nos invitó a abrir nuestros *himnarios* y cantar junto con ella.

"Nos veremos junto al río
Cuyas aguas cristalinas
Fluyen puras, argentinas,
Desde el trono de nuestro Dios."

Habiendo terminado el canto la mujer, el mismo hombre que le había cedido el espacio se volvió a acercar al púlpito para despedirnos diciendo:

"Concluiremos esta reunión invitándolos a abrir sus biblias en Apocalipsis 21 versículo 4 para leer lo siguiente, 'Enjugará Dios toda lágrima de los ojos de ellos; y ya no habrá muerte, ni habrá más llanto, ni clamor, ni dolor; porque las primeras cosas pasaron'."

A mi corta edad, no entendí realmente lo que estaba sucediendo durante este 'extraño' ritual. Cuando todo había terminado, nos salimos al *lobby* de la iglesia y ahí, en un féretro negro brilloso y semiabierto, yacía el cuerpo inerte del mentor de mi querido padre.

Él me tomó de la mano y habló diciendo:

"Vamos hijo, vayamos a decirle adiós a Chuck."

Mi padre y yo nos acercamos al féretro. Al estar junto a el, me levantó del piso y me cargó, acercándome para que pudiera ver por última vez el cuerpo inmóvil de Chuck; parecía estar dormido. Lo observé detenidamente por algunos instantes. Él se veía como siempre lo había recordado; traje y corbata negro impecables.

Esperé un momento para ver si se despertaba.

Nada...

"¿Por qué no despierta, papá?"

Nunca lo hizo. Ni un pestañeo.

Mi padre guardó silencio.

De repente, comencé a llorar incontrolablemente. En esta ocasión, fue él quien estoicamente guardó la compostura y no derramó una sola lágrima.

Me consoló diciendo:

"Ya, ya, tranquilo hijo, tranquilo. Todo va a estar bien. Él solo está durmiendo. Nos volveremos a ver junto al río."

Mi padre me abrazó con ternura y poco a poco, mis sollozos se fueron menguando al estar en contacto con el calor de su cuerpo. Él estaba sereno. Su tranquilidad me aseguró que todo iba a estar bien a pesar de cómo me sentí en ese momento. Yo era demasiado pequeño para procesar toda la experiencia. Despedirse de un ser amado es un evento catártico de inmensas proporciones.

A mi padre le aligeró el corazón poder decirle adiós a Chuck y ofrecerle sus condolencias a la familia que lo sobrevivió.

***

El incidente a continuación, describe la primera vez en que me enfrenté con el concepto de la muerte. Esto sucedió varios años antes de asistir al funeral de Chuck. Yo tenía como cinco o seis años. No lo recordaba sino hasta que comencé a escribir sobre la muerte del mentor de mi padre, y fue cuando volvió a mí con toda claridad.

Mientras tecleaba los párrafos de la narración del funeral de Chuck, en algún lugar dentro de mi mente, cerrado bajo llave y como si una válvula de agua se abriese, el recuerdo enterrado comenzó a derramarse como cascada sobre mi consciencia cotidiana y volví a estar presente en el campo de una escuela primaria de una pequeña isla en el Caribe. Nuestra familia vivía en Jamaica. Habían contratado a mi padre para enseñar en una universidad llamada 'West Indies'. Él acababa de terminar sus estudios de postgrado y se había abierto una vacante para catedrático en dicha universidad.

Durante esos años, recibí mi educación en casa, pero en algunas ocasiones mi madre me llevaba a una escuela primaria cercana para interactuar y así poder socializar con otros niños de mi edad.

Ese día en particular, mi madre me llevó a la escuela como siempre solía hacerlo, pero a diferencia de otras veces, nadie se imaginó el horror que nos esperaba a todos los que estábamos allí presentes; una amenaza mortal a la vuelta de la esquina.

Era la hora del recreo y todos los niños salieron al patio para poder jugar. Un niño jamaiquino de piel oscura y rebosante de vida corrió con todas sus fuerzas para asegurar su sitio en el columpio. Lo que no recuerdo exactamente es que si ese día yo estaba involucrado en algún juego en ese momento o no, pero por algún motivo mi atención estaba fija en el niño, viendo detenidamente como se mecía de un lado para otro. Se mecía en el columpio cada vez con mayor fuerza, gradualmente tomando más y más vuelo hacia atrás y hacia delante, meciéndose como un péndulo.

De repente, en un movimiento hacia atrás y para la sorpresa de todos, los postes que sostenían el columpio se levantaron inesperadamente del piso, haciendo que el niño junto con todo y asiento volaran violentamente en el aire y con un efecto látigo, provocó que él saliera disparado, esta vez hacia delante y arriba, mientras que el poste transversal tomó una trayectoria fatal por la gravedad. El niño cayó a la tierra de espaldas con fuerza mientras que la parte superior del columpio siguió su curso, incrustándose justo encima del frágil tórax del niño. Todo se paralizó por un breve momento.

En fracción de segundos, los maestros acudieron rápidamente para rescatar al niño quien emitía quejidos al permancer atrapado aún por debajo del fierro. Los maestros lograron levantar el columpio y se lo llevaron para que pudiera recibir atención médica de urgencia.

Esto probó ser en vano; el día siguiente, estábamos velando al niño en la capilla de la escuela. El pequeño no volvió a abrir sus ojos. Murió en la sala de urgencias casi al llegar.

Yo no me acordaba de este incidente, pero es muy probable que haya afectado mi psique en alguna forma. Lo interpreté como un trauma no resuelto ya que no tenía registro alguno de aquella experiencia vivida hasta que comencé a husmear dentro de mi cerebro para escribir sobre el deceso de Chuck. Por eso, los primeros años de vida de un niño son tan fértiles y tan delicados a la vez. Dicen los profesionales que los primeros cuatro años de vida son los años más importantes en el crecimiento de un niño; una etapa definitoria en la existencia de un individuo.

La mente de un niño es muy impresionable y sumamente moldeable durante esta ventana de tiempo, además, es incapaz de darle significado a todas las cosas que suceden a su alrededor.

Aun así, por su inocencia y por el hecho de que todavía no han sido completamente 'contaminados' con los programas de condicionamiento y de domesticación, hay mucho que podemos aprender de ellos.

"Entonces le fueron presentados unos niños, para que pusiese las manos sobre ellos, y orase; y los discipulos les reprendieron. Pero Jesús dijo: Dejad a los niños venir a mí, y no se lo impidáis; porque de los tales es el reino de los cielos."

(Mateo 19:13, 14)

SEGUNDA PARTE

"A veces un poco de muerte es la medicina que hace falta para prevenir la muerte misma."

(Jordan Peterson)

V. El método socrático

"Una vida no examinada no vale la pena ser vivida."

(Sócrates)

El siguiente destino era Chiapas.

Hace algunos meses, recibí la llamada de uno de mis mejores amigos de la universidad.

Ernesto vivía en Comitán de Domínguez, ciudad ubicada no muy lejos de los Lagos de Montebello, una belleza natural que se encuentra cerca de la frontera del sur de México con Guatemala. Aunque ya no nos veíamos con tanta frecuencia, él y yo seguíamos siendo buenos amigos. En los últimos años de la carrera, Ernesto se trasladó a Puebla para terminar Medicina. Hablábamos ocasionalmente, por lo que estaba seguro de poder llegar a su casa sin avisar.

Me comuniqué con Diana, la mágica y misteriosa mujer que conocí en Tulum, antes de volar a Chiapas. Le informé que estaba por viajar y que después de pasar unos días en Comitán, me proponía a seguir el viaje a través de tierras mexicanas que teníamos planeado.

Diana aún se encontraba en Palenque, lugar en donde pasó las fechas decembrinas. Ámbos acordamos en que terminando mis deberes y placeres, iniciaríamos el viaje al desierto, no sin antes pasar y conocer algunos otros lugares de México.

Ernesto y su esposa habían tenido su primer bebé; una hermosa niña de ojos rasgados. Ellos planeaban celebrar su bautizo el segundo domingo de enero en una de las majestuosas iglesias católicas de Comitán de Domínguez. Planeé mi viaje de modo tal que dispondría de suficientes días para ir a la costa con otros amigos que vivían en la capital llamada Tuxtla Gutiérrez y luego volvería a Comitán para asistir al bautizo de la hija de mi

87

amigo. Este era el itinerario de mi estancia en Chiapas, solamente dos lugares, ya que no podía darme el lujo de turistear más tiempo porque me esperaba una aventura monumental en toda la extensión de la palabra; Oaxaca, la Ciudad de México, y finalmente, San Luis Potosí.

Aproveché también para hacer algo que yo había estado postergando por ya un tiempo, y decidí pedirle ayuda a Ernesto. Le había preguntado si él conocía a algún médico psiquiatra que pudiera verme durante mi corta visita. La petición no cayó en balde roto y él me puso en contacto con una psiquiatra de muchos años de experiencia, quien casualmente tenía su consultorio a la vuelta de la cuadra de su casa.

Ernesto estaba al tanto de mi situación y no tuve que darle muchas explicaciones. Sabía que yo intentaba hacer sentido de todo lo que me sucedía y que estaba tratando de reconstruir mi vida desde los cimientos. Simplemente me comentó que le alegraba que yo buscara auxilio profesional pues él también, siendo médico, sabía que en ocasiones uno solo no podía vencer la enfermedad de la adicción y que era completamente válido apoyarse en aliados (A.A., psiquiatras, psicólogos, terapia *Gestalt*).

La psiquiatra acordó en verme aun sabiendo que solamente estaría de paso y que quizás nos veríamos en esta ocasión nada más. Al fin que decidí armarme de valor para hablar con un profesional de la salud sobre mi alcoholismo. El primer paso ya se había hecho; aceptar que yo tenía un problema.

Este siempre es el primer paso en resolver un dilema de adicción: *la aceptación*.

***

En la antigua Grecia (a. C.), Sócrates desarrolló una metodología que utilizaba para abordar a personas en conversación y diálogo con el único propósito de avanzar en su búsqueda del conocimiento y la verdad, el famoso *método socrático*. También fue este mismo ejercicio el que irónicamente lo llevó a su destino; ser ejecutado por el Estado bajo la acusación de envenenar las mentes de los jóvenes de aquel tiempo. Sócrates desafió la creencia en los dioses de su época y arremetió así en contra de la cultura y la tradición griega.

Siendo una persona que creció toda su vida en un entorno estrictamente judeocristiano, yo ignoraba gran parte de la historia occidental y no conocía a muchos de sus protagonistas.

Descubrí con el tiempo que los griegos nos dieron mucho de lo que hoy conocemos como pensamiento occidental, por ejemplo la Lógica y la Matemática, dos cosas tan ubicuas en nuestra sociedad que ya no les damos mucha importancia y las tomamos por sentadas. Asimismo, di con Hipócrates de Cos (460-377 a. C.), un eminente médico griego que inmortalizó la frase, "*que tu medicina sea tu alimento, y el alimento tu medicina,*" hasta más tarde en mi vida, específicamente, cuando se llevó a cabo el juramento simbólico al inicio de nuestro primer año de Medicina, un ritual que en mirada retrospectiva, debió haber sido más catártico de lo que en realidad fue; una simple formalidad.

Aunque la imagen de Jesucristo ha sido siempre mi estandarte modelo en lo que respecta a mi profesión y lo considero el más grande médico (lo tengo por encima de Paracelso, eminente médico suizo del siglo XV, incluso por arriba de Hipócrates, el padre de la Medicina), el leer más y conocer sobre otras culturas y distintas filosofías de vida me fue abriendo la mente a una realización trascendental; Jesús el Nazareno no fue el único ser iluminado que pisó la faz de la tierra (aunque sí quizás uno de los más revolucionarios, pues una vez dijo, "*Amad a vuestros enemigos, bendecid a los que os maldicen, haced bien a los que os aborrecen, y orad por los que os ultrajan y os persiguen...*"), sino que han llegado otros seres, y es posible que seguirán llegando más *avatares* (dicen que son 144,000) que vendrán a continuar ayudando a la Humanidad para mostrarnos el camino hacia la libertad, y así tener la posibilidad de poder escapar, o al menos ver con toda claridad que aún nos encontramos atrapados en *la caverna de Platón...* el manto de la iluminación viste de muchas formas.

Conocer a Sócrates me abrió el panorama y me di cuenta que Jesús el Nazareno no fue tan singular (algunos religiosos considerarían esto como blasfemia) como nos ha hecho creer nuestro clero. Sin desear entrar en debate teológico y hablando específicamente desde un punto de vista histórico y social, puedo observar un paralelismo inquietante entre Sócrates y Jesucristo.

Sócrates fue 'crucificado' a manos del Estado que en ese entonces era Atenas, así como también Jesús fue crucificado unos cuatrocientos años después, esta vez, bajo las intrigas del grupo de poder en Jerusalem, los Saduceos, quienes eran los que controlaban al pueblo judío en ese entonces. Han transcurrido poco más de dos mil años, y mensajes como *"ama a tu prójimo como a ti mismo"* aún no nos asientan del todo. Como dicen aquí en México, aún no nos *cae el veinte*.

Y es así, que a través de toda la historia de la Humanidad, han existido seres que fueron 'crucificados' , pues algunas de las mentes brillantes y revolucionarias del pasado han sido malcomprendidas y mandadas a eliminar por su misma gente. Estas mentes han sido percibidas como una amenaza directa en contra de una sección de la sociedad que prefiere que las cosas marchen como siempre, aquellos con un terror abrumador al cambio, aquellos que aún prefieren la ignorancia y la oscuridad, aquellos que no quieren que la Humanidad salga jamás de *la caverna.*

"Pero los principales sacerdotes y los ancianos persuadieron a la multitud que pidiese a Barrabás, y que Jesús fuese muerto. Y respondiendo el gobernador, les dijo: ¿A cuál de los dos queréis que os suelte? Y ellos dijeron: A

Barrabás. Pilato les dijo: ¿Qué, pues, haré de Jesús, llamado el Cristo? Todos le dijeron: ¡Sea crucificado!"

(Mateo 27: 20-22)

***

Al aterrizar en la ciudad de Tuxtla Gutiérrez, tomé un taxi del aeropuerto hasta la terminal de autobuses para comprar mi boleto rumbo a Comitán de Domínguez.

Le hice una llamada a Ernesto para avisarle que ya había llegado a Chiapas y que nos veríamos en unas horas.

–¡Qué bueno que llegaste con bien, *Jaguar*! –me respondió por teléfono–. Ya debo de estar en casa para cuando llegues.

–Claro que sí, Ernesto. Nos vemos en unas horas. Gracias por estar al pendiente de mí.

–Nada que agradecer –me contestó–. Será un gusto tenerte con nosotros. Además, ya quiero que conozcas a tu sobrina.

Después de unas horas de camino serpenteando por la sierra chiapaneca, por fin llegué a la terminal de Comitán. Me bajé del autobús con mi mochila viajera y me dirigí a casa de mi amigo, ubicada a escasos diez minutos a pie de la terminal. Yo viajaba ligero, por lo que decidí ir caminando hasta su casa.

¡Caramba! Ahora que lo recuerdo, en una ocasión hace varios años, vine a visitarlo con León, otro buen amigo la universidad. En aquella notoria ocasión, los tres consumimos cantidades exorbitantes de *cannabis* que hasta nuestro *dealer* mostró un rostro de preocupación cuando tuvimos que abastecernos nuevamente de *hierba* pocos días después de haber hecho la compra original (dotación que le hubiera durado a cualquier consumidor *cannábico* mesurado por algunos meses).

91

En esa misma semana de juerga, León, Ernesto y yo nos dirigimos rumbo a San Cristóbal y en una de aquellas noches, transitando por las calles principales, llevamos a cabo el famoso *hotboxing* en el interior del auto en el que íbamos (chicos, no intenten esto en casa), paseándonos *hasta los humos* y con todas las ventanas arriba; *Cheech y Chong* hubieran estado orgullosos de nosotros. Esa vez no pasó a mayores.

Cuando por fin nos vimos en esta nueva ocasión, mi amigo y yo nos abrazamos con gran efusividad. Saludé a su esposa y finalmente conocí a su primogénita, mi sobrina adoptiva; los hijos de los amigos más cercanos se convierten automáticamente en familia.

–Te presento a Belén, amigo –Ernesto me extendió una muñequita cubierta en una manta rosa–. *Jaguar*, Belén. Belén, *Jaguar*.

La sostuve nerviosamente entre mis brazos.

–Está bien cachetona tu niña, Ernesto. Felicidades a los dos. Creo que será un honor ser su padrino, aunque realmente no tengo ni *puta* idea de lo que se trata esto.

Los papás de la pequeña sonrieron.

–No te apures –me contestó mi amigo de mil y una batallas–, tú déjate llevar. Es más que nada una simple formalidad, un acto de presencia. Ya con calma te digo bien de qué se trata todo ese asunto.

Esto me tranquilizó en gran manera. Los papás habrían visto mi rostro tenso despreocuparse en tiempo real; ambos rieron jovialmente al unísono. La niña seguía dormida y parecía una pequeña *angelita* caída del cielo.

Después de los saludos y los pormenores, Ernesto me llevó adentro de su casa y me instalé en el cuarto de huéspedes, me bañé y me alisté para reunirme en breve con la psiquiatra.

Ernesto se asomó repentinamente por la puerta.

–¿Ya listo para ver a la doctora? –me preguntó.

Lo volteé a ver con aire dudoso y escéptico.

–Creo que sí, amigo, creo que sí.

Diciendo lo cual, me entera mi amigo que la psiquiatra con quien tenía la cita era su madre. ¡Vaya giro inesperado!

***

Uno...
Dos...
Tres...
Cuatro...
Cabizbajo, comencé a contar mis pasos mientras me dirigía rumbo al consultorio de la doctora Ávila. Mi deambulación se hizo lento y comencé a perspirar. La frecuencia respiratoria se me había acelerado. Una gota de sudor rodó por mi mejilla. Había llegado la hora de la verdad.

Si yo realmente quería recibir ayuda, tendría que dejar morir todos los mecanismos de defensa, callar momentáneamente el intelecto, y rendirme ante una profesional de la salud que seguramente ya lo había visto todo; incontables trastornos mentales que existen en la psique del ser humano. La familiaridad por parte de mi amigo Ernesto jugaba un poco en mi contra, pues al saber que ella tenía una vaga noción de quién era, esto me ocasionaba un tumulto mental innecesario; quizás esta entrevista debió de haber sucedido hace muchos años. Hoy no sabía en absoluto qué esperar de este encuentro. Yacía yo parado en frente de la puerta de su consultorio mientras luchaba en mi interior.

"*Ya llegaste hasta aquí, cabrón. Ya no hay vuelta atrás. Tú te lo buscaste. ¿Qué es lo peor que puede suceder? Y si estás loco, ¿qué?*"

Durante los años de mi formación médica, me tocó rotar un mes en el 'Hospital Psiquiátrico' de la ciudad de las montañas. Durante ese breve intervalo vi a muchos tipos de pacientes, esquizofrénicos, maniacodepresivos,

93

pacientes con ansiedad generalizada y algunos sujetos con secuelas irreversibles por abuso de sustancias. Me viene a la mente un joven de veintitantos años que había 'frito' su cerebro inhalando el 'resistol' desde una muy temprana edad y no podía hilar una sola frase que fuera inteligible. Conocí también a un desafortunado joven de unos diecisiete años quien a simple vista no parecía tener algún desequilibro mental serio. Durante una de las sesiones de interrogatorio médico, él me confesó que sus padres lo internaron como castigo por haber consumido sustancias ilícitas después de asistir a un concierto de *Green Day*.

En este hospital habitaba una parte de la población que tuvo que retirarse de la sociedad porque su psique ya no les permitió coexistir adecuadamente con el mundo exterior.

En aquel entonces, ignoraba el profundo impacto que causaba el tema de la salud mental, así como el sutil estigma que la sociedad (incluyéndome) tenía referente a este asunto. No le daba mucha importancia, hasta hoy, el día en que me convertí en paciente.

El intelecto y mi raciocinio libraban una batalla campal en contra de mi alma indefensa.

"*¡Yo no necesito internarme en ningún manicomio! No soy como ellos. Soy un ciudadano funcional. Esto es distinto.*"

Me encontraba sumergido en mi propia *chaqueta* mental.

"*Jaguar, ¿qué diablos haces aquí? No tienes necesi...*"

Antes de completar el patético monólogo interno, se abrió repentinamente la puerta blanca del consultorio y ahí frente a mí, apareció la doctora quien al parecer ya me esperaba. Me estrechó la mano con cordialidad y me invitó a pasar a su espacio.

La Dra. Ávila era una psiquiatra de muchos años de trayectoria. Por el momento ella ejercía en Comitán, siendo la única especialista de este ramo de Medicina en la ciudad. Su prestigio y sus credenciales la precedían.

Con decirles que en el aeropuerto de la ciudad de México mientras esperaba para abordar el siguiente avión y tomar mi conexión rumbo a Tuxtla, entablé conversación casual con una pasajera cuya edad parecía estar entre la cuarta y quinta década de vida. Coincidentemente, ella también era originaria de Comitán. Me contó que iba de vuelta a sus tierras para visitar a unos amigos; todos sus hijos vivían en otros estados y ella radicaba mayormente en la ciudad de México.

Cuando le comenté sobre mi intención de ver a la psiquiatra, ella dijo lo siguiente:

"*Oh sí, ya sé quién es. La conozco bien. La doctora Ávila trató a mi hijo muchos años atrás por una depresión severa. Es muy buena.*"

¿Cuáles eran las probabilidades?

Un poco sobre ella. La doctora María del Rocío Ávila Padilla, psiquiatra subespecialista infantil, recibió su formación médica en Puebla entre los años 1977 a 1982. Después de eso, realizó su primer año de prácticas intrahospitalarias en el 'ISSSTE Ignacio Zaragoza' en la Ciudad de México. Posterior a eso, concluyó su primera etapa de la carrera haciendo su servicio social en 1984 en un poblado cerca de Puebla.

Al recibirse de la carrera de Medicina, se vino a vivir a Comitán y laboró entre los años 1986 a 1989 antes de proseguir con la especialidad de psiquiatría, misma que estudió en el 'Hospital Psiquiátrico Infantil Dr. Juan N. Navarro' ('N' de Nepomuceno) de la Ciudad de México durante los años 1994 hasta 1998. Era el único hospital psiquiátrico infantil en toda América Latina en esa época. Ella había trabajado en Ciudad de México, en Puebla, y finalmente, de nuevo en Comitán.

La conocí por primera vez durante un año en la carrera cuando ella visitó a Ernesto en la universidad. Me acuerdo vagamente de haberla saludado. Ernesto ya me había dicho que ella era psiquiatra, pero nunca até los cabos de que sería la persona que me iba a entrevistar en esta ocasión. Ni Ernesto se tomó la molestia en decirme que había agendado la cita con su madre. Supuse que me había jugado una especie de broma entre amigos.

Durante los primeros años de Medicina, no detecté y quizás hasta lo negué, que yo tuviera algún problema, pues según, aún permanecía enfocado en mis estudios; veía el alcohol simplemente como un 'lubricante' social. Consideraba que mi consumo de alcohol permanecía bajo control y que era de índole esporádica, a pesar de que en algunas borracheras, yo tendía a perder el conocimiento y a sufrir cuadros de vómito incontrolable al rebasar mi límite de tolerancia. Finalmente, me había convertido en un alcohólico funcional.

Seguí a la doctora por la primera habitación que era como una pequeña sala de espera y esta conectaba con el segundo cuarto, el espacio principal, siendo este el consultorio médico en donde ella tenía un escritorio de madera pintado de color negro, una computadora *laptop* conectada a una impresora, algunos libros y recetarios. Había tres sillas negras acolchonadas en su consultorio. En una de las paredes del cuarto, la doctora ostentaba varios diplomas así como los títulos de médico cirujano y partero, junto con el de la especialidad. Además de estos, pude divisar inmediatamente otros diplomas que me intrigaron en gran manera, 'Electrónico de Depresión y Trastornos de la Ansiedad' y 'Diplomado en Tanatología'. Estos eran los diplomas que me saltaron inmediatamente a la vista, sin embargo, conté fácilmente más de siete. Por ahí también había uno colgado que hacía alusión a la terapia *Gestalt*.

La Dra. Ávila me dio la bienvenida formalmente y me invitó a tomar asiento.

–Gracias por verme, doctora –musité nervioso y tímidamente.

–Me da mucho gusto recibirte. Sé que eres buen amigo de mi hijo Ernesto. Recuerdo haberte visto con él en la universidad –respondió.

Sus ojos penetraron los míos. Se dibujó una tenue sonrisa en el rostro de la doctora. Ella esperó a que yo iniciara la conversación principal.

Pasaron unos segundos antes que yo verbalizara palabra alguna; desviaba la mirada ocasionalmente y mis manos cambiaban constantemente de posición.

Proseguí diciendo:

–Bueno, la verdad es que, siendo completamente honesto, doctora, realmente no sé por qué estoy aquí.

Otro silencio, sin embargo, la doctora mantuvo la mirada fija hacia mí. Ella esperó un poco, haciendo del silencio su aliado. Después de unos segundos, la Dra. Ávila vio finalmente que yo no tenía intención alguna de iniciar la entrevista y fue en ese instante que tomó las riendas y dirigió el diálogo.

–Bueno, déjame preguntarte entonces. ¿Por qué crees tú que estás aquí? ¿Por qué estamos reunidos aquí esta tarde?

Volteé nerviosamente para fijar la vista al suelo por enésima vez. No hallaba en donde poner las manos; las movía y cambiaba de posición ansiosamente.

Ella agregó:

–Y por favor, trata de relajarte e intenta platicar conmigo como si estuvieras en confianza, haz de cuenta como cuando convives con mi hijo. Esto no es nada del otro mundo, ¿sí?

Volví a levantar la vista cautelosamente una vez más, haciendo contacto visual con las *ventanas* del alma (expresión de Diana) de la doctora.

Me solté un poco más.

–Bueno doctora, lo intentaré. Estoy... estoy aquí porque creo que tengo un problema y no lo he podido resolver.

La doctora contestó:

–Ese es un buen comienzo. De no tener uno o de tú no creer que lo tienes, esta reunión sería innecesaria y hubiéramos podido haber concluido este encuentro de una vez sin más ni menos. Numero uno, para yo poder

97

ayudar a mis pacientes, necesitan tener bien claro de que hay un problema que resolver. Aceptar que tienes un problema es el primer paso para la resolución del mismo. De allí partimos para ver si entre ambos somos capaces de llegar a una solución de dicha problemática. ¿Hace sentido esto?

–Sí, doctora –contesté un poco más relajado.

–Muy bien –continuó–. ¿Puedes intentar articular a rasgos generales cuál crees tú que sea el problema que te trae hasta aquí el día de hoy?

–Voy a serle bien sincero, doctora –le contesté con un poco más de confianza–, creo que tengo un problema con el alcohol. Más bien, no creo, sé que lo tengo. Ya llevo mucho con esto, sin embargo, se ha manifestado más en los últimos años. Verá, todo comenzó en mis años de preparatoria. No le tomé mucha importancia hasta que fui afectado a un nivel profundo en la vida. He transitado recientemente por un divorcio, además, fui despedido de mi empleo. Creo que estas dos cosas están directamente relacionadas con mi hábito de consumo de alcohol, entre otras cosas.

Hubo una pausa antes de que ella contestara.

Siempre mantuvo contacto visual conmigo y se reflejaba cierta empatía en su rostro.

–Ese es un buen lugar de donde partir –anunció serenamente–. Las adicciones como el alcoholismo, son un mal de la sociedad, sin embargo, es la misma sociedad que perpetúa dichas adicciones. En la TV te venden el alcohol como algo que debes de consumir. Fíjate bien, pero todo el tiempo están intentando venderte algo. El alcoholismo y la dependencia a otras sustancias son perjudiciales y es un problema de salud pública que ha existido ya por muchos años.

–Durante los años que usted ha ejercido, ¿ha visto un aumento en el índice de alcoholismo? –pregunté con curiosidad.

–Es que son muchos ya en nuestro país. Es la idiosincrasia. Son las costumbres, y una de ella es que toman mucho, más durante los fines de semana. Por ejemplo, aquí en Comitán los hombres se van a jugar fútbol y terminando de hacer deporte, se toman sus cervezas, y bien tomadas. No nada más es que tomen todos los días. Aunque tomen un día, pero toman bien, *hasta las chanclas* como decimos aquí en México. Eso también es alcoholismo.

Breve pausa.

–Toman hasta que quedan dormidos, hasta que se ponen mal. Eso no es normal. Hay gente que es tranquila pero toma mucho y eso definitivamente no es normal. Es una enfermedad y no la pueden controlar. Desde el momento en que no tienen el control, son alcohólicos y están enfermos. Esto afecta a toda la familia. Imagínate qué ejemplo, que el papá no va a trabajar el lunes porque está *crudo*. ¿Tú crees? Los hijos por más buenos, por más conscientes, por más inteligentes que sean, es algo que ya tienen introyectado.

–Como que lo ven en sus casas, a lo que me refiero es, el ejemplo de los padres –agregué tímidamente y en voz baja.

–Sí, es el espejo, y cuando los hijos ya son grandes les cuesta mucho trabajo no hacer lo mismo. También en contados casos sucede todo lo contrario, una aversión al alcohol o al hábito en tela de juicio.

–¿Pudiera venir de la niñez esta inclinación por el alcohol, doctora?

–El alcoholismo ya se vio que es hereditario, hay un gen específico que nos hace propensos. También es como una cadenita. Te educan así, en tu casa se ve normal y cuando eres adulto, tú ya lo vez normal. Aunque a lo mejor tu esposa tiene otra educación y llega el fin de semana y te pregunta "*¿qué te pasa?*" o "*¿por qué estás tomando?*" Y tú contestas, "*pues porque es domingo, para relajarme.*" No. No es correcto. A lo mejor en un festejo te tomas una copa para brindar y hasta ahí, pero en México no es así. En México es una tras otra. Ya lo agarran de *pachanga*. Muchas de las costumbres aquí en México están mal fundadas en el alcohol y lo siguen haciendo. Eso sin contar que a los gobiernos en general no les interesa. Por el contrario, lo promueven. Entre más bruta la gente, más podían hacer sus fechorías. No es que sea yo muy política, solo me daba cuenta de las cosas que pasaban y que siguen pasando ahora. Yo espero que eso se vaya mejorando. Es un problema de salud pública que necesita resolverse de alguna forma.

Todo cuanto me decía la Dra. Ávila lo sabía cierto, sin embargo, nunca había logrado poder expresarlo tan elocuentemente en palabras.

Ella prosiguió, diciendo:

–Otra cosa importante. Está bien documentado que el alcoholismo crónico causa daño cerebral. Lo he observado en la práctica. En alguna ocasión me han pedido dar pláticas en Alcohólicos Anónimos. A veces veo a algunos y pienso "*¿este ya para qué viene?*" Un sujeto con retraso mental. El retraso ha sido por tanto consumo de alcohol. A las grandes empresas que producen alcohol esto no les interesa. A ellos no les importa enriquecerse a costa de los pobres consumidores. Me pregunto si esas personas pueden dormir tranquilos, qué sé yo.

Creciendo en un pequeño país centroamericano podía identificar ese mismo hábito en los hombres que tomaban espartanamente cada fin de semana.

Durante otra breve pausa, organicé mis ideas para exponerle una de las razones principales de mi entrevista con ella.

–Precisamente por eso estoy aquí hoy con usted, doctora –le confesé, sintiéndome más en confianza–. Haciendo un análisis profundo, he llegado a la conclusión de que he sufrido más de una década con el problema del alcoholismo. Mis padres no consumen alcohol. Nunca lo hicieron. De niño nunca tuve la noción de qué era siquiera una cerveza. En mi propia experiencia, mis padres no fueron los ejemplares que me orillaron a desarrollar dicha adicción. Fue durante la preparatoria cuando tuve mi primera borrachera. Mis amigos me invitaron a tomar, y yo deseaba sentirme parte del grupo. Aunque pude haber decidido no aceptar irme con ellos, quizás mi falta de carácter fue un factor importante, pero lo que yo quisiera saber, y usted mencionó algo al respecto, es que si al nacer yo ya venía predispuesto a padecer este tipo de adicción.

La doctora me había hecho ver que la cultura mexicana (agregaría yo, la cultura latinoamericana) tiene bien integrado el hábito de consumir bebidas alcohólicas, cuestión que yo ya había observado por varios años.

Lo que continuó diciendo me abrió aún más la mente con respecto a las adicciones y las cuestiones de salud mental.

–La psiquiatría es muy amplia. Hay otra cosa que es bien importante. Tiene mucho que ver la forma en que naciste. Si tuviste sufrimiento fetal o si fuiste prematuro. Cuando te sucede esto de bebé, hay una alta probabilidad de que pudieras llegar a ser una persona poco tolerante, o a lo mejor presentas 'Trastorno por Déficit de Atención e Hiperactividad'. Por lo regular, los prematuros son los que padecen de este último. Son las personas que llegan a tener problemas de conducta más adelante en sus vidas.

–¿Hay algo en la literatura que documenta alguna conexión entre lo que acaba usted de comentar y los bebés que nacen con fórceps? –pregunté.

–Ellos también. Además de ser violentados al nacer, es allí en donde se les puede dañar su cerebro por la hipoxia neonatal.

Yo había nacido con fórceps. Jamás se me hubiera ocurrido que aquel hecho aparentemente insignificante pudiera tener un efecto negativo en mi vida adulta ni de que podría haber sufrido algún daño cerebral por la incapacidad de pasar por el canal vaginal de mi madre o por el hecho de que me tuvieron que traer al mundo con una herramienta de metal posicionándolo alrededor de mi suave cráneo de recién nacido.

Ella agregó, diciendo:

101

–Son mayormente las personas que llegan a ser los que por cualquier cosa explotan. Poco tolerantes.

Sin conocerme mucho, la doctora describió una característica que tuve de niño; algo temperamental y berrinchudo. Haciendo memoria, definitivamente había utilizado esas descargas de emocionalidad para a veces conseguir algo que yo quería a pesar de las negativas de mis padres, o simplemente reaccionar abruptamente cuando me reprendían por alguna acción que no era la adecuada.

Justo en ese momento, me cayó como rayo un pensamiento.

–Honestamente, y pensándolo bien, doctora, así he sido siempre. Poco tolerante desde niño. Confieso que también lo he sido en la adultez, especialmente en la relación con mi exesposa durante nuestro matrimonio. Creo que he llevado a cabo este patrón de conducta sin estar consciente de ello.

Con el solo hecho de informarme sobre este tipo de comportamientos, me di cuenta que algunos patrones (específicamente el pobre control emocional durante la niñez) los volvía a replicar ahora en la vida adulta. ¿Cómo no lo había visto antes? Obviamente ya no me tiraba al piso y pataleaba, pero con acciones y formas de habla que elegía al interactuar con mi expareja, así como con otras personas, las revolcadas en el suelo se volvieron muy sutiles. ¿Acaso mi alcoholismo era una forma más de ' berrinche'? ¿Una forma de automedicar un TDAH no diagnosticado? La 'Caja de Pandora' se iba abriendo una observación a la vez y ya no había forma de mantenerla cerrada.

–Y ¿por qué le interesaron más los niños que los adultos? –me nació preguntarle a la Dra. Ávila.

–Porque allí empiezan los trastornos mentales, en la niñez. Bueno, yo no lo sabía pero a mí me preocupaban más los niños. Como ya tenía yo un bebé, entonces como que decía, "*no, yo prefiero los niños,*" pues allí se ven los niños con TDAH, hay niños que están deprimidos, hay niños ansiosos, hiperactivos, poco tolerantes. Ya estando allí haciendo la especialidad, me doy cuenta de que es un mundo de cosas nuevas y no era lo que yo pensaba.

–Como cuando uno se mete más profundo en el mundo de la Medicina, casi nada es lo que uno se imagina, ¿verdad? –segundé.

–Ajá, sí, es otra cosa, ¿no?

–¿Fue la mejor elección? ¿Fue como que su camino a seguir?

–Era lo que quería. Es más, yo decía, "*bueno, si no logro hacer psiquiatría infantil, cuando mi hijo se vaya a la universidad, yo me voy a ir con él a hacer psiquiatría,*" pero pues no hubo necesidad.

La doctora rio serenamente y en tono bromista.

Prosiguió, diciendo:

–Me fui a hacer la especialidad justo cuando fue lo de los *zapatistas*. Coincidió en que me fuera en ese año. Esta era la calle –apuntando hacia la calle que pasaba por enfrente de su casa–, la calle por donde pasaban todos los camiones con soldados y andaban las avionetas como en esas películas de guerra de Hollywood.

Como quien detecta a alguien escapándose del *meollo* del asunto, la doctora quiso saber un poco más.

–Y dime, aceptas que tienes un problema. ¿Tienes evidencia concreta además de tu matrimonio fallido? Verás, un divorcio no necesariamente indica que hay un problema de adicción. Una relación de pareja es mucho más compleja que solamente eso. No tomaría tu divorcio como evidencia de tu problema en cuestión.

Tomé unos segundos antes de contestarle.

–Usted me va a disculpar si me manifiesto un tanto poético, pero la verdad es que esto es lo único en lo que he pensado últimamente.

Sentí la necesidad de ser completamente sincero.

–En un no tan extraño suceso de eventos y como en un efecto dominó, perdí a mi mujer y perdí mi trabajo. Sin embargo, en un incidente automovilístico específico que ocurrió unas semanas después de mi despido laboral, se me abrieron los ojos y vi que este hábito ya se estaba saliendo de control y si yo no hacía algo para enderezar el camino, yo me estaría perfilando hacia una muerte prematura.

Tomé un respiro y proseguí con mi relato.

–Ocurrió un sábado por la tarde. Cuatro amigos y yo habíamos estado bebiendo todo el fin de semana. Como era de costumbre, comenzamos desde el viernes en la noche sin una razón en particular. El viernes se convirtió en sábado. Amaneció, y ese día transcurrió entre alcohol y otras drogas. Fue una de esas sesiones interminables. Habíamos estado bebiendo dentro de los confines del apartamento de uno de nuestros amigos. Salíamos a la calle únicamente para reabastecernos de cervezas y de algunos comestibles. Ese sábado de tarde nos encontrábamos destruidos, inservibles, pero aún con el deseo hedonista de ingerir la cantidad de alcohol que se nos pusiera en frente. Se había generado una leve precipitación constante, acompañada de un cielo gris nublado y una baja en la temperatura. En el norte le dicen *chipi chipi*. Cuando dicen que el alcohol tiende a minar tu capacidad para la toma de decisiones, esto no es una exageración. Personalmente, yo he tomado las peores decisiones de mi vida bajo el efecto de esta droga. En su momento, no capté la gravedad del asunto. Se nos había terminado la última gota de alcohol, y decidimos que era un buen momento para salir en coche a buscar otra dotación de cervezas y seguir la fiesta. Homer, el dueño del vehículo, dos colegas, Dr. G y el Dr. A, un amigo al que llamábamos 'El Químico' y yo salimos en busca de más alcohol. Sí, los médicos nos jactamos de llevar el lema ' trabajamos duro, celebramos duro' tatuado en el brazo. Fuimos por una nueva dotación de cervezas. La fiesta continuó. Como en bucle, un rato después, nos habíamos quedado nuevamente sin alcohol. No teníamos llenadera. Decidimos salir por más cervezas al mismo lugar. Ya se estaba oscureciendo. La llovizna persistía, haciendo las calles más resbaladizas de lo usual. Esta ocasión, en vez de volver directo al departamento, Homer decidió dirigir el vehículo hacia el rumbo contrario. Habíamos avanzado varios kilómetros sobre una carretera principal y el *diablo* se hizo manifiesto en el auto. De repente, nuestro conductor comenzó a derrapar intencionalmente sobre la carretera. Le traccionaba al freno de mano mientras giraba el volante hacia la izquierda y luego hacia la derecha. En el frenesí de nuestra borrachera, a todos nos parecía divertido en su momento. El asfalto resbaloso lo hacía aún más adrenérgico. Homer lo hizo una vez más, sin embargo, en ese preciso momento, de la nada salió un trailer y nos embistió. No nos impactó de frente, pero con las llantas traseras alcanzó a darle un buen empujón al carro en el lado derecho en la puerta del copiloto, nos sacó violentamente del camino, dimos varias piruetas para luego terminar empinados en una zanja a la orilla de la carretera. Lo que sucedió después pasó tan rápido que al detenerse por fin el auto, los pasajeros que íbamos dentro de él ya estabamos afuera en cuestión de pocos minutos. Nos encontrábamos empapados por la lluvia, medio heridos y ensangrentados, temblando, en *shock* total y en medio de la gélida oscuridad. El único que no había salido del auto era Dr. G, el copiloto.

Hice una pausa para secarme el sudor de la frente. Yo estaba reviviendo ese mísero día. La doctora evitó interrumpirme y esperó el desenlace de mi narración.

–La peor baja de ese incidente fue el Dr. G quien permaneció inconsciente por tres días consecutivos. Los especialistas dicen que fue un milagro pues literalmente estaba en coma. Le hicieron varios estudios de imagen y al parecer su cerebro se había inflamado. No le daban buena *prognosis* (evolución del cuadro clínico) pero al tercer día, como por arte de magia, Dr. G comenzó a recuperar la consciencia y hablar. Terminó con varios moretones y un collarín, pero lo más insólito fue que no se quebró ni un solo hueso. Dr. G es un milagro andando. De igual forma, es un milagro que mis amigos y yo estemos vivos aún. Salí casi ileso de ese accidente, con algunos moretones y unos raspones encima nada más. Después de ese incidente, tuve que mirarme al espejo en ese momento y poner todo en una balanza. Había tocado fondo después de haber tocado fondo después de haber tocado fondo. Con el ojo izquierdo amoratado y con una laceración en el labio inferior, me miré al espejo y me dije a mi mismo en tono firme y decisivo, *"Está bien, Jaguar. Es suficiente. ¡Ya no puedes seguir haciéndote pendejo!"*

***

Alba y Manuel celebraban su tercer aniversario de casados. Después de ver a la Dra. Ávila y convivir un rato con Ernesto, volví brevemente a Tuxtla y me reuní con ellos en la capital chiapaneca para luego acompañarlos a la playa y honrar sus nupcias. Ellos se habían casado en la bella y pintoresca ciudad de San Cristóbal de las Casas, una de las ciudades más turísticas del estado. En esta ocasión, decidieron pasar unos días en 'El Madresal', una pequeña ecoaldea ubicada en la costa pacífica de Chiapas.

La gran sorpresa del día para mí fue volver a ver a Debbie, una muy querida amiga de la universidad y a quien no había visto desde la boda de nuestros amigos, evento donde ella fue una de las damas de honor. El abrazo del reencuentro fue muy significativo después de tres años de no vernos. Nos reímos alegremente por este nuevo coincidir. Se avivaron viejos recuerdos. Debbie se salió de la carrera médica como al sexto semestre, luego se trasladó a Puebla y allá comenzó desde ceros la carrera de Ingeniería en Sistemas.

Dato anecdótico, Debbie fue la 'Cupido' entre Alba y Manuel, pues ella los presentó alguna vez en Puebla. Lo demás es historia.

Debbie era originaria de Chiapas, sin embargo, decir que era de un lugar probaba ser fútil. Después de estar viviendo en Puebla por varios años, ella comenzó a viajar a diferentes partes de la república. Su *laptop* le permitía llevarse el trabajo a donde fuera. Supe luego que se fue a vivir a Querétaro por una temporada. Después de andar por algunos lugares de México, se instaló por una breve temporada en Barcelona. Habíamos dejado de comunicarnos con frecuencia, así que no sabía cuál era su paradero en la actualidad. Si había algo que recordaba de Debbie, era su pícara sonrisa, misma que enmarcaba su tez morena aperlada, sus ojos rasgados y aquel cabello lacio negro con corte a los hombros.

Ella exclamó alegremente:

–Querido, ¿cómo estás? ¡Pero qué gusto!

–¡Qué grata sorpresa, Debbie! No sabía que vendrías.

Como buen aguafiestas, agregué:

–Ojalá te pudiera decir que bien, amiga, pero la verdad es que he visto mejores días. Mi vida parece ser un *desmadre* últimamente.

Debbie me observó en silenció por un momento y luego sonrió diciendo:

–Ay, ya *güey*, anímate un poco. Vamos a estar en la playa por un par de días. No puede estar del todo mal, ¿o sí?

Mi amiga tenía toda la razón. En fin, ahí estaba Debbie, ahí estaban Alba y Manuel. Aquí estaba yo. Ahora era necesario enfocarnos en llegar a nuestro destino. Para llegar hasta 'El Madresal', fue necesario subirnos a una pequeña lancha anclada entre las aguas semiturbias debido a la mezcla de agua salada y el lodo que sostenía toda la vegetación. Desde tierra firme, la lancha partió y atravesó un pequeño golfo de agua marítima rodeado de manglares, para finalmente desembarcarnos al otro lado del lago. Al bajar de la lancha, nuestros pies ya pisaban arena blanca. Nos encontrábamos rodeados de palmeras, de chozas, y la ecoaldea contaba con un restaurante al aire libre, de palapa, en donde servían pescado recién salido del océano. Cada choza era una habitación para dos, misma que contaba con una cama matrimonial y su respectiva hamaca en frente.

Mis amigos ya habían hecho una reservación para dos chozas.

–Parece que tu y yo tendremos que dormir juntos, querido –comentó Debbie sonriendo–. Espero que no te molesten mis ronquidos.

–Para nada, Debbie –le contesté mientras la abracé cariñosamente, poniendo mi brazo alrededor de su cuello y acercándola a mi pecho.

Ella continuó diciendo:

–He estado viviendo en San Cristóbal, ¿tú crees? Le ofrecí mis servicios a un hostal y los encargados del lugar me han permitido vivir en una de sus habitaciones. Hasta me dieron un trabajo de medio tiempo. Estoy muy a gusto. Por ahora andaré por aquí, además, tengo cerca a mis papás. He intencionado visitarlos por lo menos una vez al mes.

–¿Y en qué más has estado trabajando Debbie? ¿Qué te traes entre manos ahora?

–Uy. Es ultrasecreto. No puedo decir mucho, solo que en estos momentos estoy desarrollando una *app* que espero pueda venderle a Google o a cualquiera compañía *Big Tech* que esté interesada en comprar.

La última vez que nos vimos, Debbie me había platicado vagamente sobre incursionar en el mundo de la tecnología, específicamente hablando, el mundo de las aplicaciones digitales; conocidas más como *apps*. A pesar de que no me consideraba un experto en la tecnología, yo era consciente del incremento colosal de las facilidades brindadas a nuestra generación por medio del internet y del mundo virtual. Hoy en día existe todo tipo de *apps*, desde servicios de transporte, de bancos, para pagar utilidades, para reservar hospedajes, etc. Todo esto lo tenemos en la palma de nuestra mano en un aparato tecnológico que más que un simple celular, se parece más a una minicomputadora portátil.

–Me oiré viejo al decirte esto, pero me acuerdo que en la universidad todavía no teníamos estos aparatos. ¿Te acuerdas de Ernesto, Debbie? Solo ese *cabrón* tenía un celular Nokia de esos de ladrillo en donde jugábamos el juego de *la víbora*. Ahora ya son reliquias.

–Claro que me acuerdo de él. Me lo saludas mucho cuando lo veas, ¿va?

–Con gusto –agregué–. Él y su esposa acaban de tener a su primer bebé. Ahorita andarán como locos haciendo los preparativos necesarios para su bautizo. Ernesto me hizo padrino de la niña, ¿sabes? Por cierto, ¿qué exactamente hace el padrino?

Debbie soltó una buena carcajada pues para ella, la imagen de mí siendo padrino le pareció de lo más exquisito.

–*Güey*, si ni eres mexicano –bromeó Debbie–. Ay, no, ustedes dos siempre han sido unos loquillos.

Mientras Debbie y yo nos instalamos en nuestra choza, Alba y Manuel hicieron lo mismo. Acordamos en descansar un poco para luego dirigirnos al restaurante. No tardamos mucho en instalarnos y en cambiarnos de ropa. Nos encaminamos a la playa para esperar a los enamorados.

Era la primera vez que conocía el Océano Pacífico. Mientras la arena acariciaba la planta de nuestros pies y el viento soplaba, no pude sino quedarme estupefacto ante la magna fuerza de las olas del mar. Jamás había visto o sentido algo igual. Las inmensas olas se erguían gradualmente de forma imponente para luego descender, generando un estruendo increíble, como el sonido de mil truenos, luego desaparecían entre la espuma y el agua del vasto océano chiapaneco. Creo que mi amiga debió haber estado admirando lo mismo, pues ninguno de los dos decíamos palabra alguna, simplemente observábamos el ir y venir de las gigantescas olas como hipnotizados y en trance.

Cuando te encuentras frente a frente con la belleza y el terror simultáneo de las fuerzas naturales, el silencio es la mejor respuesta. Es la única actitud adecuada, ya que las palabras son solamente un pobre intento de describir un mundo que está más allá de nuestro lenguaje convencional.

La naturaleza es tan grande y milenario mientras que el ser humano es tan pequeño y efímero.

VI. Lucy en el cielo con diamantes

"Lo recuerdo. Me llené el corazón de diamantes –que son estrellas caídas y envejecidas en el polvo de la tierra–y lo anduve sonando con una sonaja mientras reía. No tengo otro rencor que el que tengo, y eso porque pude nacer antes y no lo hiciste."

(Jaime Sabines)

A veces, ciertos hábitos nocivos pueden pasar desapercibidos por muchos años. Dos razones pudieran ser lo siguiente:

1) *Convención social dicta que tal comportamiento es normal.*

2) *Inconsciencia. Inhabilidad para la capacidad de autoanálisis.*

Estos dos puntos anteriores convergen en lo que se conoce como lo más detrimental para una adicción: *la negación.*

Dentro de mi mochila llevaba un pedazo de papel. Era una receta médica que me había extendido la Dra. Ávila antes de despedirnos. La psiquiatra me anotó un par de medicamentos para comprar, y estos los estaría tomando por varios meses. Después de eso, mi caso sería reevaluado para ver si requeriría seguirlas tomando posterior a ese determinado lapso de tiempo.

Hasta me proporcionó el contacto de un colega suyo que vivía en la ciudad de las montañas para agendar una cita terminando los primeros meses del tratamiento farmacológico.

Durante la entrevista, le externé a la doctora mi intención de experimentar con el *peyote* (científicamente conocida como *lophophora williamsi*) y le solicité una sincera opinión sobre su uso para depresión, alcoholismo y otras adicciones, recurriendo a la gama de sustancias conocidos como agentes psicodélicos (el mejor término a utilizar es la palabra *enteógenos*) para tratamiento. La doctora no pareció darle mucha importancia a este tema. Me dijo que ella lo consideraba una excusa para aquellos que les gustaba ponerse *pachecos* y en conclusión, su opinión final era que estos compuestos no tenían efectos terapéuticos beneficiosos. La doctora me advirtió que sustancias como *ayahuasca*, *psilocibina*, *LSD*, incluso el *peyote*, causaban daño cerebral, pues las alucinaciones, tanto auditivas como visuales, sensoriales y perceptivas, eran eso, el cerebro siendo irrumpido, por así decirlo, con los poderosos compuestos químicos, ocasionando toda clase de efectos en el momento de su consumo.

La opinión médica de la Dra. Ávila contrastaba con todo lo que había leído e investigado referente a los experimentos con los *enteógenos*. Estas pruebas fueron llevadas a cabo en entornos controlados, es decir, dentro de los laboratorios y las clínicas, comenzando alrededor de los años cuarenta y cincuenta del siglo pasado, y durando hasta finales de los años sesenta y principios de los setenta, cuando el presidente de Estados Unidos en aquel entonces, Richard Nixon, declaró oficialmente la ' guerra contra las drogas' y de esa forma, *cerrando el changarro* por tiempo indefinido.

Esta censura en contra de los *enteógenos* ocurrió porque las sustancias no solo estaban siendo utilizadas bajo condiciones controladas por médicos y científicos de aquella época, sino que se extendió fuera de control, diseminándose entre la población en general, haciendo posible que cualquier persona pudiese comprar *LSD* o sustancias como la *mescalina* o el *DMT* en el mercado negro.

Además del área de la salud, organizaciones como la CIA comenzaron a realizar operaciones clandestinas tanto en instalaciones propias (en este caso, realizando sus propios experimentos usando los psicodélicos, por ejemplo, como coadyuvantes en las interrogaciones y torturas) así como también en burdeles, utilizando a prostitutas como 'mulas' y 'facilitadoras'; ellas le daban estas poderosas sustancias a sus clientes y la CIA se encargaba de filmar el experimento con micrófonos y cámaras escondidas en las habitaciones en donde se daban estos encuentros. Este notorio proyecto de la CIA se llamó 'MK-Ultra'.

Tuvo también un gran impacto, a nivel mundial y en la cultura general, el escándalo que se generó en la Universidad de Harvard cuando dos grandes figuras de la contracultura de esa época, los profesores Timothy Leary y Richard Albert (convertido después en líder espiritual ' Ram Dass') fueron cesados de la aclamada institución por llevar a cabo experimentos con *mescalina*, *psilocibina* y *LSD*, utilizando a estudiantes como sujetos de prueba; en contra de las advertencias del cuerpo administrativo de la universidad.

Estas dos situaciones, la notoriedad que Harvard recibió tras los experimentos de Timothy Leary y Richard Albert, así como las operaciones clandestinas 'MK-Ultra' de la CIA, son las razones indirectas (o directas, pues, ¿de qué otra forma sería?) por la cual personas como yo, así como individuos de otros rubros de vida en muchas partes del mundo, hemos llegado a conocer sobre la existencia de los controversiales *enteógenos*.

Le comenté también a la Dra. Ávila sobre un acontecimiento ocurrido en septiembre del 2019, para mi asombro, en donde el hospital de renombre 'John Hopkins', con el apoyo de donaciones anónimas, logró reactivar de forma casi milagrosa (teniendo en cuenta la resistencia gubernamental estadounidense en contra de estas sustancias) los estudios controlados con el uso de *enteógenos*, iniciando el departamento que nombraron 'Center for Psychedelic and Conscious Research'. A ella tampoco le pareció importar mucho este dato. Quizás la Dra. Ávila confiaba fielmente en sus herramientas y

113

tratamientos, quizás subvaloraba el efecto terapéutico de estos compuestos químicos. De igual forma, el tema era intrascendente para ella. El misterio se había agrandado. Me preguntaba si todos los psiquiatras opinaban que ingerir *psilocibina* o *DMT* era solamente cosa de *pachecos*, o si existían profesionales de la salud que abogaban, así como en el siglo pasado, en pro de los efectos benéficos y terapéuticos de los *enteógenos*.

¿Qué tan errado podía yo estar? ¿Qué tan errado pudieron haber estado los médicos y científicos de aquella época dorada de la psicodelia? Se documentaron cosas increíbles como casos de remisiones de 'síndrome de estrés postraumático', visible mejoría en pacientes con alcoholismo, tabaquismo, depresión mayor, ansiedad y fobias. Esto a veces ocurría en una sola sesión. En otras ocasiones, se requerían de sesiones posteriores para así generar un mayor nivel de éxito.

Un efecto colateral del *boom* del movimiento psicodélico del siglo XX, fue un cambio en la conciencia colectiva del pueblo estadounidense, haciendo emerger un sentimiento antiguerra nunca antes visto, con muchos jóvenes negándose a participar en la guerra de Vietnam. El gobierno de Nixon logró, quizás sin proponérselo, barrer debajo de la alfombra los datos recabados sobre los efectos y resultados, mayormente prometedores, de dichas sustancias. Solamente si te pones a investigar a fondo sobre los polémicos *enteógenos*, es posible llegar a conocer esta parte oculta de la historia farmacológica. Si no hubiese hecho mi tarea, seguiría catalogando estas sustancias junto con otras drogas explícitamente nocivas, por ejemplo, la cocaína, la heroína, metanfetaminas, y otras sustancias de índole más química y procesadas.

Habiendo intercambiado ideas y puntos de vista con la doctora, finalmente le conté sobre el viaje que estaba a punto de emprender y le pregunté si ella estaría abierta a la posibilidad de verme nuevamente para yo comentarle sobre mi experiencia con la *mescalina*. Ella estuvo de acuerdo con esto, sin embargo, me advirtió que mientras yo pensaba ingerir dicho compuesto químico, que me esperara después de eso para poder iniciar el tratamiento con los medicamentos que ella me había recetado. Me enfatizó mucho que no era recomendable mezclar tratamientos, puesto que ambos grupos, los medicamentos antipsicóticos antidepresivos clásicos así como los agentes psicodélicos, eran muy fuertes y que había que tener mucho cuidado con las reacciones cruzadas y con los efectos secundarios al momento de estarlos consumiendo.

Antes de despedirnos, le agradecí su tiempo y le comenté que haría lo posible por volver a Chiapas más adelante en el futuro para contarle sobre mi experiencia y de ¿por qué no?, tener una especie de seguimiento médico para que ella pudiese ver personalmente mi evolución (o no) y evaluar mi estado psicológico más adelante.

La Dra. Ávila me había presentado con lo que se conoce en el entorno científico como una *hipótesis nula*. Como un hombre de ciencia, esto era sumamente estimulante, pues su opinión era contraria a la mía, con una marcada tendencia a la indiferencia. Como paciente, sentí algo de temor, ya que viniendo de una especialista, el pronóstico de sufrir daño cerebral no era para nada alentador. ¿Terminaría yo como aquel pobre cristiano que ella me describió perteneciente al grupo de los Alcohólicos Anónimos? Como alguien que había tocado fondo y lo había perdido todo, valía la pena asumir el riesgo. Al fin y al cabo, ya no tenía absolutamente nada que perder. El punto de vista contrario de la Dra. Ávila me intrigó mucho. Ella me compartió información valiosa referente a mi dependencia alcohólica, algo invaluable para el gran reto que tenía por delante: *la sobriedad*.

Contaba yo con unas cuantas herramientas más para poder enfrentarme a este embate espiritual llamado 'adicción'.

"Te fuiste, amor, lejos de mí,
Estoy desamparado desde que te perdí.
Sin la brújula de tus besos no veo el norte ni el sur.
Lanzarme al vacío suena seductor,
Pues ya no tengo nada que perder."

***

Después de habernos instalado en 'El Madresal' y después de haber disfrutado de una exquisita comida en la palapa, nuestros platillos literalmente recién salidos del mar, Alba, Manuel, Debbie y yo, conocimos a otro grupo de turistas que se estaba hospedando en el mismo lugar.

Saludamos a Andrés, un corredor, a su medio hermano Hugo y a Tania. Ella era de origen francés y ellos eran dos turistas locales procedentes de un poblado llamado Berriozábal. Ellos también habían llegado para instalarse por unos días en la ecoaldea.

Tania, una hermosa mujer regordeta, de ojos verdes, piel clara, de cabello rubio corto, y Andrés, un chico fornido, aperlado, con un bigote pequeño, traían uno de esos *juegos de seducción* en donde ella se hacía la 'difícil' mientras que el galán trataba sigilosamente de convencerla que casarse con él era una buena idea.

Me pregunté sarcásticamente:

"¿Todavía existen las bodas?"

Hugo, el medio hermano de Andrés el corredor, era un hombre de cuerpo mediano, alto, barrigón, y de ánimos festivos. Desde su llegada, ya se le veía con una cerveza en la mano. Su voz era medio grave, hablaba fuerte y nos dio la bienvenida como si la ecoaldea le perteneciera a él.

¡Era fantástico! Teníamos el lugar para nosotros solitos. Éramos únicamente dos grupos de turistas en todo el perímetro. En lo personal, esto era de mi total agrado.

Los cuatro de nosotros salimos hacia la playa y extendimos unas toallas para recostarnos y descansar, tomar el sol y bajar la comida antes de irnos a nadar un rato. Todos disfrutábamos del espectáculo de las olas del Océano Pacífico. Parecían murallas que se abalanzaban violentamente sobre la orilla de la costa. Cada vez que chocaban, el estruendo era tan potente que retumbaba en todo el firmamento. A la orilla del mar junto a ellos, me sentí agradecido de estar en donde estaba en ese preciso momento.

Volteé a ver a mis amigos, diciendo:

–Oigan chicos, gracias por invitarme a celebrar su aniversario. Qué mejor que en la playa. Ya tenía ganas de verlos y de actualizarnos. Ha pasado algún tiempo desde la última vez que nos vimos.

–Ya sabes que el sentimiento es mutuo –contestó Debbie por los demás.

Alba y Manuel se mostraban cariñosos entre ellos y ¿cómo no? Si la ocasión lo ameritaba. Un aniversario de matrimonio es un buen motivo de festejo. Por otra parte, yo no había visto a Debbie justamente desde la boda de nuestros amigos. De hecho, la última vez que los cuatro estuvimos juntos fue cuando Alba y Manuel se casaron en el romántico poblado llamado San Cristóbal de las Casas. Revivimos los recuerdos de las nupcias de hace tres años. Alba y Manuel se veían igual de enamorados, así como en aquella ocasión. Manuel me cayó bien desde que estreché su mano y lo conocí por primera vez. Él parecía amar sinceramente a Alba y viceversa.

Debbie nos llevó al callejón de los recuerdos.

–*Güey*, ¿te acuerdas de aquella vez que salimos de antro y al volver camino a casa compramos una botella de vodka y a Alba se le cayó y se rompió justo antes de llegar?

117

Nos comenzamos a reír a carcajadas, hasta Manuel quien aún no figuraba en la historia de su mujer cuando esto sucedió.

–¡Como olvidarlo, Debbie! –contesté–. Estábamos tan *agüitados* que se había quebrado la botella y que el licor se había tirado por la banqueta, pero honestamente, estábamos tan borrachos que en realidad ya no podíamos tomar más. O sea, sí podíamos, solo que nos hubiéramos puesto muy mal, más de lo que ya estábamos. Yo apenas podía sostenerme de pie en esa ocasión. Estábamos completamente destruidos.

–Ya sé, querido. Quizás fue para lo mejor. Como quiera, Alba, te pasaste esa vez –bromeó Debbie.

Era una hermosa tarde en la costa. Había estado soleado durante todo el día. Se asomaban unas escasas nubes por el horizonte. Después de meternos al mar un rato, todos volvimos a nuestras respectivas cabañas para descansar un ratito. Nos pusimos de acuerdo para volvernos a reunir en la playa y ver el atardecer Pacífico.

Debbie era como una hermana para mí. En nuestro hospedaje, ella y yo seguimos recordando viejos tiempos. Por ejemplo, otro anécdota es que en la universidad, nos teníamos que esconder para fumar y de esa forma no tener represalias (era una institución religiosa). Solíamos frecuentar un restaurante llamado 'La Ponderosa' para poder fumar libremente, fuera de la vista de los docentes de nuestra escuela. En una ocasión, nos escapamos juntos para asistir a un concierto del grupo *punk* llamado *Blink 182*, una de mis bandas favoritas en aquel entonces. Debbie y yo nos pusimos a compartir lo que cada quien había vivido en los últimos años. Ella me contó de su vida y yo le conté un poco de la mía. Yo escuché atento los cuentos de trotamundos de mi amiga mientras ella describía con elocuencia los lugares que había visitado. Me trataba de imaginar cada lugar que ella mencionaba. Me contó que cuando fue a Barcelona, observó que los españoles fumaban la marihuana de una forma muy peculiar, mezclando ellos la hierba con tabaco y luego enrollándolo en un *porro*; mitad *cannabis* y mitad tabaco.

Me dio gusto ver de que ella estaba feliz y que vivía como siempre había querido; libre y sin estar apegada a un solo lugar. Yo veía una plenitud en su mirada.

De repente me vino a la mente la imagen de unos ojos negros; era la mirada penetrante de Diana, mi futura compañera de viaje.

Ella también tenía ese tipo de mirada. Era como un rostro de plenitud infinita.

¿Qué era lo que estas mujeres habían descubierto que yo aún no?

¿Acaso el secreto de la vida era viajar?

¿Podía ser así de sencillo?

Cuando fue mi turno de hablar, ella me escuchó atenta mientras le conté sobre la reciente *telenovela* de mi vida, desde el mísero divorcio, el despido, el accidente automovilístico, en fin, puras tragedias.

–Lo siento mucho, querido. Parece ser que has tenido que pasar por algunos tragos amargos. Ojalá te sientas mejor y veas días con más sol.

–Sí me he sentido mejor, Debbie. Con el simple hecho de estar en este paraíso, no me he sentido triste ni deprimido. ¿Sabes que es la primera vez que conozco el Océano Pacífico? ¡Es increíble!

Mi mente volvió a divagar hacia amores perdidos.

–Aunque sí debo confesarte, amiga, que todavía la extraño y que a veces he fantaseado con volver. Qué locura, ¿no?

Debbie me miró con empatía.

–Parece que alguien tiene un *mal de amor*.

Asentí con la cabeza a medio corazón, no tomando como lo que fueron sus palabras, un comentario ligero y bromista.

En un impulso de amorosa espontaneidad, ella se abalanzó sobre mí y me abrazó con fuerza, demostrando una solidaridad fraternal aún latente, así como cuando estudiábamos en la misma universidad.

Nos quedamos abrazados por varios segundos hasta que ella se desprendió suavemente de mi cuerpo y me lanzó una mirada con una sonrisa de travesura.

–Pues aquí tengo justo lo que el doctor te recetó, querido. ¿Estás listo para tomar tu *medicina*?

Pausé por un segundo y volteé repentinamente a verla con cierto escepticismo.

–Debbie, precisamente ¿a qué te refieres? ¿Cómo sabes lo que la doctora me recetó?

–Ay, querido, no sé lo que te hayan recetado. Para empezar, ¿qué doctora? Mira, no importa, ven. Abre la palma de tu mano. Anda, ¡vamos!

Con un brillo particular en sus ojos, Debbie me volteó a ver directamente a los ojos y me puso algo diminuto y apenas perceptible en la ya extendida palma de mi mano derecha. Era un pedazo milimétrico de papel acartonado de color verde oliva. Parecía ser una dosis de *LSD*.

–Esto es lo que llaman un *Doble Hoffman*. Creo que te vendrá bien, querido. Estás en la mejor ubicación para tomártelo. ¿Cómo ves? ¿Viajamos juntos?

El universo parecía estar conspirando a mi favor. Jamás imaginé que alguien me ofreciera algo así en la playa, mucho menos Debbie. Sin embargo, pensándolo detenidamente, tenía que ser ella quien lo hiciera. No sería nadie más. Miré incrédulo y con mucha atención el pequeño cuadro que mi amiga había puesto en la palma de mi mano. Viejos recuerdos comenzaron a desembocar como cascadas, memorias de algunas experiencias que tuve con *LSD* durante mis años de formación médica. De hecho, la primera persona que me mencionó sobre este compuesto químico fue Debbie, pero hace muchos años, mientras aún me encontraba en la facultad de Medicina.

Para este entonces, Debbie ya se había ido a Puebla a estudiar Ingeniería, y en una ocasión que nos hablamos por teléfono, recuerdo perfectamente que una vez me dijo lo siguiente:

"Querido, ¿ya probaste el LSD? Tienes que hacerlo. Es mejor que el sexo."

Esa vez me quedé pensativo cuando colgamos.

"¿Qué? en todo el mundo ¿podía ser mejor que el sexo?"

Pocas cosas se me vinieron a la mente aquella vez. De hecho, hasta el día de hoy, aún no puedo pensar en muchas. Ese comentario me intrigó mucho, a tal grado que me obsesioné con el. Fue de esa forma en que la 'Caja de Pandora' del mundo de la psicodelia se abrió ante mí por primera vez.

Volviendo al momento presente, le pregunte:

–Debbie, ¿es en serio? ¿Quieres que me lo tome?

–Obvio, querido. Mira, aquí tengo mi dosis.

Y en eso, abrió una de sus manos la cual contenía una pieza de papel milimétrico similar a la mía y del mismo color.

–Dicen que cuando te avientas un *viaje* con estas cosas, es como si en cinco horas hubieses tenido cinco años de terapia. Bueno, eso lo dijo Timothy Leary acerca de los *hongos mágicos* de Oaxaca, pero los psicodélicos generalmente hablando, pueden generar ese efecto.

–Y es mejor que el *sexo* también, ¿no? –agregué irónicamente–. ¿Te acuerdas que tú me dijiste eso por teléfono hace algunos años?

–¿Cuándo te dije eso, querido? ¿Mejor que el sexo? Mmm, no me acuerdo muy bien. Talvez andaba *pacheca*. Honestamente, no sé si exista algo mejor que el *sexo* –y terminó riéndose a carcajadas.

–Me recuerdo perfectamente de ese comentario, Debbie. De hecho, desde ese momento me metiste la curiosidad, pues me hice la misma pregunta. ¿Qué podía ser mejor que el *sexo*?

Durante los años de mi formación médica, no conocía ni tenía idea de lo que era el *LSD* ni de lo que eran los psicodélicos. Después de aquella vez que hablamos, me puse a investigar y leer ávidamente sobre el asunto. Hoy en día, se ha arrojado más luz sobre el conocimiento en cuanto a este y otros componentes químicos, sin embargo, no tanto como hubiera podido haber, esto debido a la criminalización y a la prohibición de dichas sustancias. Aún sigue siendo un tema de debate que polariza a la gente, incluso a individuos en el entorno científico.

En toda la historia de la Medicina y la ciencia occidental, es bien sabido que los doctores, científicos, y personas conllevando experimentos que tienen que ver con tratamientos exógenos, han usado a sujetos referidos coloquialmente como 'conejillo de indias' o 'pacientes cero' para averiguar los efectos de ciertas sustancias administradas con el consentimiento de las personas participando en dichas investigaciones. Esto es ciencia en su forma más convencional. Sin embargo, hay un puñado de hombres que a través de nuestra historia han hecho lo insólito, al menos desde la perspectiva académica, en donde ellos mismos fueron su propio 'conejillo de indias '.

Por decirlo de alguna forma, ellos se tiraron a las aguas profundas sin saber nadar.

El mejor ejemplo de esto fue el del químico Albert Hoffman, alias 'El Padre del *LSD*', quien se lanzó a las aguas profundas consumiendo una dosis formidable de *ácido lisérgico* el diecinueve de abril de 1943, incidente que es recordado cada año por *psiconautas* en todo el planeta. En el mundo de la psicodelia, mundo en donde la neurología y la fisiología convergen, este químico sigue siendo un referente importante.

Después de eso, la sociedad ya no fue el mismo. La existencia de las 'partículas de Dios' había por fin entrado en la consciencia colectiva; muchos otros seres fueron atraídos y nadaron en las mismas aguas que el mismo Dr. Hoffman.

***

Debbie, Alba, Manuel, y yo salimos una vez más a la playa para disfrutar el espectáculo de un atardecer Pacífico. Faltaba poco menos de dos horas para que el sol se escondiera. Decidimos contarle a nuestros amigos sobre la 'travesura' que habíamos cometido y ellos no hicieron más que reír empáticamente. Nos aseguraron que cualquier cosa que necesitáramos, se los hicieramos saber. Ellos estarían ahí para supervisarnos en caso de ser necesario.

En el poniente, detrás de una gran aglomeración de nubes gris que emergía desde altamar, relámpagos *zigzagueaban* en el lejano horizonte. Las nubes subían lentamente como señales de humo cósmicas.

De repente y de la nada un perro negro con patas largas pasó corriendo a toda velocidad por donde nos encontrábamos sentados, salpicándonos ligeramente de arena. Acto seguido, también pasó corriendo un miembro del otro grupo de turistas. Era Andrés. Había salido a la playa a jugar con su mascota. El perro daba zancadas firmes y estrambóticas entre las olas de la costa. Andrés lo seguía muy de cerca. En su mano derecha sostenía un pedazo de palo del tamaño de una batuta el cual comenzó a lanzar estratégicamente para que el perro lo atrapara y lo devolviera a su dueño, y de esa forma darle hilo a esta divertida interacción. Me quedé hipnotizado por varios minutos viéndolos jugar.

De repente me dio por caminar por la playa y le pregunté a Debbie si quería acompañarme. Ella accedió. Le preguntamos a Alba y Manuel si había inconveniente en dejarlos solos un rato. Ellos nos dijeron que no. Les aseguramos de que volveríamos justo antes del atardecer para compartir ese momento junto a ellos. No habíamos dado ni diez pasos cuando comencé a sentir algo extraño en todo mi cuerpo. Una especie de calidez eléctrica me recorrió desde la nuca hasta la punta de los dedos de los pies y de las manos, además, tenía el deseo incontrolabe de ponerme en movimiento. La arena, el cielo y el mar

123

comenzaron a brillar más de lo usual; una efervescencia sutil emanaba de todo lo que me rodeaba. De pronto, había olvidado todos mis *males de amor*.

***

Debbie me hablaba como experta en el tema de los psicodélicos.

–*Set* y *setting*, querido. Ese es el concepto clave para tener un *viaje* placentero y evitar caer en 'visiones del infierno'. Mientras compartes la experiencia con personas en quien confías o mientras lleves a cabo tu sesión con un guía confiable, alguien experimentado, las posibilidades de tener un mal *viaje* disminuyen bastante. Mientras más elementos de la naturaleza tengas a tu alrededor, la experiencia puede ser mejor.

La escuchaba detenidamente y veía que su boca se movía mientras ella me hablaba, pero por alguna extraña razón, su voz parecía venir desde adentro de mi cráneo y como un eco lejano; muy bizarro. Caminábamos rumbo en la dirección hacia donde se veían los poderosos relámpagos *zigzaguear* detrás de la gran formación de nubes que había emergido esa tarde por encima del mar. Estos nubarrones no ocultaban el sol, sino que subían lentamente por un lado, elevándose hacia el firmamento desde por debajo de la línea del horizonte. En contraste total, el cielo se comenzaba a teñir de color naranja con sombras de rosa magenta, mientras el gran astro rey descendía poco a poco.

Debbie agregó, diciendo:

–Aunque, cuando necesitamos ser sacudidos y ser 'regañados', no hay nada que podamos hacer, querido. Lo importante es observar todo lo que pase por tu mente como si estuvieras viendo una película. Verás, si intentas controlarlo, se vuelve un espiral en degradé. Si te dejas llevar o como decimos en México, *flojito y cooperando*, la

124

fase de 'infierno' muy pronto se vuelve 'celestial', todo se vuelve placentero y un éxtasis total invade tu cuerpo. Así me ha pasado. Esta vez, te aseguro que todo va a estar bien, ¿vale, querido?

Sonriente, asentí con la cabeza.

Avanzábamos caminando a buen paso por la playa desierta. Nuestras huellas temporales sobre la arena iban quedando detrás de nosotros. Pasamos a dos pescadores locales que tenían extendidas sus cañas para ver qué podían atrapar. Más adelante, pudimos observar a un señor arreando unas vacas flacas color gris; conté siete en total. Esta escena me pareció de lo más extraña. Nunca había visto vacas en una playa.

Pensé en voz alta.

"*¿Vacas en la costa?*"

Debbie me aseguró que eso era de lo más normal, pues estábamos en un área predominantemente rural y algunas personas se dedicaban a la ganadería. También utilizaban a los animales para la producción de leche, de quesos, y si se requería, hasta la misma carne de la bestia. Con su explicación, la escena dejó de parecerme rara.

Al seguir avanzando por la costa, podía sentir cada partícula de arena, como el tamaño de unas canicas, acariciar suavemente la planta de mis pies. Los colores del cielo me parecían más brillantes y más luminosos de lo normal. El sol irradiaba con una fuerza incognoscible. Definitivamente algo estaba sucediendo dentro de mi psique y también en el interior de mi cuerpo. *Flashbacks* de experiencias pasadas con *LSD* comenzaron a revivirse. Esto que estaba sintiendo ya lo había sentido yo antes, sin embargo, aquellas experiencias sucedieron mayormente dentro de los confines de cuatro paredes. Esto era muy distinto. La naturaleza parecía sonreírme. Una suave euforia inundaba todo mi ser. Yo volteaba a ver a mi amiga de años de cuando en cuando. Su cálida sonrisa me daba la certeza de que en efecto, todo estaría bien. Nos íbamos acercando más y más hacia los relámpagos.

Sentí que ya habíamos caminado por muchísimo tiempo. Debbie, volteando a ver su reloj, me aseguró que solamente había transcurrido un cuarto de hora.

Murmuré para mí:

"*Distorsiones en el continuo espacio-tiempo.*"

Definitivamente ya estaba ejerciendo su efecto el *ácido lisérgico*. En estos momentos circulaba al 100% por mi torrente sanguíneo, por todos los órganos y por todas las células de mi cuerpo. La alteración de la percepción del tiempo lineal era otro efecto ubicuo del *LSD* y de otros *enteógenos*.

Ya casi habíamos llegado hasta otra instalación turística llamada 'Boca del Cielo' cuando Debbie decidió que era hora de volver con nuestros amigos. Yo estuve de acuerdo. Decidimos regresar acelerando nuestro andar. Debbie comenzó a trotar mientras yo intenté seguirle el paso. A nuestro lado derecho, el montículo de nubarrones ya se había convertido en una gran columna negra mientras que los relámpagos seguían apareciendo en mayor cantidad. Ya no sabía discernir si los estruendos eran de los truenos de los relámpagos o si provenían de las olas gigantes que parecían erguirse como murallas. Debbie parecía una gacela y de pronto me di cuenta de que me costaba seguirla de cerca, no obstante, hice un esfuerzo monumental para no alejarme más de dos a tres metros de ella. Ya no volvimos a ver a las vacas ni a su ganadero, tampoco a los pescadores. Ya era la hora en que la gente buscaba sus hogares para volver con su familia, cenar, descansar y prepararse nuevamente para salir el día siguiente por el *pan*. Volviendo a percatarme del cuerpo, sentí que mi ritmo cardíaco había aumentado considerablemente. No sabía si esto era por el trote o por el efecto fisiológico del *ácido lisérgico*; muy seguramente una combinación de ambas cosas.

Más adelante, a lo lejos en la playa, pude distinguir a dos siluetas de diminutas proporciones que se fueron haciendo cada vez más grandes hasta tornarse ambos de tamaño normal. Me parecieron conocidas.

Andrés el corredor y una pequeña ballena color negro galopaban en la playa. Por alguna extraña razón, la ballena poseía cuatro extremidades. ¿Cómo era posible? No entendía nada. De repente solté una gran carcajada. Instintivamente y sin disminuir la velocidad, Debbie me volteó a ver; se había exaltado con mi risa.

Sentí la necesidad de explicarme.

–Ay, Debbie, no me hagas caso. Es que el perro... ¡ las ballenas no corren!

Vi a un grupo de personas a unos escasos metros más hacia adentro de la playa sentados serenamente y tomándose unas copas. Me pareció haberlos visto antes. Ah, ¡sí! El otro grupo, el medio hermano... la francesa. Los conocimos ¿ayer? No. ¿Cuándo fue? No podía acordarme en estos momentos. Finalmente llegamos con nuestros amigos. Me encontraba sudado y apenas podía respirar mientras Debbie parecía estar de lo más *fresca*. Manuel me extendió una pequeña botella de agua purificada y me la tomé por completo de un solo trago.

Alba nos dirigió unas palabras.

–Llegan justo a tiempo. El sol ya se va. ¿Ya vieron esas nubes? ¿Y los relámpagos? Manuel y yo temíamos que llegara una gran tormenta, pero parece que se quedará allá en altamar.

Debbie y yo volteamos a ver el horizonte una vez más. En efecto, la gran columna de nubes junto con los relámpagos que tronaban detrás del velo gris parecía resguardarse a una distancia segura. Se había vuelto a convertir en un montículo pues hace algunos minutos parecía una enorme montaña que se erguía sobre el océano. El sol se despidió con la infinita promesa de que mañana lo volveríamos a ver. Los colores como naranja, purpura, azulado y rosa fucsia danzaban cándidamente en mi campo visual. De repenté volteé la vista hacia arriba. Las primeras estrellas de la noche aparecieron en el cielo Pacífico. Estas se iban destapando con un destello espacial... especial.

Manuel habló, diciendo:

127

–Gracias a Dios que no nos llovió.

–No cantes victoria todavía –intercedió Alba.

–Tienes razón, hermosa. Hasta ahora, ¡qué bueno que no nos ha llovido!

Concluyeron su diálogo con un beso apasionado.

Debbie comentó en tono bromista:

–Ay, *güey*, ¡qué melosos! Ya váyanse a su palapa. O mejor vámonos tú y yo, querido, para que dejemos solos a estos tórtolos enamorados.

Todos nos reímos al unísono ante la ocurrencia de nuestra amiga. Era más que obvio; los cuatro de nosotros estábamos contentos y felices de poder compartir este momento juntos. No era para menos. Nos encontrábamos en un magnífico lugar, completamente rodeados por la naturaleza; el inmenso océano Pacífico frente a nosotros.

Existen lugares paradisíacos en este mundo...

Por mi parte, no me acuerdo cuándo fue la última vez que me había sentido tan en confianza, tan en familia, ni desde cuándo había reído tanto que hasta me dolieran las costillas. Esta euforia, esta felicidad, las emociones que comenzaba a sentir, solamente podía vincularlo con mi niñez. De adulto me había vuelto gris, tenue y algo taciturno. No sé si era el *LSD*, la compañía o el lugar en sí mismo, en estos momentos me daba igual. Me sentía pleno, amado, y conectado con todo y con todos.

Me sorprendí, diciendo en voz alta:

–Chicos, gracias por dejarme acompañarlos hoy. No saben cuánto necesitaba esto. ¡Los amo!

–¡Y nosotros a ti, querido!

Debbie me abrazó con fuerza. Mi armadura se había aflojado. Mis mecanismos de defensa comenzaron a debilitarse. No recuerdo cuándo fue la última vez que había pronunciado esas dos palabras con toda sinceridad dirigiéndoselas a mis padres o hacia algún ser querido. Hoy, sí provenían desde lo más profundo de mi corazón. Los fracasos de mi vida y los dramas recientes eran sino una memoria lejana, como si todo hubiese sido un mal sueño que tuve hace muchos años. ¿Por qué razón había estado tan triste? En estos momentos ya no me podía acordar. Sé que tenía algo que ver con *Miztli*, pero ya no importaba. Sé que en donde quiera que se encontraba, ella estaría bien, quizás hasta mucho mejor sin mí. No sé por qué, pero yo tenía esa certeza.

Volví a alzar la vista. Más y más y más 'diamantes' aparecieron sobre nuestras cabezas.

Debbie continuó diciendo:

–Pero ya en serio, chicos. Les haré volar la cabeza con esto si no lo han oído antes. ¿Sabían ustedes que lo que vemos en el cielo son únicamente fantasmas del pasado? Hablo de las estrellas.

Hubo una breve pausa.

Detrás del constante chocar de las olas, se escuchó un estruendo a la distancia seguido por un relámpago impresionante; por unos milisegundos el cielo entero parpadeó y se hizo nuevamente de día.

Era como si con una *Polaroid*, alguien estuviera tomando fotos a la distancia.

"*Dios está tomando fotografías.*"

Debbie prosiguió.

–Verán, la mayoría de las estrellas que vemos en el cielo están tan lejos de nuestro sistema solar y de nuestra galaxia misma, que el tiempo que toma la luz para viajar a través del espacio y en llegar hasta nosotros habría sido tanto, que cuando llegue a la Tierra, dicha estrella ya habría dejado de existir. Esto, según la Física Cuántica. ¿Cómo ven? Alucinante, ¿no?

Ya había oído esa teoría y Debbie tenía razón; era alucinante. Aún a la velocidad de la luz, las distancias entre galaxias eran abismales que incluso la misma luz se terminaba doblegando ante el gran vacío. Aprender este tipo de cosas siempre me había fascinado pues desde niño, me encantaba leer sobre los planetas, las estrellas y sobre nuestro sistema solar. Mi padre se encargó de tener enciclopedias en nuestra casa, y leer me hacía volar con la imaginación. Si algo aprendí de mí querido padre, fue su amor por la lectura.

129

Puedo oír su voz diciéndome:
"La ignorancia es el peor enemigo del hombre."

***

Un enorme manto estelar cubría nuestras cabezas. Sentía que cada una de las estrellas ejercía una fuerza de atracción planetaria sobre todo mi organismo intentando jalarme hacia el espacio exterior. Por unos instantes tuve miedo y pensé que en realidad esto podría suceder, pues tenía la sensación de estar flotando en el aire. Me sostuve del brazo derecho de Debbie para anclarme a ella, volteó a verme y sonrió sin hacerme mucho caso. Ella sabía que yo traía mis propios juegos mentales.

Debbie logró enseñarme la Vía Láctea.

Había aparecido sobre nosotros en esta noche tan espectacular. Jamás la había visto con tanta claridad ni mucho menos en todo su esplendor. Era como si cientos de cuervos cruzaran por el cielo en una formación en columna, rodeadas de una tenue claridad por ambos lados y en el fondo, como si alguien hubiese derramado leche de coco sobre una mesa, formando así un pequeño río espacial. Quizás era el pálido reflejo de los astros reflejándose sobre nuestra galaxia lo que permitía que la Vía Láctea estuviese más visible hoy, además, la ausencia de iluminación artificial de las grandes ciudades ayudaba para poder verla con mayor claridad.

En ese momento, la banda *Soda Stereo* invadió mis circuitos neuronales.

"Lo que irradia esta noche es especial
Sobre el lago resplandece
Esperaba una tenue aparición nebulosa como siempre
E imaginé su rostro vívido
Cuando está oscuro todo empieza a verse más claro
En mi constelación."

Tania, Andrés y Hugo estaban sentados en la playa. Habían encendido una pequeña fogata y nos extendieron una cordial invitación para acompañarlos. Alba y Manuel prefirieron volver a su habitación. Debbie y yo aceptamos gustosamente. Nos acercamos y nos sentamos sobre la arena junto a ellos. Éramos cinco humanos más un perro negro los que estábamos reunidos alrededor del fuego. La mascota se llamaba Lobo, y estaba acostado al lado de su amo, Andrés, mordisqueando un enorme hueso. Hugo se encontraba en modo festivo y era evidente que ya se le habían pasado las copas. Nos invitó a tomar un trago con él pero ambos declinamos amablemente.

Tania y Andrés se coqueteaban disimuladamente. Andrés seguía insistiendo en que casarse con él sería la mejor decisión que ella haría en su vida.

Debbie y yo, aún bajo los efectos residuales del *LSD*, permanecíamos serenos y gozosos. Yo sentía una eufórica paz que irradiaba todo mi ser. Ahora un nuevo elemento, el fuego, se había integrado a nuestro viaje. Las llamas emitidas por la fogata me tenían hipnotizado, tanto así que al observarlas muy detenidamente, podía distinguir pequeñas imágenes de rostros conocidos que luego se transformaban en deidades, a veces en *ángeles*, y otras veces en pequeños *demonios*. Por alguna extraña razón, estas manifestaciones no me causaban ni temor ni angustia. Estas figurillas surgían entre la leña y el fuego de repente, y más aún cuando mantenía la vista fija en el vaivén de las llamas. En ciertos lapsos alejaba la mirada del fuego para observar en dirección opuesta, o hacia arriba de nuevo para ver las estrellas infinitas y era como si estas me estuvieran hablando con cada destello que emitían. A veces sentía que yo era el fuego. A veces sentía que yo era las estrellas. Sentía que yo era el perro.

Dios seguía 'tomando fotografías' en altamar, pues a cada cierto intervalo de tiempo, el cielo se encendía violentamente y el firmamento se tornaba claro, tan claro como el día por unos milisegundos y

131

oscureciéndose de nuevo por completo, poniendo una vez más de manifiesto el manto estelar que colgaba sobre nosotros. Hasta Hugo, el tipo festivo que traía una botella de whiskey ya a medias entre las manos y el que más hablaba del grupo, mostraba una cómica (o *cósmica*) obsesión con el cielo estrellado.

A veces se ponía de pie y se alejaba unos metros de la fogata para alzar la cabeza y decirnos a todos de vez en cuando:

–¡Guau! ¿Ya lo vieron? ¡Miren arriba! ¡Es increíble! Pero, ¡guau!

Debbie y yo nos reíamos disimuladamente, pues veíamos lo mismo, pero todo magnificado por el *LSD*. Todas las constelaciones habían desaparecido y una infinidad de estrellas habían salido a relucir, así como en El Madroño. Era verdad. Apenas lo recordaba. Ya había visto este tipo de cielo antes.

Hugo era el animador y protagonista de la noche. Nuestros anfitriones tenían una pequeña bocina para escuchar música y la siguiente selección fue un tema titulado 'Amor, amor, amor' interpretado por el famoso artista mexicano *Luis Miguel*. Hugo se servía otra copa mientras cantaba a todo pulmón a la par de *Luismi* con una emotividad tal que era contagiosa, por decir lo menos.

A pesar de que Hugo parecía estar celebrando algo y de que se encontraba en modo festivo, a mi percepción y al observarlo detenidamente de vez en vez, su rostro parecía desfigurarse. Según yo, podía detectar un aire de sutil tristeza en su ser (quizás simplemente estaba proyectándome). Tenía su mirada media perdida y la verborrea era evidentemente notoria. Andrés y Tania se habían convertido en espectadores. A veces parecían incomodarse, en particular su medio hermano Andrés, quien tendía a mover la cabeza en desaprobación cada vez que Hugo verbalizaba algún comentario imprudente o políticamente incorrecto.

A Debbie y a mí no nos molestaban en absoluto sus comentarios y ocurrencias. Al contrario, metíamos más *leña a la lumbre*, y soltábamos unas grandes carcajadas con sus compartidas irreverentes y fuera de lugar, las que solo animaban a Hugo a ser más intrépido y atreverse a decir cosas más arriesgadas. Aunque no todo lo que decía eran imprudencias.

Hay un dicho mexicano que escuché alguna vez por ahí.

"Los niños y los borrachos dicen la verdad."

Durante su monólogo, Hugo tocó temas como el dinero, el amor, el *sexo*, y las drogas. Nos tenía a todos risa y risa (con excepción de Andrés). Era la sensación de la noche; un *show* de *stand-up* a la orilla del mar para cerrar la noche. La botella de whiskey estaba a un cuarto de vaciarse. Hugo se tendía a alejar del grupo en intervalos para volver a ser capturado por la infinidad de diamantes intergalácticos que pendían sobre nosotros.

–¡Guau! ¿Ya los vieron? ¡*Pinches* murciélagos son un *chingo*! ¿De qué cueva salieron? ¡Miren arriba!

Debbie se agarraba del abdomen, recostándose sobre la arena y sin poder aguantar la risa. Yo también, haciéndole segundas, soltaba unas carcajadas obligadas, pues era demasiado cómica la forma en que Hugo nos compartía su asombro en cuanto al cielo nocturno de la costa chiapaneca. Debbie le había mostrado la Vía Láctea a Hugo y parece que él también, así como yo, la estaba viendo por primera vez en su vida. Se le pasaba el furor de su nuevo descubrimiento espacial, y se volvía a sentar cerca de la fogata para así servirse otra copa y proseguir con su *show* de comedia. Cuando menos lo percatamos, la botella de whiskey se había vaciado por completo.

En un determinado momento, tuve la necesidad de vaciar mi vejiga, así que me puse de pie y me dirigí rumbo a la playa que se hallaba en total oscuridad. Me detuve al borde de un monto de arena en donde había una especie de desnivel de como un metro y medio y que se había creado por el ir y venir de las poderosas olas del Océano

Pacífico. Aún sintiendo los efectos remanentes del *LSD* y mientras orinaba apuntando el chorro hacia la oscuridad del mar, de pronto comencé a escuchar un ruido como el de un ejército marchando a paso firme hacia mí. No eran las olas y no eran los truenos de hace rato. ¿Qué era? Parecía venir desde mi lado derecho. El ruido no hacía más que acrecentarse cada vez más.

De repente toda la tierra comenzó a temblar.

"Pero ¡¿qué demonios?!"

Frente a mí y a escasos metros entre el océano y yo, una estampida de vacas pasó en locomoción y a toda velocidad.

"¡Pero si son las mismas vacas que nos encontramos por la tarde!"

Si no las hubiera visto con Debbie durante nuestra caminata por la costa, habría jurado que esto había sido simplemente una alucinación y se la hubiera atribuido al efecto del *ácido lisérgico*. Con el efecto Doppler en plena acción, el ruido del ejército bovino que marchaba a todo motor se fue desvaneciendo una vez más, ahora por mi lado izquierdo, hacia la oscuridad *cósmica* de la noche.

***

Hoy en la mañana salí temprano a caminar por la playa. Ahí me encontré a Andrés y a su mascota, el perro negro criollo juguetón y amante de las olas. Andrés el corredor me contó cómo había entrenado a su perro para que este lo pudiese acompañar en todo tipo de terreno. Lo llevaba con él a todos lados, a la playa, a la selva, a la montaña. Según él, a Lobo parecía encantarle la playa en particular. El perro era como un pez en el agua (juego de palabras intencionado). Andrés me dijo que a veces lo llevaba a las montañas y que el canino hasta tenía su propio arnés especial que utilizaba cuando tenían que correr en las alturas o cuando había que escalar algún cerro más técnico y con áreas expuestas.

Entre Andrés y Lobo había una especie de 'tú las traes', pues el amo se arrancaba a correr por la costa y la mascota se echaba detrás de él, zambullendo sus patas negras entre las olas y la arena del mar, galopando hasta intentar alcanzar a su dueño. Mientras el perro trataba de seguirle el paso, Andrés *zigzagueaba* velozmente y con gran habilidad entre el agua. Ambos estaban sumergidos de lleno en este juego de 'atrápame si puedes'.

Andrés me dio un consejo.

–La mejor hora para correr es como a las siete de la mañana, hermano. Es cuando los rayos del sol te dan directamente en el corazón.

Hugo se puso una borrachera de primera durante la noche. Hoy lo vi sentado en la playa frente al mar, inmóvil, aparentemente dormido y con un sombrero charro cubriéndole la cabeza. No mostraba señales de vida. Andrés me aseguró de que él estaría bien. Con los pies completamente extendidos y aún sosteniendo la botella de whiskey con ambas manos, era solamente cuestión de tiempo que el calor del sol o que la *cruda* lo despertase en cualquier momento.

Poco rato después, Tania recién levantada y un poco despeinada, quien vestía un bikini color rojo un tanto revelador que acentuaba la belleza natural de sus firmes y redondos pechos, se unió al lado del joven corredor. Observé que ambos sonrieron sigilosamente sin decir palabra alguna al momento de hacer contacto visual.

Esta era la señal para mi retirada.

–Está bien *chido* tu perro, Andrés –le comenté, elogiando a tan fino espécimen perruno.

Acto seguido, acaricié al perro negro playero y me despedí de los amantes para finalmente volver con mis amigos.

VII. El paciente

"Es médico quien sabe de lo invisible,
De lo que no tiene nombre ni materia,
Y sin embargo, tiene su acción."

(Paracelso)

¿Puedes tolerar el hedor de un cuerpo en estado de descomposición?

Esta es una de las primeras preguntas implícitas que se le hace a un aspirante a médico durante el primer año de sus estudios teóricos. La materia de Anatomía Humana es impartida consecutivamente durante los dos primeros semestres por obvias razones, ya que es el deber de todo doctor el de conocer el cuerpo humano lo más íntimamente posible.

Durante mi primer año de Medicina, la persona encargada de llevar a los novicios al anfiteatro para la materia de Anatomía por vez primera se llamaba Dr. Chávez, un hombre imponente, de aspecto corpulento, bonachón, sonriente, con un grueso bigote, de ojos rasgados y que usaba lentes en ocasiones. Peinado hacía atrás y vistiendo una bata blanca algo desgastada, con unas manchas que supuse eran de sangre deslavada, se presentó ante nosotros.

Emitió un saludo cordial con una voz fuerte y grave que demandó toda nuestra atención y respeto.

"¡Hola! Les doy la bienvenida a todos los nuevos integrantes de la carrera de Medicina. Es un honor poder ser parte de su formación profesional en esta noble labor que es cuidar la salud del ser humano. Confío en que ya conocieron al Dr. Miranda, profesor de la parte teórica de esta materia. Bueno, yo soy el Dr. Chávez y seré su maestro de la parte práctica de Anatomía. De una vez les advierto,

o una de dos, aprenderán a amar con toda su alma este lugar o lo llegarán a odiar."

Él se refería a la morgue y a sus anexos. Nuestro maestro era el encargado del Laboratorio de Anatomía-anfiteatro y de la morgue en conjunto. A estas dos áreas las separaba una puerta gruesa de madera pintada de blanco que tenía una ventanilla en la parte superior la cual permitía que pudiésemos mirar hacia adentro de la morgue cuando nos encontrábamos en el anfiteatro, y viceversa. En conjunto, el instructor de Anatomía y el anfiteatro proponen una fascinante combinación que se convierte en el primer y más importante filtro para un médico en formación. Las bajas temperaturas del cuarto frío de autopsias y de disección, las manchadas sábanas blancas que cubren los cuerpos inertes, ambas cosas sirven para intentar amortiguar el impacto de estar ante la presencia de *rigor mortis*, y sin embargo, ese olor característico de un cuerpo pálido, descolorido y en fase de descomposición, así como la imagen cadavérica del cascarón humano en donde alguna vez fluyó sangre y vida por dentro, no deja jamás de impresionarnos cuando entramos en contacto con él por primera vez.

En lo particular, a mí me impresionó bastante, tanto así que durante todo el primer año de la carrera soñaba con sangre, cadáveres y temas relacionados con la muerte. Incluso llegué a tener el olor característico impregnado dentro de mis fosas nasales por gran parte de esa temporada.

Como cuando una ciudad es destruida y abatida por la guerra debido a los embates de las explosiones, los tanques, los bombardeos y los ataques aéreos, quedando al final solamente ruinas, escombro e infraestructura aniquilada, así mismo se asemeja el cuerpo humano después de haber pasado por los embates de la vejez, a veces el infortunio de un accidente o una enfermedad terminal y el proceso de descomposición molecular; la entropía corporal.

Donde una vez corrió electricidad en forma de impulsos nerviosos por el *Trigémino*, ahora solamente quedaron restos de un tejido grisáceo fibrótico que atraviesa una mejilla carcomida; hurgado por curiosos estudiantes de Medicina deseosos de explorar la antigua ciudad abatida por destellos de la muerte. Los alumnos que no son capaces de tolerar el hedor, los que no pueden soportar ver un cadáver en descomposición, los alumnos que se desmayan, los que salen nauseosos del anfiteatro, estos son los aspirantes en peligro de no pasar el primer filtro y de no avanzar.

En ese momento crucial tenemos ante nosotros dos opciones, o nos acostumbramos a estar en presencia de *rigor mortis*, o nos vamos haciendo la idea de que quizás la carrera que elegimos no es para nosotros y que pudiera ser prudente procurar otra profesión.

Los mejores alumnos en potencia son los que logran mirar la muerte directamente a los ojos y deciden valientemente profundizar de lleno en el gran misterio; haciéndose incluso amigos de *La Catrina*.

Dicho de una forma más casual, si es posible que puedas comerte un emparedado recién saliendo de la morgue, habrás pasado el primer filtro para aspirar a ser un médico cirujano y partero competente.

A veces a los doctores nos etiquetan de sádicos. No lo sé... es probable que tengamos algo de eso también.

***

A continuación, les quiero compartir el caso de un joven llamado Brayan, un paciente al que traté mientras aún trabajaba yo en el 'Centro Médico Maranatha'. Con dieciséis años de edad y acompañado por un familiar, un día cualquiera, acudieron a consultar.

Me acuerdo perfectamente de la fisionomía de los dos. Brayan era un joven de tez moreno, corpulento y robusto, pesando por arriba de los cien kilogramos a ojo de buen cubero. Llegó acompañado de su padre llamado Vicente, un señor de composición delgada, canoso y de cabello ondulado, con algunas arrugas en el rostro. Se mostraba algo consternado porque su hijo llevaba varios días con diarrea persistente y algo de dolor abdominal. Desde que entraron por la puerta principal, me percaté de inmediato que algo no andaba bien porque el rostro del joven se mostraba pálido y algo sudoroso. El término médico para este tipo de facie en una persona se conoce como *diaforesis*.

Brayan venía manifestando dolor. Lo supe porque caminaba con dificultad y tenía una mano colocada sobre el área del ombligo. Su respiración no era normal, se veía agitado, su mirada era lejana y parecía estar en un trance. La enfermera en turno de nombre Wilma, le tomó los signos vitales, y estos datos comprobaron que el joven necesitaba de atención médica urgente.

Su presión arterial era más baja de lo normal, su pulso era débil y su respiración superficial y acelerada. En ciertos lapsos, parecía no prestarme mucha atención. Yo no sabía si esto era por el dolor o porque él sentía que se iba a desmayar.

Al interrogar al padre (el paciente no era capaz de contestar adecuadamente), supe que Brayan llevaba toda la semana con diarrea. El dolor abdominal había iniciado apenas hace tres días, pero al principio no era tan intenso como en el momento que llegó al consultorio. El síntoma del dolor había comenzado a hacerse más penetrante y más constante en las últimas veinticuatros horas, razón por la que decidieron acudir al centro médico. Brayan había perdido gradualmente el apetito conforme habían pasado los días. La familia ya había intentado tratar el cuadro automedicándolo con algunos antidiarreicos para la venta al público, pero sin mucho éxito.

El *llenado capilar* (efecto que ejerce la sangre por debajo de la piel y que es un signo que buscamos los doctores en cuadros de deshidratación desde leves hasta graves) de Brayan estaba alterado. Esto me indicaba una deshidratación general, problabemente a causa de la diarrea. Es muy probable que este último síntoma podría haber sido ocasionado por una infección intestinal y procedí a tratarlo como tal, no sin antes pasarlo a un cuarto de internamiento en donde lo acosté en una camilla y le inicié terapia de rehidratación sin mucha demora.

La forma más rápida para sacar a un paciente de una hipotensión o de una descompensación de líquidos que puede poner en riesgo su vida, es la administración de soluciones salinas preparadas.

Los doctores que trabajan principalmente en las salas de urgencias en ocasiones necesitan abrir dos vías intravenosas, utilizando las venas de ambos brazos para administrar los líquidos fisiológicos necesarios en una, y algún medicamento directamente al torrente sanguíneo en la otra, o en casos extremos, líquidos por ambas venas. Este procedimiento intravenoso hidrata más rápido a cualquiera persona en comparación con la hidratación oral convencional.

El tratamiento de Brayan era uno de rutina. Ya lo había realizado muchas veces con anterioridad. Además del vital liquido para la rehidratación, le administré un medicamento analgésico para su dolor. Los signos del joven robusto se veían reflejados en tiempo real desde un monitor. Con el tratamiento de urgencia, en el lapso de alrededor de unos treinta minutos, los números en la pantalla del monitor parecían irse normalizando, lo que me dio a entender que el paciente aparentemente se estaba estabilizando. Había pasado como tres cuartos de hora desde su llegada.

Al terminar de administrarle la solución salina, su presión arterial aumentó ligeramente, pero aún seguía estando en el percentil bajo. Esto me confirmó de que Brayan había perdido mucha agua, sales y minerales durante toda la semana previa. La sudoración y la palidez habían desaparecido; el paciente recuperó algo de color en el rostro. A pesar de mostrarse todavía aletargado, Brayan ya no se veía tan obnubilado como cuando llegó y pareció entenderme a la perfección cuando lo interrogué de nuevo.

En ese momento el paciente pidió ir al baño. Dudé en permitírselo porque a veces los pacientes se pueden marear si se levantan repentinamente después de estar acostados por cierto período de tiempo. No obstante, terminé concediéndole esta petición a Brayan. Le pedí a Vicente que lo ayudara a levantarse y acompañarlo. El paciente aún se mostraba delicado, incluso tembloroso, así que el padre del joven tuvo que dirigirlo y permanecer con él adentro del baño para que él se pudiera sentar en la tasa sin problemas.

Brayan y su papá permanecieron encerrados por aproximadamente diez minutos. De repente y de la nada, un agudo escalofrío de lo más ominoso recorrió mi espina dorsal...

En perfecta y horrorosa sincronía, el padre de aquel joven convaleciente me lanzó un grito desesperado desde adentro del baño.

"¡Doctor! ¡Doctor! ¡Ayúdeme, mi hijo no responde! ¡No se levanta de la tasa del baño!"

A partir de ese momento, esperé lo peor. Abrí la puerta violentamente y encontré al papá sosteniendo la cabeza de Brayan entre las manos mientras su enorme cuerpo se veía flácido, las manos del joven colgadas hacia ambos lados, con las nalgas totalmente expuestas, la espalda arqueada hacia adelante y con los pantalones aún abajo a la altura de sus tobillos.

Vicente gritó, desesperado:

"¡Se desmayó doctor! ¡Ya no responde!"

"¡Rápido! ¡Hay que volver a acostarlo!" contesté sin vacilar.

El hedor de la defecación era penetrante. Entre ambos, logramos levantar a Brayan de la tasa del baño y casi arrastrándolo, lo volvimos a recostar sobre la cama de internamiento. La palidez había regresado pero ahora con mayor intensidad. Ya no se veía obnubilado y con la mirada perdida, ahora se encontraba completamente inconsciente y sin indicios de estar respirando. Lo tomé de la muñeca y confirmé que en efecto, su pulso era imperceptible.

"¡Enfermera, el paciente ya no responde! ¡Háblale a una ambulancia y tráeme de inmediato el mecanismo para la respiración mecánica!"

Brayan había caído en paro. El siguiente paso era iniciarle RCP lo más pronto posible. Antes de iniciar las compresiones en el pecho de Brayan, primero revisé su vía aérea para descartar alguna obstrucción. Después, viendo que no había nada, lo entubé rápidamente para que la enfermera pudiera comenzar a administrarle oxígeno directamente a los pulmones. Entre la enfermera y yo, iniciamos el protocolo de reanimación. Wilma le administraba dos descargas de oxígeno utilizando un *ambú* mientras yo me encargaba de estimular el corazón del paciente comprimiendo su pecho sistemáticamente.

"¡Iniciando compresiones, enfermera!"

"¡Uno!"

"¡Dos!"

"¡Tres!"

"¡Cua'!"

"¡Cin'!"

"¡Seis!"

"¡Sie'!"

Yo no dejaba de contar en voz alta. El padre de Brayan permaneció en la periferia manifestando un desaliento desgarrador en el rostro. Yo seguí realizando las compresiones sin detenerme, sincronizándome con la enfermera quien administraba el oxígeno durante los intervalos necesarios.

"Señor, su hijo ha caído en paro. La enfermera y yo haremos lo posible por revivirlo, ¿ok?"

"Doctor, usted haga lo que tenga que hacer, solo ¡no deje morir a mi hijo!"

Los signos vitales de Brayan permanecían nulos. La pantalla del monitor reflejaba una frecuencia cardíaca ausente. El alma del pobre padre se le salía por la boca mientras veía con incredulidad lo que estaba sucediendo.

Vicente clamaba en voz alta.

"*¡Hijo! ¡Hijito! ¡Despierta! ¡No te vayas! ¡Aún no es tiempo!*"

La ambulancia ya venía en camino. Pasaron unos quince minutos, lo que en ese momento se sintió como una eternidad, pero Brayan seguía sin volver en sí.

Vicente miraba horrorizado mientras el cuerpo inerte de su varón se sacudía rítmicamente sobre la cama mientras un doctor presionaba sobre su pecho sin parar.

"*Señor, su hijo no responde. Le seguiremos dando maniobras pero hasta ahora, no hay señales de que quiere volver.*"

Entre sollozos, Vicente respondió:

"*Entiendo, doctor. Saldré para llamar a mi esposa y le diré que venga lo más pronto posible.*"

El apoyo médico se estaba tardando.

"*Enfermera, ¿por dónde viene esa ambulancia? La necesitamos. El paciente no responde.*"

Wilma contestó desesperadamente:

"*Ya no debe de tardar, doctor. Dijeron que ya viene en camino.*"

Debió de haber pasado poco tiempo, unos siete minutos quizás, cuando en eso llegó la ambulancia. Ya era muy tarde. El paciente seguía sin manifestar señales de vida. Además de eso, los paramédicos nos informaron de que ellos no contaban con autorización para trasladar al paciente si este no se encontraba estable, cosa que me pareció de lo más ridículo y sin sentido.

Los miré, incrédulo.

"*Deben de estarme bromeando, ¿verdad? Por eso les hablamos, porque no responde y porque necesitamos de su ayuda para trasladarlo a un hospital de segundo nivel.*"

Mi corazón se hundió al oír que los paramédicos no moverían al paciente. Ellos tenían prohibido trasladar

144

a pacientes inestables, mucho más a aquellos sin signos vitales. Vicente ya había regresado de hablarle a la madre quien ya venía en camino. En ese momento, supe que ya no había más que hacer. Decidí dar por terminado el protocolo de la reanimación.

"*Enfermera, deténgase. Es suficiente. No respondió. Brayan se ha ido.*"

Mi cuerpo se había entumecido por el esfuerzo físico. Prescindí de seguir ejercerciendo presión sobre el pecho del joven Brayan. Me quité los guantes de látex que me había puesto al inicio de las maniobras, limpié el sudor que se me había acumulado en la frente y mi mirada se tornó sombría.

Volteé a ver a Vicente y me le acerqué.

"*Voy a declararlo, Señor. Su hijo no respondió. Lo lamento mucho. Hicimos todo lo que pudimos, pero se ha ido. Enfermera, ¿me das la hora?*"

Wilma contestó:

"*Son las cinco con treinta y tres minutos, doctor.*"

Acto seguido, pronuncié con solemne seriedad lo siguiente:

"*Hora de muerte, las diecisiete horas con treinta y tres minutos. Una vez más, lo lamento mucho Vicente. Su hijo acaba de fallecer y le quiero externar mi más sentido pésame. La enfermera y yo hicimos todo lo que pudimos por intentar revivirlo pero ya no volvió. Le hablaremos a las autoridades correspondientes para que vengan ellas a iniciar el proceso de defunción.*"

Vicente se desmoronó frente a mis ojos. Al estar hablando, una extraña sensación me sobrevino. En ese momento, me convertí en un espectador. No era yo quien decía las palabras que salían de mi boca. Me había tocado darle la peor noticia a alguien, y lo que lo hizo aún peor, fue la edad del paciente. Va en contra de toda naturaleza que sean los padres quienes tengan que enterrar a un hijo suyo.

La madre de Brayan quien acababa de llegar al centro médico, permaneció seria, estoica, con el rostro melancólico y los ojos humedecidos, pero sin derramar una sola lágrima, mientras que Vicente se encontraba hecho pedazos, sollozando sin control y abrazando el cuerpo ahora inerte de su hijo.

Sus lamentos retumbaron en todo el lugar.

"¿Por qué tan pronto? Dios mío. Si apenas iba a comenzar a vivir la vida. ¡No es justo! ¡Esto no debió haber pasado!"

En mi rostro, no denotaba emoción alguna, salvo algunos destellos sutiles de empatía, sin embargo, estaba completamente de acuerdo con lo que el padre del recién occiso reclamaba.

Cuando estamos frente a una muerte prematura, a la de un bebé recién nacido, a la de un infante, o incluso como sucedió en este caso, frente a la muerte de un adolescente, la mayoría nos sentimos en alguna extraña forma, psicológicamente violentados. En lo más profundo de nuestro ser, creemos que esto no debería de suceder. Aún no hemos hecho las paces con la muerte en esta etapa.

Consideramos como algo antinatural, que la vida de un ser humano pueda extinguirse antes de llegar a la adultez. Las esperanzas, los sueños y los deseos que guardan los padres, así como quienes han depositado sobre este ser humano en florecimiento todo lo anterior mencionado, de pronto se ven ultrajados y cesados abruptamente; aniquilados por una fecha de caducidad aparentemente prematura.

Los médicos encargados de las salas de urgencias deben de hacerse la idea de que por simple probabilidad, algunos pacientes no podrán ser salvados de las garras de la muerte.

El cuerpo inerte de Brayan permaneció sobre la cama de internamiento de la clínica, tieso, la piel teñida con un blanco mortífero, los labios ya amoratados, con la boca semiabierta y los ojos vidriosos. Vicente trató de recuperar la compostura.

Habló por última vez, diciendo:

"Ay, doctor, discúlpeme, pero es que uno viene a la consulta pensando en que todo va a estar bien. Uno nunca espera traer a su hijo al médico y que ya no salga de aquí. Sé que usted hizo todo lo que pudo para intentar salvarlo. Se lo agradezco mucho."

No pude pensar en una respuesta adecuada, y es que quizás no había una como tal. Este era otro momento en donde el silencio era la única respuesta.

No pasó mucho tiempo cuando las autoridades correspondientes encargadas del proceso de defunción arribaron al lugar y fueron ellos quienes se encargaron de trasladar el cuerpo de Brayan a la morgue de la ciudad de las montañas.

El balance óptimo de un organismo oscila sobre un hilo delgado que se tiende entre la vida y la muerte. Este delicado hilo se llama *homeostasia*. Cuando dicho hilo se altera de forma irreparable, puede sobrevenir la muerte en un arrebato.

***

Llegó el domingo, día del bautizo de la primogénita de Ernesto. Fue la primera vez que asistía a una iglesia católica. Este evento fue celebrado en una enorme capilla que parecía tener las paredes del interior chapadas en oro. La estructura ostentaba unas columnas decorativas imponentes que llegaban casi hasta el techo y se formaba una especie de domo en el centro, mismo que colgaba muy por arriba de nuestras cabezas.

Pintado en la parte superior se vislumbraba un espléndido mural de 'La Última Cena'; toda una obra de arte si me lo preguntas.

Los familiares y personas allegadas a los padres de la niña habían hecho acto de presencia esa tarde. La Dra. Ávila y el padre de Ernesto, también médico especialista y traumatólogo, estaban sentados en los primeros bancos de la iglesia. La familia de la esposa de Ernesto también había acudido fielmente al bautizo.

Hubo un ligero cambio de planes.

Diana logró arribar a Comitán justo a tiempo para acompañarme a este evento. Cuando la conocí en Tulum, ella vestía una indumentaria *hippie*, lentes oscuros y unas sandalias levemente desgastadas.

El día de hoy, no difería mucho su estilo; todo menos los lentes oscuros. Aparentemente, traía puestas las mismas sandalias, además de un vestido blanco con flores de colores bordados en las orillas y alrededor del escote. El vestido parecía ser indumentaria chiapaneca indígena. Diana se veía artesanalmente hermosa.

En eso yo pude observar a un amigo de Ernesto llamado Segundo, manifestar una mueca despectiva al voltear a ver los pies casi descalzos de mi acompañante, seguido por un escaneo corporal. Esto me causó cierta gracia. Era evidente que a esta persona le sorprendía ver a una *hippie* haciendo acto de presencia en un lugar y evento formal.

Me incliné para susurrar en el oído de Diana.

–Gracias por acompañarme a este bautizo, mujer. Sé que quizás no estás acostumbrada a asistir a este tipo de cosas.

–Descuida, *Jaguar*. Por mi, encantada. No es tanto el lugar, es la compañía lo que realmente importa –me contestó guiñándo el ojo.

No habíamos tenido tiempo de actualizarnos, pues yo acababa de ir por Diana a la terminal de autobuses, para luego venirnos directamente al bautizo.

Guardamos sus pocas pertenencias en el carro de Ernesto. Se me había olvidado que aquella mujer era una viajera *mística* ondulando entre un aire de 'curandera' y de filósofa empedernida. Volví a recordar nuestra última conversación *astral* en aquel hostal en Tulum.

No sabía por qué, pero me 'llamaba' el desierto. Para mí, era un lugar misterioso, un lugar de secretos olvidados en las arenas del tiempo. Sin embargo, antes de conocer *Wirikuta*, antes de llegar a nuestro destino final, nos esperaba un largo viaje. No teníamos prisa alguna. No había una fecha límite como tal. Esta forma de vivir era algo completamente nuevo para mí. Me llenaba de mucha emoción y suspenso. Estaba ansioso por emprender el viaje por tierras mexicanas al lado de mi *gitana* personal.

Como si justo en ese momento leyera mi mente, Diana volteó a verme con esos ojos luminosos y pardos. En un acto de espontaneidad, me tomó la mano y la sostuvo entre las suyas para luego descansarla sobre sus piernas. Sonreí en aprobación y me ruboricé ligeramente. Un miembro del clero quien orquestaba el bautizo decía algo en forma *mántrica* mientras derramaba un poco de agua bendita sobre la frente de la bebé de mi amigo.

Durante todo este ritual, pude observar ciertas similitudes entre las tradiciones católicas y las de las religiones cristianas protestantes.

Pensé hacia mis adentros:

"*No sé por qué los cristianos aborrecen tanto a los católicos, si son tan parecidas ambas denominaciones.*"

Algo de lo que me acuerdo al asistir a la iglesia de mis padres de niño era que a veces durante los sermones, algunos pastores 'cristianos' se ponían a predicarle a la feligresía, vilificando, satanizando y haciendo conjeturas descabelladas en donde unían versos de la Biblia sin relación entre ellos, pero que según hacían referencia específicamente a la iglesia católica.

Aún perplejo, pensé para mí:

"*Nunca lo entendí. Si predican amor incondicional, ¿por qué el odio irracional hacia este grupo de personas?*"

Algo que me quedaba claro como el agua mientras yacía sentado en el banco de una iglesia católica ubicada en el sur de México era que por ahí andaban unos ministros, 'lobos disfrazados de ovejas', esparciendo odio y no haciendo otra cosa que seguir creando divisiones; lo opuesto al mensaje de los Evangelios.

Creo que si Jesús viviera hoy, irónicamente se parecería más a aquellos *hippies* o a los *gurús* de la India que viven libremente, aquellos que andan caminando por ahí pronunciando frases como "*amémonos sin condición*" o "*todos somos uno.*"

Sin embargo, en contraste con su lado amoroso, existe un relato en la Biblia que narra que fue el mismo Jesucristo quien puso en tela de juicio al clero de su tiempo, ganándose así cierta animosidad el cual creo sin duda, pudo haber tenido el mismo efecto que Sócrates tuvo con los líderes políticos y religiosos de su tiempo.

Una vez más, como si ella percibiera mi actual torbellino mental de pensamientos 'blasfemsos', Diana volteó hacia mí y preguntó sigilosamente:

–¿Todo bien, *Jaguar*?

Le contesté suavemente.

–Si, mujer, todo bien. Fantasmas del pasado, nada más.

Volvió a tomarme la mano, esta vez entrelazando sus dedos entre los míos. Acto seguido, apoyó su cabeza sobre mi hombro y suspiró lentamente. Como por arte de magia, mi tormenta cerebral menguó hasta desaparecer en un horizonte lejano.

"*Vinieron pues, a Jerusalén; y entrando Jesús en el templo, comenzó a echar fuera a los que vendían y compraban en el templo; y volcó las mesas de los cambistas, y las sillas de los que vendían palomas; y no consentía que nadie atravesase el templo llevando utensilio alguno. Y les enseñaba diciendo: ¿No está escrito: Mi casa será llamada casa oración para todas las naciones? Más vosotros la habéis hecho cueva de ladrones. Y lo oyeron los escribas y los principales sacerdotes, y buscaban cómo matarle; porque le tenían miedo, por cuanto todo el pueblo estaba admirado de su doctrina.*"

(Marcos 11:15-18)

VIII. Lunanocheceres y jacarandas

"Rápidas manos frías
Retiran una a una
Las vendas de la sombra.

Abro los ojos
Todavía
Estoy vivo
En el centro
De una herida todavía fresca."

(Octavio Paz)

La mayoría de los eventos celestiales descritos en novelas, en los libros y en aquellos representados en la pantalla grande, tienen que ser sin duda los amaneceres y los atardeceres. Se ha vuelto algo trillado, pero ¿cómo culpamos a alguien por intentar describirnos estos dos acontecimientos que les roba el aliento a millones de personas alrededor del mundo a diario? Es como si en ese preciso momento somos perceptibles del hecho de que cada día que estamos vivos, es un milagro.

Tanto así es el poder del sol que durante nuestra historia como Humanidad, han existido varias culturas (la mesopotámica, la egipcia, romana, etc.) y religiones gestados alrededor de la adoración solar. Según lo que había investigado, los *wixárica* parecían también ser una cultura solar y el representante terrenal, digámoslo de esa forma, era una deidad al que ellos llamaban *Tatewari*, el gran *abuelo fuego*; al sol lo llamaban *Tayau*. El gran *abuelo fuego* llegó a ser una representación terrenal del hermano mayor, *Tayau*.

Claramente, aquí podemos ver similitudes entre las diferentes culturas alrededor del mundo, pues según los historiadores y antropólogos, desde el momento en

151

que el hombre ancestral cazador-recolector descubrió el fuego y aprendió a utilizar herramientas, este evolucionó, dejando atrás a sus contemporáneos *Homos* y a todos los demás animales del reino mamífero.

El sol, en todo su esplendor, ya sea al momento de manifestarse durante las primeras horas de la mañana o cuando se va escondiendo al presagiar la noche, sigue siendo un espectáculo sin igual y aún más si te toca verlo en alguna costa mexicana. Sin duda alguna, nuestra estrella principal es digna de veneración y respeto, pues literalmente nos da la vida, solamente que a veces su contraparte, la luna, es olvidada en un rincón. Nuestro satélite natural tiende a ser empujado hacia la periferia y no le damos mucha importancia.

Pues les hablaré un poco sobre la luna...

Ella es por sí misma, una gloriosa manifestación de belleza y de *fuerza natural*. Ella emana un esplendor que únicamente puede describirse como *místico* y esotérico. Todo en cuanto al ciclo lunar me llena de un aire de misterio y de secretos milenarios olvidados. Agricultores alrededor del mundo rigen sus siembras con las fases lunares. Ella es la responsable de que se eleven los mares y de que se alivien las parturientas.

En la jerga médica, un *neologismo*, el hecho de articular una palabra no existente en el diccionario actual para referirse a algo ya preestablecido con anterioridad, tiende mayormente a ser vinculado con enfermedades mentales como la esquizofrenia o la demencia y sus similares. Cuando estos *neologismos* son pronunciados, se sospecha de algún desequilibrio mental. Si un paciente psiquiátrico inventa una palabra o une dos para crear una amalgama para describir algo que ya tiene una palabra predeterminada, esto, en el mayor de los casos, puede ser considerado como indicios de locura.

Con el riesgo de que se me catalogue como un demente, les quiero compartir una palabra que se gestó recientemente en mi 'Área de Broca', ya que no tengo registro previo de una palabra existente para describir el magistral espectáculo tardío-nocturno que he patentado como *lunanochecer.*

"Luna de amor amarillo,
Iluminas mi andar con tu brillo.
Suspendido en el gran firmamento,
En Mazunte el tiempo corre lento.

Prisma de luna celeste,
Cuidadora de vida terrestre,
Mi corazón aún es silvestre,
La liebre saltando en mi mente.

Una Punta Cometa hermosa,
Bajo la luz de una luna rosa,
Volverás a perder la batalla,
Cuando el alba temprano estalla."

Había comenzado a escribir poesía nuevamente. No lo había hecho desde mis años de preparatoria. Entre mis actividades principales como cursar la carrera de Medicina, procurar la fiesta, la borrachera, y solapar mis adicciones, había dejado de darle importancia a cosas como el arte, la música y la literatura. No obstante, aquí me encontraba nuevamente, escribiendo algunas cosas que me venían a la mente y plasmándolas sobre el papel. Conforme iba escribiendo algunas líneas por aquí y por allá, se las mostraba a Diana; me parecía que le gustaba leerlas. Su reacción era mayormente una sonrisa, seguida por una mirada traviesa y como diciéndome, *"eres un pinche romántico, Jaguar."* Y sí, ella tenía razón. Siempre me había considerado un romántico empedernido de la vida.

Le atribuí mi más reciente golpe de inspiración poética al *LSD* que consumí en la costa de Chiapas. Fue como si en la cabeza se me hubiera destapado una tubería que había tenido atorada por años ya. Se manifestaron nuevas ideas y formas de pensar; emergían recuerdos

153

lejanos que volvía a vivir, como cuando sucedieron en su momento. No sabía como expresar estos nuevos estados de consciencia, así que recurrí a la herramienta de la poesía. El poder de este arte es que se logran aterrizar ideas abstractas e intangibles, para luego darles cierta coherencia con nuestro tan limitado lenguaje y escritura, plasmando de esta manera idilios, tristezas, pesadillas, sueños y amores, correspondidos o no, con tinta sobre un papel.

Yo tuve una epifanía durante una de esas tantas *lunanocheceres*.

Fue una noche en la que el cielo ostentaba el ascenso de una gigantesca luna llena con un brillo color oro azteca, elevándose por el oriente, con un halo de proporciones formidables, penetrando el cielo mientras el satélite comenzaba a tomar la ruta trazada en ascenso.

Encontré una frase por ahí en la costa de Oaxaca que decía:

"*Como México no hay dos.*"

Esto lo resumía todo.

Me dije en voz alta:

"*Por eso lo llamaron México.*"

Cuenta la historia que hace aproximadamente como setecientos años, un pueblo nativo prehispánico salió desde un lugar llamado *Aztlán*, con un rumbo incierto. La intención de esta peregrinación fue la de fundar una ciudad la cual se convertiría después, en *Tenochtitlan*. Posterior a eso, se gestaría el nombre de ' México', que proviene del idioma *náhuatl* y que significa 'en el ombligo de la luna'.

Quiero creer que los habitantes nativos en el área antes conocido como Mesoamérica, experimentaron la misma sensación de maravilla y de misterio que yo sentía en esos momentos de ascenso *cósmico* lunar; fascinación por la luna sin poder articular palabra y solamente quedarse absorto ante el hechizo de nuestro satélite natural.

Algunos espectáculos lunares que he tenido la fortuna de ver en México habían sido la *luna rosa*, la *luna azul*, y un eclipse.

Por la ubicación geográfica de este país, es posible que nuestro astro nocturno se manifieste con mayor sensualidad que en otras partes del mundo. También es probable que yo esté hablando por hablar nomás, pues, ¿cómo saber si la *lunanochecer* no es más espectacular en, digamos por ejemplo, Canadá?

Sin embargo, ¡qué lunas, caray! las que he *divisado* en este país.

***

Diana y yo habíamos salido de Tuxtla hace un par de semanas rumbo al estado de Oaxaca, mismo que ostenta un territorio enorme y que está lleno de muchas bellezas naturales. Ella ya conocía Oaxaca, pues vivió un tiempo con su hermana Oralia en un pequeño pueblo costero llamado Mazunte antes de irse a vivir a Tulum. Nos hospedamos algunos días con ella y para sorpresa de mi compañera de viaje, Oralia se encontraba ya a la mitad de su primer embarazo; Diana sería tía por primera vez. Su hermana le tenía bien guardada esta sorpresa y se lo externó (era notorio el crecimiento en el área de su vientre) al ellas verse nuevamente.

Diana tomó el rol de guía de turista con mucha seriedad y me llevó a conocer otras playas cercanas, entre ellas San Agustinillo, Zipolite y Carrizalillo. Después de nuestra gira por la costa, nos dirigimos hacia el norte del estado, pasándonos a la capital en donde me quedé muy impresionado con la formidable arquitectura de los edificios antiguos y de las iglesias que se encontraban en el centro. También conocimos una gran ciudad *olmeca* llamada Monte Albán.

Después de eso, nos adentramos más, viajando a la Sierra Mazateca para visitar un pueblo llamado Huautla de Jiménez, lugar en donde vivió la famosa curandera *María Sabina*. Esta es una narración para otra ocasión, ya que la experiencia vivida durante mi paso por Oaxaca prácticamente requeriría otro volumen literario.

Allá arriba en las montañas de la Sierra Mazateca, tuve un encuentro inesperado con los hongos que las personas del pueblo de Huautla llaman *teonanácatl*. Conocidos también como *niños santos*, estos hongos contienen moléculas que generan estados alterados de consciencia. La principal sustancia activa de los hongos es la *psilocibina*, que se convierte posteriormente en *psilocina*, dentro del cuerpo humano. Los hongos son *enteógenos* usados desde tiempos prehispánicos por los nativos del lugar. Mi experiencia personal con los hongos fue de mayor intensidad en comparación con el *viaje* de *LSD* en la playa de Chiapas; aún sigo intentando procesar la experiencia que viví junto a Diana en la ceremonia llamada *velada*.

Hace más de medio siglo, un banquero, botánico y escritor llamado Gordon Wasson dio el *pitazo* sobre la existencia de *María Sabina* y sobre sus rituales en donde ella utilizaba un *enteógeno* endémico de la región, el *hongo mágico*. Wasson escribió sobre su experiencia y documentó su testimonio en un artículo de la revista 'Life ' (1957), habiendo él participado en una *velada* con la curandera; creando el movimiento de una oleada de americanos curiosos y de *jipitecas* quienes llegarían a Huautla en los años posteriores, impulsados por todo lo descrito y mencionado en dicha revista.

Después de haber viajado por Oaxaca, Diana y yo salimos en un autobús desde Huautla y nos dirigímos rumbo a la enorme Ciudad de México. Ya arribando a la gran capital, hicimos la base, y durante este pequeño período, logramos visitar algunos poblados alrededor. Nos sugirieron visitar un pueblo llamado Tepoztlán, al sur en el estado de Morelos, así como también, la ciudad antigua por nombre Teotihuacán.

Mi compañera de viaje y yo, ambos nos hicimos más cercanos conforme iban pasando los días. Por todo el tiempo que pasamos juntos, la llegué a conocer más, y paradójicamente, el misterio de la mujer se hizo aún más profundo en vez de develarse por completo.

Como cuando escalas una montaña y pareciera que te vas acercando a la cima, de repente subes un peldaño más de piedra para llegar la meseta, solo para observar que la cima se vuelve a alejar de ti; como un espejismo en medio del desierto.

Al preguntarle a Diana sobre su relación con el DJ, nuestro amigo en común de Tulum, ella me dijo que no estaba involucrada sentimentalmente con él, y que el bebé que esperaba Arco Iris, la chica pelirroja, invalidaba cualquiera posibilidad de una relación con él.

Las conversaciones que tuvimos durante el viaje, algunas intimas, otras triviales, unas un tanto ligeras y bromistas, otras más anecdóticas y psicodélicas, hicieron posible que nos conociéramos mejor. Para ser sincero, sentí que me estaba enamorando cada vez más de esta *diosa* mexicana. No había conocido a una mujer como ella, tan libre y plena, tan sonriente y sabia... ¡tan mágica! Una sensación oceánica se manifestaba dentro de mí cada vez que me abrazaba. Yo estaba sumamente agradecido por su compañía. Definitivamente había sido una *diosidencia* haberla conocido.

Ella en su momento, contempló la locura de viajar junto a un extraño, junto a alguien que apenas conocía. De alguna manera confiaba en mí, y yo también confiaba en ella; me contaba sus sueños y yo le contaba los míos.

Diana era totalmente lo opuesta a mi exesposa, *Miztli*. Ella era espontánea y tremendamente informal. No tenía una estructura concreta referente a un plan específico de vida. Para ella, el dinero no parecía ser un tema trascendental para poder entablar una relación de pareja. Habiendo dicho eso y en defensa de *Miztli*, yo no

157

estaba casado con Diana, y quizás el matrimonio al final sí cambiaba a las personas. Quizás, tanto en hombres como en mujeres, inseguridades y preocupaciones antes inexistentes, surgen a la superficie. A veces nos podemos perder en el juego de las apariencias de la sociedad.

En el fondo, yo sabía que una relación amorosa entre nosotros no podría llegar a ser duradera; éramos completamente opuestos. *Yin y yang*, decía Diana. Ella era espiritual, yo, material. A ella no le preocupaba nada, a mí, todo. Al ser completamente lógico, no podía ver un futuro con ella. Yo tenía la idea fija de que al concluir este viaje, nos diríamos adiós, y cada quien seguiría su camino de vida. No obstante, confieso que fantaseé más de una vez, imaginándome en cómo sería estar casado con esta *princesa* mexicana que flotaba suavemente, sin esfuerzo, y que parecía dejarse llevar por donde el viento soplara.

Reía conmigo mismo, y moviendo la cabeza de lado a lado, descartaba la idea enseguida.

"Sería un caos total."

***

Un aire gélido e invernal atravesaba la ventana de la habitación en donde nos estábamos quedando. Diana y yo habíamos llegado a la ciudad de México hace unos días y nos encontrábamos instalados en Coyoacán.

Nos quedamos en Aguayo #3, en un departamento que estaba en el tercer piso de un antiguo edificio grande. Era una estructura imponente, elegante y de apariencia colonial. Una amiga llamada Fiona vivía en este edificio. Yo tenía muchos años de conocerla.

Resulta que ella iba a salir de la ciudad por unos días para ver a su familia y justamente coincidió con nuestra llegada a la capital. Ella insistió en quedarnos en su espacio mientras estuviera fuera de la ciudad. Acepté agradecido, nos pudimos saludar debidamente y vernos a tiempo para que ella me proporcionara las llaves de su departamento.

Aún estaba oscuro ya que todavía no amanecía. A esta hora, Diana seguía bien dormida, sin embargo, decidí despertarme temprano para, increíblemente y para mi sorpresa, salir a correr un rato por Reforma, una de las calles principales de la ciudad de México.

Era domingo y la calle Reforma estaba cerrada para los automovilistas y abierta para los corredores y los ciclistas. Según Andrés, el corredor que conocí en 'El Madresal', la mejor hora para correr era temprano por la mañana, así que hice caso a su sugerencia.

A recomendación de la Dra. Ávila, decidí comenzar a intentar agregar el ejercicio a mi rutina diaria (según la ciencia, es el mejor antidepresivo que existe). Además del tratamiento farmacológico, la doctora me aconsejó de buscar un pasatiempo. Podía ser cualquier cosa, desde tejer, armar rompecabezas o coleccionar cosas, alguna actividad que pudiera yo integrar a mi día a día; la idea era que me mantuviera ocupado. Yo estaba dispuesto a intentar lo que fuera por sentirme mejor, por tratar de sobreponerme al exceso de emociones negativas que venía arrastrando durante ya un tiempo.

Diana aún se encontraba en su *quinto sueño*. La acaricié suavemente y le besé los labios, avisándole en voz baja de que volvería a verla en un par de horas. Ella simplemente sonrió somnolienta sin abrir los ojos y gimió tiernamente.

Con esto, procedí a tomar el Metro que me llevaría a la estación Garibaldi que se encuentra cerca de los departamentos Tlatelolco, al inicio del lado norte de la calle Reforma. Durante el fin de semana y a esta hora, los vagones del Metro estaban vacíos, nada que ver con la extrema aglomeración de gente en las horas *pico* de lunes a viernes; en las mañanas cuando la gente va al trabajo y por las tardes al salir todos del mismo. En dichas horas, te encuentras con un mar de personas corriendo de aquí para allá y a toda prisa, pero ahorita, de madrugada y en

159

domingo, éramos pocos los que utilizábamos este medio de transporte público. Al hacer un escaneo visual de la unidad, pude observar a un grupo de jóvenes vestidos de negro, delineador en los ojos, con indumentaria gótica y con estoperoles, visiblemente trasnochados, platicando fervientemente sobre alguna banda metalera que habían visto la noche previa en algún recinto de la ciudad. Volteé hacia el otro lado para mirar a un par de adultos de la tercera edad, ambos con el cabello canoso, visiblemente enamorados aún, mientras el 'abuelito' piropeaba a la señora quien se ruborizaba discretamente.

En la otra esquina del vagón, una hermosa mujer, aparentemente de aquellas de la *vida galante*, de cabello negro largo y liso, labios rojo carmesí, ojos lejanos y las pupilas dilatadas, con una cadena color oro en el cuello y de vestimenta sensual, ostentando una ajustada blusa negra con un escote pronunciado haciendo visible gran parte de sus voluminosos pechos, con unos pantalones de cuero acompañados de unos tacones de alto vuelo, me lanzó una sonrisa seductora.

"*Será en otra ocasión, nena,*" pensé atrevidamente mientras le devolví la sonrisa con cierto aire de timidez.

El tren del Metro comenzó a frenar en la estación Garibaldi. Esta era mi parada.

***

Las jacarandas comenzaban a florecer. Según los habitantes de la ciudad, era un poco más temprano de lo usual en comparación con otros años. Estos árboles que crecen imponentemente en muchas partes de la ciudad, desplegaban unas flores violetas bellísimas, dándole un tono pintoresco, inspirador y de ensueño al entorno.

Al terminar de correr, caminé por los alrededores cerca de la colonia Roma, donde descubrí estos grandes y majestuosos árboles. Un hermoso follaje de color lila colgaba muy por arriba de mi cabeza. Jamás los había visto, sin embargo, me quedé tan impresionado con la increíble belleza de las flores, que no tuve más opción que atreverme a preguntarle a alguien, en este caso, a un barrendero parado sobre una banqueta cercana, cuál era el nombre de aquellos bellísimos árboles.

Fue así como aprendí que las jacarandas y su presencia casi ubicua en las calles de la ciudad de México fue gracias a un hombre y su hijo, ambos de apellido Matsumoto, siendo ellos unos jardineros inmigrantes y de origen japonés, que llegaron muchos años atrás en el siglo veinte, y sembraron estos árboles en una iniciativa para embellecer la ciudad de México.

Al voltear hacia arriba y observar detenidamente las jacarandas antepuestas sobre el fondo gris del cielo, a mi parecer, las ramas de los árboles de repente se asemejaban a las terminaciones del árbol bronquial del tracto respiratorio humano. En nuestros pulmones, los bronquiolos se convierten en los alveolos, que son los encargados de facilitar el proceso del intercambio de oxígeno y dióxido de carbono entre el torrente sanguíneo del cuerpo y los pulmones. Ahora, los 'alveolos' de las jacarandas facilitaban el inercambio gaseoso entre los árboles y la atmósfera.

"Macrocosmos, microcosmos."

Yo jamás había hecho la correlación, pero pude observar un parecido entre el sistema broncoalveolar humano y el sistema tronco-ramas de los árboles. Ambos sistemas ayudan con el intercambio gaseoso vital para los organismos terrestres. Ambos son cruciales para nuestra respiración, *ergo* para nuestra sobrevivencia. Sin el adecuado funcionamiento de los alveolos, nuestros procesos del cuerpo no pudieran llevarse a cabo con óptima precisión. Los alveolos ayudan a introducir el oxígeno a nuestro torrente sanguíneo y este se encarga de distribuirlo hacia cada órgano y a cada célula. Al inhalar, entra el oxígeno. Al exhalar, sale el CO_2. De forma similar, pero en una yuxtaposición, los árboles liberan oxígeno y consumen CO2. Sin la existencia de los árboles, los mamíferos del planeta nos ahogaríamos. El dióxido de carbono, un desecho del cuerpo humano, es *catafixiado* por el combustible más preciado, el oxígeno. Los árboles y las plantas, en cambio, utilizan el dióxido de carbono para poder respirar y llevar a cabo el proceso de la fotosíntesis, generando oxígeno como un desecho. Para ellos, el dióxido de carbono es esencial como lo es el oxígeno para nosotros. Interesante, ¿no?

Después de empaparme un poco de la esencia de las calles de la gran capital, por fin volví al departamento ubicado en Coyoacán, subí por las escaleras del edificio ya que no funcionaba el ascensor, abrí la puerta y entré sigilosamente. Encontré a Diana recién despierta, aún acostada en la cama y con la sábana cubriéndole del abdomen hacia abajo.

Le acaricié el cabello y la besé nuevamente para desearle buenos días y de que supiera que yo ya había vuelto.

–Te traje un café y una torta de tamal, mujer.

–Mmm, gracias, *Jaguarsito* –me contestó aún modorra–. Ahorita me levanto en cinco minutos, ¿va?

La silueta de mi compañera de viaje se escondía por debajo de la delgada sábana color celeste que cubría la cama. Es algo que siempre he admirado; las curvas naturales de una mujer. El cuerpo femenino es algo tan estético, tan sensual, tan atractivo. Supongo que es por naturaleza, los hombres tendemos a apreciar la anatomía femenina con mucha frecuencia, algunos con una discreta admiración generalizada y otros, con un tinte de morbo y lujuria. En ocasiones, la línea puede ser borrosa.

Contrario a esto está el cuerpo masculino, mismo que considero un poco más tosco, rudimentario y no tan estético, sin embargo, más funcional. Contamos con un apéndice que cuelga entre nuestras piernas, a veces está flácido, otras veces, erecto; pelo creciendo en los lugares más extraños y atrevidos posibles. Nuestras curvaturas no son tan atractivas como las de nuestras contrapartes,

162

aunque en nuestra defensa, hay mujeres a quienes quizás una barriga *caguamera* con más grasita y más de donde agarrar, les sea de su total agrado; en gustos se rompen géneros. Hablando de géneros, es interesante saber que lo que nos distingue entre hombres y mujeres es un solo cromosoma sexual.

Permítanme sumergirlos en una pequeña clase de Genética y Biología.

Había llegado a mi atención el tema de la nueva definición de 'género', y estoy consciente de la polémica actual que gira entorno a esto, más aún en los últimos años, sin embargo, lo que les comparto a continuación fue lo que aprendí durante la carrera médica y esto seguirá siendo relevante mientras que *Homo sapiens* siga siendo *Homo sapiens*.

Mi propia definición de la palabra 'sexo' y 'género ' es completamente intercambiable; me baso enteramente en la definición que aparece en el ' Diccionario Básico de la Lengua Española Larousse'.

Género s. m. *Conjunto de personas, animales o cosas que comparten determinadas características.*

El genoma es lo que nos da la característica de ser 'humano'. Esto está formado por veintitrés pares de cromosomas, de las cuales veintidós son autosomas (cromosomas numerados) y un par es un cromosoma sexual. Las mujeres manifiestan cromosomas sexuales 'XX' mientras que los hombres manifestamos 'XY'. Lo que sucede al principio es que la madre le hereda a su hijo o hija un cromosoma. Ella solamente puede heredarle a sus descendientes una 'X' y el padre se encarga de heredarle a su hijo el cromosoma sexual 'Y', o en su debido caso, a su hija le hereda el cromosoma sexual 'X', formando una nueva combinación de 'XY' en el caso de que el bebé sea del sexo masculino, o 'XX' si el bebé es del sexo femenino. Cuando el cromosoma 'Y' está presente, sobrescribe el *default* biológico que es el desarrollo femenino, y al presentarse dicho cromosoma, este automáticamente

163

desencadena el desarrollo y la formación del sistema reproductor masculino.

Esto nunca había sido un tema de discusión en el pasado, sin embargo, en los últimos tiempos, unos ' magos ontológicos' muy astutos le ha hecho creer a la población general que sexo y género son dos asuntos totalmente distintos. No lo son. La biología y el diccionario respaldan este punto de vista.

Lo que sí diré es esto, que hay circunstancias excepcionales en donde el sexo de alguien se puede ver afectado debido a una mutación genética en donde, por ejemplo, se muestra un genoma de 46, 'XY', siendo la persona fenotípicamente masculino, pero manifestando una apariencia femenina.

Se le ha nombrado como DSD ('Disorders of Sex Development') a un conjunto de anomalías genéticas, siendo una de ellas el 'Síndrome de Morris' (Síndrome de Insensibilidad a los Andrógenos) y la otra, el 'Síndrome de Swyer' (Disgenesia Gonadal Completa). En el primer caso, el individuo presenta una ausencia de órganos reproductores femeninos y en el segundo, útero, ovarios, y Trompas de Falopio están presentes. La menstruación está ausente en ambos casos.

Me he ido por una tangente nuevamente, pero el punto que trato de dar a entender es que los hombres y las mujeres somos genética y biológicamente distintos, con excepción de los casos particulares mencionados anteriormente. En conclusión, el hombre y la mujer se complementan. En un sentido fundamental, no somos iguales, pero esto no es necesariamente algo negativo. Compartir el tiempo y el amor de una mujer es un regalo divino. Lo sé, suena meloso, pero a veces estoy romántico y repleto de *clichés*.

Lo que estaba sucediendo conmigo era que Diana hizo sentirme querido y amado nuevamente. Ella hizo que volviera a sentirme humano, como si aún valiera la pena estár vivo.

Eso es lo que te puede hacer sentir una mujer. Ese es su gran poder. En la misma Biblia, cuenta que Dios había creado al hombre, y luego decidió que faltaba algo en el universo. Dios había creado funcionalidad. Había creado el *Logos*. El hombre por naturaleza, es práctico y resolutivo; tal fue la creación del hombre. Sin embargo, faltaba belleza, arte y gracia. Faltaba *Eros*.

Entonces Dios creó a Eva, la primera mujer.

"Y de la costilla que Jehová Dios tomó del hombre, hizo una mujer, y la trajo al hombre. Dijo entonces Adán: Esto es ahora hueso de mis huesos y carne de mi carne; ésta será llamada Varona, porque del varón fue tomada. Por tanto, dejará el hombre a su padre y a su madre, y se unirá a su mujer, y serán una sola carne. Y estaban ambos desnudos, Adán y su mujer, y no se avergonzaban."

(Genesis 2: 22-25)

***

Diana y yo nos subimos a un taxi justo en frente de Aguayo #3 para ir a visitar a un amigo de ella por nombre de Carlos. Yo había oído de otras personas que era algo inseguro subirse a los taxis de la ciudad de México. Diana me dijo que ese rumor era falso. Me dio su razón.

–La gente que dice ese tipo de cosas solo se está proyectando –replicó–. He escuchado a personas decir *"ten cuidado porque en la ciudad te roban"* o *"en el Metro solo quieren quitarte las pertenencias."* Hasta hoy, nada de esto me ha sucedido.

Ya arriba de la unidad, rumbo al centro cerca del Zócalo, comenzamos a platicar amenamente. Diana me dijo que íbamos a un domicilio que era un tipo de hostal en donde se hospedaban personas de todos lados, desde turistas locales hasta argentinos, colombianos, etc. Ahí era donde vivía su amigo.

–¿Desde dónde nos visitan, jóvenes? –preguntó el taxista mientras nos miraba por el retrovisor y sin quitar por completo su vista en la carretera.

El acento del chofer era típico de alguien que vivía en la ciudad de México.

–¿Cómo sabe que no somos de aquí? –pregunté con sutil desconfianza.

–Por su acento, joven. No habla como los de aquí. Para serle sincerlo, suena usted medio *pocho*. Su amiga todavía se confunde un poco, pero tampoco habla como capitalina. Si tuviera que adivinar, diría que la señorita es de algún lugar del Bajío.

El taxista era muy observador.

–Soy de Guanajuato, señor –contestó Diana.

Yo decidí permanecer callado y no decir mucho. El taxista se llamaba Pablo. Era de ojos claros, redondos vivarachos, vestía una barba color blanca, traía puesta una gorra negra de los 'Yankees' y una playera amarilla del equipo de futbol local de las Águilas del América. Nuestro chofer parecía ser un conocedor de la historia mexicana pues nos dio una pequeña cátedra durante el tiempo en que duró nuestro corto viaje. Si él hubiese sido profesor de Historia, seguramente no sería un típico profesor de universidad. Sí lo podía visualizar dando clases en alguna institución formal, por ejemplo, en la ' Universidad Nacional Autónoma de México'.

Nos impartió algo de Historia y de conocimiento general. Definitivamente había algo 'revolucionario' en su mirada y en su forma de expresarse.

–Saben, la 'M' de México, ¿saben ustedes lo que representa?

–¿Magnífico? –contesté condescendientemente.

–¿Maravilloso? –agregó Diana, uniéndose al juego.

Pablo nos observaba fugazmente por el retrovisor, para luego volver a fijar la vista en la carretera.

–La 'M' de México representa la palabra '
mentiras'. México, nuestro querido país, se fundó a base
de puras mentiras. Hasta Benito Juárez, nuestro mejor
presidente, fue una persona con inseguridades y fallas.
Mandó a encarcelar a Santiago Vidaurri, un tipo
empresarial del norte y probable contendiente para la
silla presidencial. ¿Sabían ustedes eso? ¿Conocen la
historia de los Niños Héroes? Déjenme decirles que no
fueron solamente seis *güeyes*. Fueron cincuenta cadetes
los que arriesgaron sus vidas para defender nuestra
Patria. Además, hubo un cadete sin mencionar, de
nombre Miguel Miramón. Él se hizo presidente después.
Sin embargo, no figuró entre los seis Niños Héroes.
Después, fue el mismo Benito Juárez que mandó a fusilar
a este joven presidente años más tarde por ser
considerado un traidor a la Patria. Así quedó plasmada la
historia, pero en realidad, él también fue un héroe, así
como los otros cincuenta cadetes. ¡Puras mentiras!

El taxista hablaba con cierta elocuencia y sabía
mucho sobre la historia de su país. Parecía comprobar lo
que escuché alguna vez durante nuestro viaje, que los
habitantes de la ciudad de México eran conocidos por ser
cultos y que muchos cultivaban el hábito de leer.

Me imagino que cada país podría tener un pasado
oscuro, y más los que han gozado de mayor longevidad.
Probablemente se ha tenido que ir cimentando sobre la
sangre y los huesos de las personas que alguna vez
creyeron en la visión de una gran nación. Historias de
traición, de juegos de poder, seducciones, errores y de
reivindicaciones; todo esto parece ser inevitable y hasta
cierto grado necesario, para poder construir un imperio.

Lo que me dejó perplejo fue que Pablo el taxista
veía cierta realidad, mientras que nosotros veíamos otra
completamente distinta.

¿Quién estaba en lo correcto?

Por mi parte, y Diana no me dejaría mentir, lo que
había conocido hasta ahora, Chiapas, Oaxaca, la ciudad de
México, todos estos lugares eran fascinantes y estaban

167

rebosando de tradición y cultura milenaria. La llamarada del vínculo con el pasado en estos lugares estaba viva aún y ardía con un fuego resplandeciente.

Mucha gente de otras partes del mundo se siente atraída a México como polillas a la luz. No sé por qué, pero los extranjeros amamos a México. Yo me había enamorado aún más de estas tierras. Este viaje me había hecho apreciar a la gente que vivía en los diferentes estados. Ellos buscaban compartir su cultura y sus tradiciones, fuesen estas en forma gastronómica, con las artesanías o en forma de canto y danza.

Para mí, la 'M' de México no era la 'M' de 'mentiras' . Para mí, la 'M' de México representaba 'M' de 'mágico', 'M' de '*místico*', y 'M' de 'misterioso'.

Pero, ¿qué se yo? Solo soy un simple extranjero.

El taxista finalmente nos trajo a nuestro destino. Se había terminado la clase de Historia.

Habíamos llegado al hostal que estaba pintado de blanco con puertas de madera, era de un piso y estaba extendido a lo largo, con varias habitaciones en donde se hospedaban personas de todos lados. Pude observar a unos colombianos y a varios europeos. Nos aproximamos a uno de los cuartos del hostal y tocamos la puerta para que nos abriera el amigo de Diana.

Ella me volteó a ver con esa sonrisa cautivadora.

–Te va a caer muy bien –me aseguró Diana–. Mira, Carlos es un artesano, un poeta y también fabrica sus propias playeras. Además, declama con tanta pasión, *Jaguar*, que si tan solo lo oyeras, se te enchinaría todita la piel. A mí hasta me brotan las lágrimas cada vez que le oigo recitar su poesía. A él también, bueno, a él se le humedecen los ojos, más cuando declama los poemas inspirados en la época de la Conquista Española y los quinientos años de represión que hemos vivido como pueblo. La represión ideológica y el genocidio cultural nos han hecho tanto daño.

Yo había leído algo sobre el tema, además, el Cristóbal Colón que nos enseñaron en la escuela distaba mucho de la realidad, en donde más que héroe, Colón, al igual que todos a bordo de los barcos que llegaron desde el Viejo Mundo, representaron el papel de verdugos y justicieros del Nuevo Mundo. Fueron mercenarios en su proceder, sin embargo, esto no será compartido jamás en un libro de Historia convencional.

Hay que conservar intactos los monumentos y la memoria de nuestros héroes del ayer. La civilización se construyó sobre la sangre derramada y sobre los huesos de nuestros antepasados.

Se abrió la puerta y nos invitaron a pasar.

–*Jaguar*, mira, te presento a Carlos –al señalarnos mutuamente–. Carlos, *Jaguar. Jaguar*, Carlos.

–Mucho gusto –contesté con cortesía.

–Igualmente, *carnal*. Y dime, ¿a qué te dedicas?

Lo miré por un segundo. Su rostro era de tez clara con un pequeño bigote, ojos grandes de color café oscuro, cabello ondulado y vistiendo algunas canas.

–Está de viaje, Carlos –intercedió Diana–. Además, es doctor.

–Ah, es usted un *bourgeois*.

–¿Perdón? –le contesté.

–Tú sabes carnal, burgués, ¿comprendes?

–Sí, comprendo –respondí bruscamente–. No me considero burgués, pero vivo bien. No me puedo quejar.

Nos observamos mutuamente. No era la primera vez de que alguien cambiaba su forma de tratarme al enterarse de mi profesión. Por eso, a veces yo era algo renuente en compartirle a ciertas personas este dato. Podía sentir un sutil rechazo en ocasiones; una barrera invisible o una defensa innecesaria hacia mi persona. Pude observar una ligera tensión en el rostro de Carlos después de la información revelada.

Él dio su razón enseguida.

–No es nada personal, *Jaguar*. Digamos que los doctores y yo no nos llevamos muy bien –confesó.

–No te preocupes, Carlos. Mi propio primo me dice *matasanos*. No lo tomo personal, sin embargo, sabrás que

169

la mayoría de los doctores no estamos dentro de la categoría de burgués. Creo que le podemos dejar esa etiqueta a los políticos y a los empresarios. Ellos sí que son *burgoise*.

Hubo un momento de silencio incómodo y Diana tuvo que interceder, iniciando de esta forma un nuevo hilo de conversación con su amigo. Esto sirvió para que ambos se actualizaran, mientras yo tomé un ejemplar de 'Cien Años de Soledad' que yacía en una pequeña mesa del hospedaje y lo empecé a hojear despistadamente. Hubiera deseado poder decir que me dio gusto conocer al amigo de Diana, pero después de nuestra infructuosa interacción, solamente contaba los minutos para que ella me dijera que ya era hora de irnos.

***

Diana y yo habíamos caminado por una avenida grande desde Nieto Zapata hasta llegar a calle Centauro esquina con Francisco Sosa, en donde yace un arco de cemento de doble curvatura, con una cruz en la punta, así como también un logo formado de otra cruz con dos brazos empuñados; un símbolo algo revolucionario si me lo preguntas.

El lugar vibraba con actividad. Los bancos del parque estaban a reventar. Parejas, amigos, artesanos, policías, músicos callejeros y turistas tanto locales como internacionales, llenaban la plaza principal de Coyoacán. Había una variedad de restaurantes en la periferia; sus mesas ocupadas con personas conversando y tomando café o echándose un buen taco. Me quedé impresionado con todo el movimiento que había a mi arededor. Un guitarrista callejero posicionado cerca de 'La Fuente de los Coyotes' tocaba una canción de *Santana*. Las notas de 'Black Magic Woman' salían disparadas a través de su amplificador Fender color negro. Mientras observaba a aquellos dos coyotes de piedra, me tomó por sorpresa la repentina erupción de agua que salió disparada por todos lados, bañando así a los coyotes y refrescándolos del sol de invierno.

Conocimos a Don Hilario en la plaza principal de Coyoacán. Él y su esposa tenían un puesto artesanal cerca de 'La Fuente de los Coyotes'. Ellos vendían arte *huichol*, varias piedras preciosas, joyería de plata y de oro; desde esclavas, anillos, aretes y demás.

Nos acercamos a su puesto de artesanía.

–Muy buenas tardes, jóvenes. ¿Con qué les pudiera interesar? Tenemos piezas hechas a mano y que son de mi pueblo. Estas están hechas con chaquiras de diversos colores, mire usted. Esto es artesanía de buena calidad. También tenemos piezas de plata y oro. Todo lo que ven aquí, lo hacemos nosotros. Todo menos las piedras.

La esposa de Don Hilario se encontraba sentada, tejiendo y uniendo chaquiras de varios colores, creando de esta forma su próxima pieza artesanal. Yo me quedé observando el arte prehispánico proveniente de los *wixárica* y deduje que si existía algo llamado 'artesanía psicodélica', probablemente serían estas piezas. Jamás había visto algo igual. Desde pulseras delgadas y gruesas, collares, aretes, también formas de animales como un venado, un jaguar, hasta la cabeza de un 'Lord Vader', todo esto estaba diseñado a partir del juego de colores de las chaquiras interconectadas entre sí, creando de esta forma los patrones que hacía de este arte algo único en el mundo. Terminé comprándome una pulsera y a Diana le regalé un par de aretes multicolor.

Nos pusimos las recién adquiridas artesanías de inmediato.

–A su novia le van muy bien esos aretes, joven.

–Oh, ella no es mi...

–Muchas gracias, Don Hilario. Él se está ganando un beso –interrumpió Diana enseguida.

En eso se acercó y cumpliendo su amenaza, me plantó un beso bien dado en los labios.

–¡Gracias, *Jaguar*! Me encantaron. Déjame decirte que tienes muy buen gusto.

La sonrisa de Diana irradiaba aún más con los aretes artesanales. Definitivamente le iba bien, *a la mode* junto con su vestimenta *hippie*. Nos quedamos platicando un poco más con Don Hilario y su mujer, aunque ella no decía mucho. Parecía estar absorta en su actividad; más interesada en terminar su pieza de arte que participar en nuestra conversación.

Resulta que Don Hilario y su mujer tenían el plan de ir a *Wirikuta* en aproximadamente una semana. No lo podía creer. Tanta *diosidencia* me creaba una especie de incredulidad y yo me preguntaba, "*¿era real lo que estaba sucediendo en estos momentos?*"

Quien escribía nuestro guion *cósmico* se estaba desbordando. Esto era demasiada coincidencia para ser azar. Nosotros le platicamos a Don Hilario sobre nuestro viaje y el deseo de ir a *Wirikuta* en busca del *peyote*.

Él habló diciendo:

–En mi pueblo, hay ancianos que están en contra de que los *tewaris* coman el *peyote*. Yo pienso diferente. Creo que el *Venadito* se ha vuelto algo universal. Antes, solamente nosotros éramos los guardianes del *peyote*. Hoy, si alguien siente el llamado de ir al desierto, esa persona también se convierte en *guardián del peyote*. Los llevaré con gusto. Ahí podré compartir con ustedes nuestra ceremonia milenaria que ha sido transmitida a nosotros de generación en generación. Nos veremos en el pueblo minero que llaman Real de Catorce, de hoy en siete, el día después de la luna nueva. Pregunten por mí en 'Hotel El Real' ese día en la mañana. De allí, partiremos rumbo a *La Montaña Quemada*.

Don Hilario cerró con este mensaje y nos estrechó la mano a Diana y a mí. Su mujer seguía totalmente concentrada en su actividad pero nos sonrió ligeramente. De esta forma nos despedimos de ellos, agradeciéndoles por adelantado la oportunidad de acompañarlos y de poder participar en la ceremonia.

Después de habernos alejado del bullicio de la plaza, ya camino de regreso al departamento, Diana me explicó que Don Hilario era un *Mara'akame* (acento en la ultima 'a'). Por motivos de practicidad en la narración del texto, lo escribiré como '*marakame*'.

Diana me dijo que así le llaman a los *hombres medicina* de esta tribu ancestral. Ellos son quienes guían las ceremonias y las *Búsquedas de Visión*.

Esa misma noche, salimos a otra plaza, una más pequeña que estaba ahí cerca de Aguayo #3, para cenar un buen bocado de comida típica de la ciudad. Nos acercamos con una vendedora, yo le pedí una torta de tamal y un champurrado mientras que Diana pidió un tamal de piña acompañado de un chocolate caliente.

Pero qué sabroso se comía en la Ciudad de México.

Diana me observaba mientras yo masticaba un pedazo de la torta, y por alguna razón esto le provocaba risillas.

–Ay, *Jaguar*, como te gustan esas tortas de tamal, ¿no? –y con un aire de travesura y liviandad, me revolvió el cabello.

Sonreí sin perder de vista el objetivo de terminar mi torta.

Luego, su sonrisa desapareció por un momento y en un tono más serio, me dijo lo siguiente:

–Pero, ¿qué crees? mi *Jaguar*. Nos quedan varios días para nuestro viaje a Real. Necesito ausentarme un poco y aprovechar estos días para ir a visitar a mi mamá a Guanajuato. Ya visité a mi hermana en Mazunte. Yo también estoy haciéndome más ligera y soltando lo que ya no me sirve. Sí quiero acompañarte en tu *Búsqueda de Visión*. Nos veremos en unos días, ¿te parece?

La veía a los ojos y no lo podía creer. Ella era un alma libre que fluía sin esfuerzo alguno por la vida. Hoy podía estar conmigo, mañana ya no, y esto no tenía por qué afectarme. Era la naturaleza de su ser. ¡Ella era como un colibrí de mil colores! La amaba justamente por eso, por su libertad, por su desapego y por su fluir.

Terminamos de cenar y nos dirigimos de nuevo al gran edificio ubicado sobre la calle Aguayo, tomados de la mano; la cabeza de Diana inclinada levemente hacia un lado y apoyándola en mi hombro derecho.

Le contesté serenamente.

–Está bien, Diana. Si sientes que debes ir a visitar a tu madre, adelante. Nos veremos en el pueblo de Real de Catorce el día después de la luna nueva, ¿ok?

A mi compañera de viaje le agradó escuchar mi respuesta.

Durante toda la travesía, nos hicimos mucho más cercanos. Dormíamos abrazados por las noches; mi piel junto a su piel. Habíamos compartido momentos de gran intimidad, quizás ya habíamos creado hasta cierto apego. Y en el fondo, ambos sabíamos que las despedidas eran más difíciles que las bienvenidas.

De repente, Diana se inclinó hacia enfrente, giró su cuello hábilmente y me plantó un beso de *piquito* en los labios. Nunca los veía venir. Lo común es que el hombre le robe el beso a la mujer, no al revés. Sonreímos juntos y en complicidad.

Sabíamos que aún nos esperaba la gran aventura rumbo al desierto de *Wirikuta*. Todo bien. Esto sería un adiós momentáneo.

TERCERA PARTE

"La causa suprema de todo medicamento es el amor."

(Paracelso)

IX. El país de las Siete Luminarias

"Yo lo vendé, Dios lo curó."

(Ambrosio Paré)

Estar al servicio de la salud y el bienestar de otro ser humano es todo un *viaje* de humildad para quienes se embarcan en él.

No se me vienen a la mente muchas profesiones en donde las situaciones laborales nos ponen cara a cara con el dolor y el sufrimiento real de las personas.

En esta categoría, incluyo a enfermeros, doctores, y a los que trabajan en los grandes hospitales. Quizás la profesión de quienes intentan mantener la ley y el orden, como la policía y los militares, se aproxima un poco a estar en contacto directo con ese sufrimiento humano, y sin embargo, dista mucho de tener esa connotación de abnegación y servicio indiscriminado hacia otros.

Una de las leyes más importante en el mundo de la Medicina es el mandamiento:

"No causarás daño."

Se intenta guardar este precepto de la mejor forma posible. Esto *no es soberbia*, *es amor*.

Hay médicos quienes nos hacemos dependientes de sustancias para 'entumecer' el alma; el alcohol siendo la elección predilecta entre el gremio. Me atrevo a decir que hay un alto porcentaje de alcoholismo funcional en el ámbito médico. Para citar a la a la Dra. Ávila, "esto ya se normalizó." Creo que gran parte de la razón es porque sigue siendo el mejor mecanismo de defensa que hemos encontrado los humanos hasta el día de hoy. También en este caso, hablando de experiencia propia, primero se es un adicto antes de 'ser' tu profesión. Las adicciones no discriminan, no respetan sexo, nivel socioeconómico o religión. En cuanto al adicto, solemos ser dependientes

179

de cosas que nos hacen poder olvidar la cruda realidad, propia y a veces ajena, aunque esto sea solo un escape transitorio. A veces es necesario para sobrevivir.

¿Qué otra cosa podemos hacer?

Nunca ha sido fácil mirar el sufrimiento humano directamente y saber que a veces no hay absolutamente nada que podamos hacer. Esto puede ser descorazonador para los médicos con una gran empatía. Algunos *galenos* pudiéramos ser más sensibles que otros. Mientras más sensible el organismo, más puede afectarse si no se está parado en un centro emocional sólido, o bien escudado con algún mecanismo de defensa. Y hay de mecanismos de defensa a mecanismos de defensa.

Un ejemplo, los cirujanos parecen ser la población de doctores con el mayor índice de tabaquismo entre la comunidad médica.

No leí este dato en un artículo de investigación o en alguna revista científica médica. Ha sido puramente observacional y anecdótico. Lo vi con mis propios ojos mientras llevé a cabo las prácticas intrahospitalarias. Esto no era raro de observar. Bastaba con salirme del hospital por la puerta trasera o incluso por la puerta principal de urgencias, para ver a un par de médicos en sus filipinas, *echando humo* como chimeneas. Hacemos esto a pesar de tener el conocimiento bien documentado de que el tabaquismo está directamente relacionado con cáncer de pulmón. Dentro de los mismos hospitales, me había tocado estar en el piso de Cirugía; el cuarto de reunión de los cirujanos olía en ocasiones, a cantina de mala muerte.

Al final del día, seguimos siendo simples seres mortales, con nuestros respectivos vicios y virtudes.

Para recordar y citar a un cirujano mentor que tuve durante mi año de formación clínica, comparto la siguiente interacción que tuvimos.

"Doctor, ¿usted fuma?" me preguntó una vez el Dr. García.

Le contesté, moviendo la cabeza en afirmación.

A esto, me respondió sin vacilar:

"¿Porque mejor no se pega un tiro en la cabeza? Está haciendo lo mismo, solo que más lento."

***

Diana y yo habíamos planeado irnos a *Wirikuta* después de nuestra escala en la Ciudad de México. No fue tanto una escala en sí, más bien fue como la base central, porque estuvimos viajando a los alrededores, solo para volver a aterrizar a la gran capital, tomar un respiro y recalibrar.

Después de un largo y tendido andar por tierras mexicanas, el viaje se aproximaba a su culminación. Nos había faltado tiempo para sumergirnos aún más en la cultura, en la tradición, y en la *mística* de estas tierras *aztecas* llenas de misterio y de tanta historia, así que no me pesó nada cuando tuvimos que postergar el viaje unos días más. Aún me restaba algo de dinero en la *cochinita*.

Don Hilario tenía que atender sus asuntos en la capital y nos pusimos de acuerdo para encontrarnos con él en el pueblo minero llamado Real de Catorce.

"Nos veremos en el pueblo, jóvenes. Pregunten por mí en 'Hotel El Real'. Si no tienen razón de mi paradero, solo espérenme. Ese mismo día subiremos a La Montaña Quemada para la ceremonia."

Esas fueron las instrucciones definitivas, un poco misteriosas, del *marakame*. Ahora dependía de nosotros encontrarlo allá arriba entre las montañas del desierto; faltaban pocos días para la próxima luna nueva.

A pesar de la posibilidad de quedarme los días restantes en la Ciudad de México, decidí eventualmente, acompañar a Diana a Guanajuato (idea de ella). La última nueva parada tenía como destino Acámbaro, lugar de nacimiento y crianza de mi querida compañera de viaje. En esta ciudad, vivía la madre de Diana. Ella no la había

181

visto desde hace tiempo. A pesar de estar en contacto ocasionalmente con ella vía teléfono móvil, su madre tenía años de no verla en persona.

–Me dará mucho gusto saludarla, *Jaguar* –dijo Diana alegremente, mientras se abalanzaba sobre mí con un fuerte abrazo–. Que nos actualicemos. Que vea que estoy bien. Que se dé cuenta de que estoy plena y feliz en mi andar... y que además, ¡traigo novio!

–Pero si tú y yo no somos... –antes de permitirme terminar la frase, ella me besó nuevamente en los labios.

Sus ojitos negros brillaban con amor y con anhelo. Destellos de su alma emergían y encontraban cabida en mi corazón, espacio en donde ya habitaba gran parte de este *ser luminosa*. Estar conviviendo con Diana me había hecho más sensible a mi contraparte, la femineidad. Estaba aprendiendo a apreciar mejor a aquellas mujeres, las que llevan vida latente dentro de sus vientres. Estaba aprendiendo a reconocer que las madres alrededor del mundo eran la primera línea indispensable en darle la bienvenida a los nuevos miembros de nuestra sociedad, con *sexo*, pudor y lágrimas, y de esta forma perpetuar la continuación de nuestra especie, *Homo sapiens*, hacia futuras generaciones, *ad infinitum*.

Mientras yo la sostenía abrazada contra mi pecho y mis manos acariciaban su cabello con olor a recién bañada, Diana me continuó diciendo:

–Cerca de Acámbaro en donde vive mi querida madre, dentro de un cráter vive un buen amigo llamado Águila Blanca. Aprovecharemos también para visitarlo, saludarlo y ver si armamos un temazcal, ¿vale? Si nunca has estado en uno, pudiera ser una buena oportunidad.

Jamás había participado en uno.

Temazcal o *temazcalli* significa 'la casa en donde se viene a sudar'. Según lo que leí y entendí, participar en un temazcal era todo un ritual. Realizado dentro de un *tipi* o dentro de una estructura parecida a un iglú, pero mayormente construido de barro, funcionalmente, es un espacio en donde se puede guardar el calor del fuego en forma de vapor, y este debe ser lo suficientemente amplio para tener aglomerada cierta cantidad de personas lo más cómodamente posible, así como un área central para poder poner las piedras. Se introducen al temazcal estas piedras volcánicas a las cuales los sabedores de esta ceremonia llaman *abuelitas*. Estas piedras emiten calor, y con agua derramada intermitentemente sobre ellas, se genera el vapor que te hace sudar tus mil *demonios*.

Diana me contó algo de su experiencia con esto.

–En Tulum, participé en los temazcales en donde habían desde cinco o hasta veinte personas reunidas. Me gusta tocar el tambor y cantar a mis hermanitos cuando puedo. A veces, se acompaña de alguna *planta de poder*, como *xanga* o el *peyote*. Para mí, solo era el temazcal. Prefiero no mezclar *medicinas*. Con el temazcal tienes, ¿sabes? ¿Pa' qué quieres más?

Siendo completamente honesto, yo tenía la idea de que el temazcal era solamente una especie de sauna prehispánico glorificado. Me reservé el comentario, pues Diana hablaba de ello con tanta pasión, hasta con cierto tono de religiosidad, que no quise desbaratar su alegría con mi forma lógica y cuadrada de pensar.

También había llegado a la conclusión de que a veces sin querer, los humanos escupimos *veneno* con las palabras que elegimos pronunciar, hacia nuestros seres amados.

Si tan solo hubiese alguna manera efectiva de transmutar ese *veneno* y convertirlo en algo que valga la pena verbalizar.

Mi padre me dijo alguna vez:

"*Sé impecable con todas tus palabras, hijo. Aunque aprendemos a decir la verdad, no siempre es prudente decir nuestra propia verdad, cuando al hacerlo podemos herir emocionalmente a nuestros seres queridos. Pero la empatía, jovencito, esa es una lección para otro día.*"

Ubicado en la región central del país conocido como el Bajío, en el estado de Guanajuato existen tres detalles antropológicos-geográficos *cósmicos*. Bueno, dos

183

principales y en uno de ellos, un detalle dentro de ese detalle. Es algo irrelevante, inexistente quizás, para el típico turista *spring breaker*, o como me gusta llamarnos a veces, los turistas *mainstream*.

Sin embargo, esto que les comparto a continuación quizás les hará volar la imaginación.

1a) *Las Siete Luminarias son una atracción turística de proporciones alucinantes, una cadena de volcanes que alguna vez, hace millones de años quizás, gorgoreaban con fuego y azufre así como con otras materias primas. Ahora ya inactivos, me atrevo a decir que son una de las grandes maravillas no oficiales de México, deje usted, ¡del mundo entero! Y por si esto fuera poco, la posición de los siete cráteres volcánicos hace una formación en espejo con la constelación de la Osa Mayor (como es arriba es abajo).*

1b) *Cuenta la antigua leyenda que en el país de las Siete Luminarias, hace mucho tiempo atrás, por ahí en los años setenta, se documentaron cosechas insólitas e increíbles jamás antes vistas; historias documentadas de vegetales gigantescos. La creencia general es que a dos personas, Oscar Arredondo y José Carmen García, se les fueron dadas instrucciones específicas, así como unas técnicas cósmicas-astrológicas por seres de otra dimensión (extraterrestres o según Oscar Arredondo, posiblemente intraterrestres) las cuales involucraban la agricultura y la siembra de plantas.*

2) *¿Conocen la historia del pueblo purépecha? Si no es así, es muy probable que te haya pasado como a mí, que la historia y las culturas azteca, maya, tolteca, inclusive la que me había seducido últimamente, la cultura wixárika, los ha eclipsado y orillado hasta casi el anonimato. El pueblo purépecha es una tribu que ha pintado el norte de amarillo, el poniente de rojo, el sur de negro y el occidente de blanco. Es un pueblo que alguna vez, defendiéndose, le hizo frente a los mismos aztecas, y la historia documenta que ni los mismos aztecas fueron capaces de someterlos.*

184

Hay unas construcciones prehispánicas llamadas Yácatas, que aluden a la cara religiosa de este pueblo guerrero, así como descendientes que llevan la voz de la tradición de su pueblo a todo pulmón aún el día de hoy.

***

Después de haber pasado unos días en Acámbaro, en la casa de la madre de Diana, salimos posteriormente hacia Hoya de Álvarez, un cráter volcánico como nada que me había imaginado. Ella no bromeaba cuando dijo que su amigo vivía dentro de un cráter; hablaba de forma literal.

Ya se había comunicado con él, y decidieron juntos organizar el temazcal un día antes de que partiéramos hacia el desierto.

–Jamás en la vida había viajado con alguien como tú, *Jaguar* –me dijo Diana, sincerándose–. No me lo tomes a mal, pero contigo todo es muy formal, muy organizado. Eso de seguir un itinerario no es lo mío. Si estuviéramos casados, creo que me volverías loquita. No puede mi alma con tanta planeación.

Sabía exactamente a lo que se refería.

Diana me daba la impresión de que ella podía llegar a un lugar cierto día, y desconocer totalmente la fecha de su partida. Me daba la noción de que para ella, daba igual si su estancia era un día, una semana, o hasta un año. Justamente esa cualidad de fluir con el momento y navegar las circunstancias de la vida con cierto aire *zen*, era lo que me atraía hacia ella. Yo, en cambio, no podía tener cabos sueltos. Mientras mayor control tenía sobre una situación, más tranquilo me sentía. Me ocasionaba mucho estrés 'salirme del programa', sin embargo, estaba abierto a la posibilidad de cambiar de planes en último momento si esto fuese totalmente necesario y solamente si 'plan B' tenía cierto sentido logístico. Solía

185

anotar datos como fechas de vuelos de avión o salidas de autobús, así como las direcciones, en una pequeña libreta con tapa roja que cargaba conmigo a todos lados.

De hecho, este viaje me había sacado un tanto de mi *zona de comfort* al no tener un itinerario rígido y con una flexibilidad intencionada durante toda la travesía. Probando mi punto, aquí andábamos en Guanajuato, un estado el cual ni figuraba en los destinos preestablecidos de nuestros planes.

De una manera *yin yang*, esta *princesa* mexicana había venido a traer 'caos' a mi vida, y yo, una persona de mente científica y analítica, quizás le vino a traer un poco de 'orden' a la suya.

¿Qué les puedo decir? Alguien tenía que estar al pendiente de llegar a tiempo a Real de Catorce para la fecha acordada. Si dependiera completamente de Diana, probablemente llegaríamos un mes después.

Ella vivía fuera de tiempo; cualidad de *diosa*.

Águila Blanca nos dio indicaciones para llegar a Hoya de Álvarez.

–Salen de Acámbaro rumbo a Valle de Santiago. Los choferes ya conocen la parada. En donde está la estatua de piedra de un águila, allí se bajan. A unos escasos metros, por el otro lado de la carretera, el camino está anunciado con un letrero que dice 'Bienvenidos a Hoya de Álvarez'. Avanzan por el camino de terracería hasta que el cráter se vaya abriendo ante sus ojos. Son varios kilómetros de camino hacia abajo para llegar al centro del cráter. No tiene pierde. Al llegar al centro en donde está la calle principal de la comunidad, pregunten por 'Mamá Cuca'. Pueden descansar y comer algo con ella mientras me manden a buscar.

***

Después de caminar unos kilómetros en descenso hacia el centro del cráter por una calle de terracería polvorienta, Diana y yo arribamos finalmente a la cocina de Mamá Cuca. Era una linda señora ya avanzada en edad, canosa, regordeta y con los ojos rasgados. Nos dio la bienvenida con serena cordialidad. Nos presentó a Chuy y a Guillermo, quienes parecían vivir con ella. Mamá Cuca mandó a Chuy en busca de Águila Blanca y luego procedió a prepararnos dos tazas de frijoles cocidos acompañados de tortillas de maíz hechas a mano, recién salidas del comal. Nos habrá visto con cara de mucha hambre. Todo olía bien sabroso.

Águila Blanca y Diana ya se conocían desde hace tiempo. Se conocieron en una ceremonia de temazcal. Él la llamaba '*Huitzil*'.

Resulta que Águila Blanca era un descendiente directo de la tribu ancestral llamada *purépecha*, parte de su misión era compartir la historia y tradición de su pueblo e ir creciendo el conocimiento de la *medicina* prehispánica conocida como el temazcal. Parecía ser un hombre de carácter, de rasgos faciales fuertes y vestía una sabiduría latente en su canosa cabellera. Era un hombre delgado que aparentaba estar ya arriba de los cincuenta años, sin embargo, manifestaba la vigorosidad de alguien mucho más joven.

–Hermanitos, bienvenidos al cráter de Hoya de Álvarez. *Huitzil*, te ves muy bien. Será un gusto tenerlos aquí por unos días. Mañana los llevaremos a caminar por las veredas de este mágico cráter.

Águila Blanca ofreció ser nuestro guía de turista.

–Ahorita todo está muy verde. Aquí, la primavera parece haberse adelantado un poco. Mañana llegaremos a una cueva que será la primera parada. Después, para cerrar la caminata, llegaremos a una cascada que está allá arriba entre los cerros del cráter. Será algo muy especial. *Huitzil*, mañana será un buen día para que le cantes al agua. Por ahora terminen de comer, dense un buen baño y descansen. Mañana comienza lo bueno. Les encantará el paseo.

Diana sonrió mientras enrollaba una tortilla y la sopeaba en su caldo de frijoles.

Sin quitar el dedo del renglón, le devolvió el piropo a su viejo amigo.

–Tú también te ves muy bien, Águila. Estás igualito que la vez pasada que nos vimos.

Terminamos de cenar, y Diana y yo quedamos satisfechos. Habíamos llegado en la tarde y comenzaba a aproximarse la noche. Chuy nos mostró el espacio en donde nos estaríamos quedando. Era una casa ubicada frente a la cocina de Mamá Cuca, al otro lado de la calle principal. La casa era verde por fuera y consistía en una enorme sala con un sofá y una cama hacia una esquina, cerca de la cocina. También había una mesa en donde preparar los alimentos, un baño semifuncional y un cuarto privado con una cama matrimonial y armario. Acomodámos nuestras cosas en el cuarto privado. Chuy se despidió de nosotros y acordamos de vernos en la cocina de Mamá Cuca el día siguiente por la tarde.

En la sala principal, había una *cabeza de jaguar* artesanal hecha de madera y pintada de varios colores.

–*Jaguar*, ¡ya sabían que venías para acá! –exclamó Diana mientras se ponía la pieza de arte de tamaño un poco más grande que un cráneo humano sobre su cabeza y procedió a lanzar ruidos felinos mientras que al mismo tiempo, me daba zarpazos suaves, jugando y riéndose como niña divertida.

Me reía plácidamente entre mi *delirio de referencia* y por la ocurrencia de mi compañera de viaje. Di por entendido que la *cabeza del jaguar* era una señal de que estábamos en el lugar correcto. A pesar de no haberlo planeado, venir a este cráter era parte inevitable del camino en nuestra aventura por México.

Diana y yo decidimos darnos un bien merecido baño; nuestra ropa y los pies se encontraban aún llenos de polvo debido a la larga caminata. Ella se banó primero y por último, yo. Cuando por fin salí de la regadera, ella ya se encontraba recostada de lado, con ropa ligera y con una mirada seductora que me decía corporalmente algo así como, "*vente a acostar aquí a mi lado, chiquito.*"

Me recosté en la cama y procedí a enrollar mi brazo sigilosamente alrededor su cintura. Nos quedamos así, sintiendo nuestros latidos y viéndonos un rato, sin decir palabra alguna.

Diana fue la primera en romper el silencio.

–Dime, *Jaguar*, ¿qué es la realidad para ti?

La pregunta de Diana me extrañó un poco, pues aparentemente de la nada, mientras nos encontrábamos recostados en una vieja cama que se encontraba dentro de una casa que se encontraba dentro de un cráter, fundidos en un abrazo amoroso, intentando ahuyentar el frío nocturno con el calor de nuestros cuerpos, ella de pronto me lanzó esta *piedra* filosófica.

Era una noche helada en Hoya de Álvarez, una noche invernal de aquéllas dignas de *empiernarse* hasta el amanecer con la amante. Diana ahuyentaba cualquier frío con su cálido cuerpo.

Me quedé pensativo ante la pregunta repentina de mi compañera de viaje. Bajo la tenue luz siendo emitida por un par de veladoras que habíamos comprado con anterioridad, acaricié su cabello con suavidad.

Procedí a contestar.

–Sé que te gusta la poesía, Diana, pero te daré mi opinión que es explícitamente científica –advertí.

Los hipnotizantes ojos negros de Diana reflejaban la llama danzante de una de las veladoras procedentes del tocador, mientras me dirigía la mirada con gran interés, acompañada de una sonrisa apenas visible.

–¡Ja! Lo sabía. A ver, ¡venga! –me incitó–. Soy toda oídos.

La besé espontáneamente y proseguí.

–Diana, querida, para mí, la realidad es esto. Todo lo que tu cerebro procesa a través de los cinco sentidos, eso es la realidad.

189

Ella me miró con gran interés.

–Todo lo que tocas...

Le acaricié delicadamente el rostro, deslizando mi mano suavemente por su mejía.

–Todo lo que hueles...

Acerqué mi nariz hacia ella para inhalar el aroma de su cabello recién lavado.

–Todo lo que degustas...

Le planté un beso en la boca y saboreé sus labios pausadamente, mordisqueándola cariñosamente.

–Todo lo que ves...

Me quedé mirándola fijamente a las *ventanas* de su alma.

–Todo lo que oyes...

Le susurré en su oído en una voz apenas audible.

–Eso, mujer, eso es la realidad para mí.

Al escuchar mi respuesta, la mágica sonrisa de Diana iluminó el cuarto más que las veladoras; una prosa muy a mi manera y bien apreciada por aquella enigmática mujer.

–Mmm, nada mal, *Jaguar*, nada mal –me contestó, satisfecha con mi respuesta 'científica'.

Yo podía sentir como se le erizaba la piel de su cuello y de los brazos. Podía sentir el roce de sus recién endurecidos pezones (quizás más por el frío que por mi *juego de seducción*) contra mi pecho. Su respiración se hizo un poco más perceptible, y era acompañada de unos sutiles gemidos, invitándome a poseerla como se posee a una flor; sus pétalos abriéndose para que yo pudiera beber de su dulce néctar.

Comenzamos a besarnos apasionadamente. Ella colocó sus manos detrás de mi nuca mientras mis caricias iban descendiendo por su espalda, cruzando por su costado hasta llegar a su sensual ombligo, paseándome lentamente por su vientre hasta lograr deslizar una de mis manos amorosamente entre sus dos piernas. Dos de mis dedos la penetraron suavemente sin dificultad, pues ella escurría con su *jugo de luna*.

Me miró sorprendida.

–*Jaguar*, ¿qué me haces? –preguntó, entre gemidos débiles y cada vez más frecuentes.

–Acariciando la realidad, Diana –le contesté, con la voz más seductora que tenía en mi repertorio–. Fluyes como un río, mujer. Pero qué mojada estás. Tan divina.

Entre gemidos mutuos y besos apasionados, por varios minutos ella me permitió seguir acariciándola. No solamente los dedos, sino también mi mano se había mojado por el fluir de su *sexo*. Conforme maniobraba yo las caricias con algo de destreza, aumentando la fricción por dentro y también por fuera, ella se humedecía cada vez más. Todo esto culminó en un extático orgasmo que ella tuvo, en donde pude sentir el exceso de su 'néctar' de mujer derramarse, mientras sus caderas temblaban y se sacudían violentamente al unísono en que las paredes de su interior se estremecían con pulsaciones fuertes, hasta que se fueron menguando gradualmente y finalmente se detuvieron por completo.

Mi *diosa* aperlada se quedó inmóvil por varios minutos aún en el goce del momento, aún con los ojos cerrados y con una sonrisa de placer puro.

Poco a poco, Diana se fue reintegrando al presente mientras me volvió a acariciar suavemente el cabello de la nuca.

–Ay, *Jaguar*, ¿qué me hiciste? –dijo en una voz baja y apenas audible.

Esta vez no le contesté, solo la mantuve abrazada en silencio mientras nuestros cuerpos aún hervían de pasión.

–Apágame las veladoras, ¿sí, *Jaguar*? Ya hay que dormirnos. Mañana nos espera un día especial. Hemos llegado hasta aquí. Tan lejos.

Con dos soplidos, como niño que apaga las velas de un pastel de cumpleaños y como quien pide un deseo para que este se pueda hacer realidad, se extinguieron las llamas y se elevó el humo, subiendo hasta el techo como en *un altar de sacrificio*.

Volvimos a abrazarnos cual amantes que intentan trascender sus dos cuerpos separados para hacerse uno, aunque esto fuese por un momento nada más.

***

Al día siguiente, alrededor de las tres de la tarde, reunidos nuevamente en la cocina de Mamá Cuca, Águila Blanca nos presentó un poco más formalmente a Chuy y a Guillermo.

El primero era un agricultor de la localidad, de rasgos jóvenes, de cabello chino con el pelo amarrado y de piel bronceada; vivía con Mamá Cuca. El segundo era Guillermo, un español bonachón y barrigón, de corte pelón, quien vestía una pequeña barba; visitaba el cráter por unos días también. Chuy llevaba ya un rato viviendo en el cráter de Hoya de Álvarez. Había vivido en el norte del país anteriormente y casualmente conocía *Wirikuta*, pues vivió en el desierto por cierto período de tiempo.

Chuy mostró cierto interés cuando le hablamos de nuestro viaje a San Luis Potosí.

–¿Tú también vas al desierto, *Jaguar*? –preguntó–. Saben, viví en El Tecolote por una corta temporada bajo el cuidado de Don Luis Bustos, alias el 'Jefe del Desierto'. Fueron cuarenta días y cuarenta noches las que estuve viviendo entre cactus, biznagas, burros calabaceros y nopaleras. Así decidí celebrar mi cumpleaños *crístico*. En *Wirikuta* hay muy buena *medicina*. Si ven al 'Jefe', me lo saludan mucho, por favor.

Águila Blanca ya había acordado con Diana en que debíamos de llegar a lo más alto del cráter para poder 'bendecir' el agua. Esto se llevaría a cabo con cantos y con algunos rezos.

Chuy, junto con su amigo Guillermo, Águila Blanca, Diana y yo, habíamos tomado la tarde del día antes del temazcal para hacer este recorrido.

–Chuy es más conocedor de toda la flora y fauna silvestre del lugar. Él será nuestro guía en esta caminata *cósmica*, así que si tienen alguna pregunta, él es el bueno. Además –agregó Águila Blanca–, él ya conoce muy bien estos *laredos*.

Chuy hizo un ademán en aceptación del cargo y nos comenzó a hablar un poco sobre la flora del lugar, sobre el tipo de vegetación que predominaba, qué tipo de animales podríamos encontrarnos en el camino, el clima general del cráter, etc. Mientras lo escuchábamos, nos preparamos y emprendimos el paso para conocer el cráter un poco más de cerca. Mientras nos alejábamos de la comunidad para integrarnos a unas veredas entre los arbustos, nos comenzamos a perfilar en fila india, con Chuy en la delantera, seguido por Águila Blanca, después Diana, Guillermo y por último, yo en la retaguardia.

La vereda, desde donde yacían las pocas casas en Hoya de Álvarez, iba serpenteando en gradual ascenso. Mientras que las calles y los animales domésticos iban quedando atrás, de pronto fuimos rodeados por paredes de piedra, arbustos y matorrales. Ya había un camino visible trazado hacia las partes altas del cráter. Nuestro guía se detuvo por primera vez y nos mostró el primer atractivo turístico del cráter que era una pared de piedra que ascendía a muchisimos metros de altura; ideal para el rappel. Chuy nos comentó que gente de distintos lados venía a escalar por las lisas piedras. Para el visitante que se sentía aventurero o incluso para el mismo conocedor de rappel, esto parecía ser una interesante y exhilarante actividad.

Después de unos minutos, Chuy volvió a ponernos en movimiento. Caminamos en ascenso a través de la vegetación semi-selvática particular del cráter. Durante la caminata, quienes más intercambiaban comentarios generales eran Chuy y Águila Blanca.

Cuando Chuy terminaba de hablar sobre la flora del lugar, Águila Blanca tomaba la batuta para hablarnos más sobre el ritual prehispánico llamado *temazcalli*.

–Verán, muchachos, la magia del temazcal sucede entre el tambor y las *abuelitas*. Todo en la vida siempre es una danza entre lo masculino y lo femenino. El tambor es un instrumento percutivo y representa lo masculino. Las piedras representan lo femenino. Por eso las llaman *abuelitas*. Justo así, se despierta el baile del temazcal, entre las piedras y el tambor. Es como la vida misma.

A mi percepción, Águila Blanca hablaba aún más apasionadamente del temazcal que la misma Diana. Entre los dos, a veces parecían iniciar un diálogo en una lengua distinta, una comunicación que rebasaba las palabras. En efecto, era como ver a dos viejos amigos que se conocían desde hace mucho, interactuar.

A todo esto, yo ya casi no podía respirar por el esfuerzo físico y el ascenso del camino.

Entre algunos jadeos y quejidos sutiles, traté con gran esfuerzo, de iniciar un hilo de conversación.

–Guillermo, ¿qué te parece México? –le pregunté al español.

A lo que contestó, diciendo:

–Es *la hostia*, *tío*. Hace muchos años visité México por primera vez. Fue cuando conocí a Águila Blanca en un temazcal, de los primeros que hicieron aquí en Hoya de Álvarez. No, *tío*, y las playas, olvídese, no le piden nada a ningún otro lugar del mundo. ¡Como México no hay dos!

Asegundé, entre jadeos.

–¿Verdad que sí, Guillermo?

–*Tío*, es que somos afortunados de conocer estas tierras. Hay magia en este lugar. Nada más mira a nuestro alrededor.

Mi falta de aliento no me permitió hablarle más. Caminamos por más de una hora en ascenso. No era una ruta difícil, sin embargo, a pesar de recientemente haber comenzado a dar mis primeros trotes por las mañanas, mi condición física aún se encontraba en pésimo estado comparado con todos los demás presentes. Guillermo, Chuy, Águila Blanca y Diana, todos ellos parecían avanzar sin gran esfuerzo.

194

De pronto, nuestro guía nos detuvo en seco.

–Miren, ¡ahí está!

Chuy señaló la entrada de una cueva a escasos metros de nosotros. Afortunadamente (más para mí), haríamos nuestra segunda parada aquí para descansar, mientras que Diana y Águila Blanca se ponían de acuerdo entre ellos para llevar a cabo el inicio del ritual para 'bendecir' el agua del lugar.

Águila Blanca inspeccionó el entorno y volteó a ver a Diana.

–Creo que aquí está bien –comentó ella.

–Si tú dices que es así, adelante.

Águila Blanca sacó un tambor de agua, tambor especial utilizado para los temazcales. Diana sacó unas ofrendas que había llevado y preparado el día anterior. Ella y Águila Blanca se sentaron sobre unas piedras redondas que se encontraban a un par de metros de la entrada de la cueva, ambos dándole la espalda a dicha cueva. Guillermo, Chuy y yo nos convertimos en meros espectadores. Águila Blanca dio una indicación para que nos pasáramos más hacia dentro de la cueva; aún se extendía varios metros hacia completa oscuridad. Quién sabe cuán profundo era en realidad. Parecía ser más grande de lo que aparentaba.

En la cueva, personas dejaban ofrendas en forma de monedas, *mandalas*, pulseras y veladoras. Había un área en donde parecía que alguien había encendido una fogata recientemente, quizás la noche anterior. Aún se observaba leña recién quemada junto con las cenizas remanentes. Todos guardamos silencio mientras Águila Blanca hizo sonar el tambor y Diana, sentada junto a él, se integró al ritmo con su encantadora voz y un suave vaivén de su cuerpo.

La fisiología dicta que el cuerpo humano está compuesto por dos terceras partes de agua; cada célula de nuestro cuerpo es mayormente líquido. El punto que quiero dar a entender es que el tamboreo de Águila Blanca y el canto que Diana había comenzado a entonar,

195

eran también para nuestro 'agua'. Chuy, Guillermo, y yo estábamos hipnotizados. Comencé a entrar en un estado de trance.

Diana cantaba sobre la naturaleza...

"Todos venimos de la Tierra
Y a ella volvemos.
Como una gota de agua
Fluyendo hacia el mar."

La mágica voz de la cantora comenzó a reverberar dentro de la cueva, mientras que Águila Blanca tocaba su tambor a un ritmo constante. Aunque yo ya había oído a Diana cantar, a pesar de ser una voz ya conocida, siempre que lo hacía, era como si la estuviera oyendo por primera vez... esa hermosa voz... mágica y seductora. Ella emitía un hechizo sutil, como el sonido de mil pétalos de rosas, como el sonido de un colibrí de siete colores. Con su dulce voz y acompañada de un tamboreo incesante, Diana y Águila Blanca crearon una atmósfera de religiosidad con su sencillo canto.

La esencia de la Madre Tierra poseyó a la cantora, regalando a todos los presentes un momento de éxtasis puro, como cuando se abre un girasol, como cuando nace un capullo... como un atardecer en Punta Cometa.

La voz de Diana llenaba la cueva.

"Somos hijos de la Madre Tierra,
Madre tierra, Madre Tierra.
Somos hijos de la Madre Tierra,
Madre Tierra, Madre Tierra."

El tamboreo cesó paulatinamente.

El silencioso atardecer en la parte montañosa del cráter invadió a todos los que estábamos presentes. El entorno se permeó de paz y serenidad.

Águila Blanca no pudo evitar derramar una parte de su corazón hacia Diana.

196

–Cantaste la primera vez cuando nos conocimos. Fue en un temazcal que se celebró cerca de tu casa en Acámbaro, ¿te acuerdas? Siempre has tenido una voz muy hermosa, *Huitzil*.

Diana sonrió en agradecimiento silencioso.

Ella estaba más allá de elogio y crítica; cualidad de *diosa*.

***

Yo no lo sabía aún, pero Diana estaba a punto de enseñarme una importante lección de humildad.

Al abandonar la cueva, seguimos caminando por la vereda del cráter, ahora ya un poco más angosta, y nos encontrábamos acariciando las paredes superiores del volcán. Formada por piedras y matorrales hacia nuestro lado izquierdo y también por una vegetación que se había quedado muy por debajo de nosotros por nuestro lado derecho, exponiéndonos a un voladero de varios metros de profunidad, este era la parte 'peligrosa' de la caminata.

Todo iba muy bien hasta ahora cuando de repente, desde la retaguardia de la fila, el español salió corriendo hacia nosotros.

–¡*Chuyyyy*! –gritó en desesperación.

La exaltación de Guillermo nos tomó a todos por sorpresa.

–¡Ayúdame, por favor! –exclamó el español.

Al voltear la mirada hacia atrás, me percaté de cuál fue la razón de su reacción. Mientras que Guillermo se acercaba hacia mí, pude observar que su rostro estaba ensangrentado y que se estaba sosteniendo la coronilla con ambas manos. Sangre rojo brillante brotaba desde la parte superior de su cabeza, chorreando sobre sus ojos, su nariz y mayormente, sobre la frente. A muchos metros arriba en un cráter, con una herida en la cabeza y con sangrado activo, el rostro de Guillermo manifestaba unos

197

ojos aterrorizados. Yo lo sabía bien, esto era una urgencia médica.

Los demás ya se habían detenido y se acercaron como pudieron.

–¡Dios mío, Guillermo! –exclamó Chuy–. ¿Qué fue lo que te pasó?

–La piedra, *tío*, la piedra. ¡No la vi!

Lo que había sucedido es que Guillermo se había golpeado la cabeza, chocando contra el filo de una de las rocas que formaban la pared del cráter. Era una parte de la pared en donde todos nos habíamos agachado para poder seguir avanzando por la vereda. Aparentemente, el español no se percató de que se tenía que maniobrar de esta forma para esquivar la pared. El golpe le había provocado una herida cortante en la parte superior de la cabeza, una línea vertical de unos catorce centímetros en la mera coronilla; una herida de grandes proporciones. Lo revisé bien para ver si no traía alguna otra lesión en el rostro.

Le limpié la sangre con una bufanda verde que yo traía puesto y se la extendí inmediatamente, dándole la indicación más importante.

–Ejerece una adecuada presión sobre la herida con esto, amigo –le ordené serenamente–. No te lo quites por nada en el mundo. Así podremos detener el sangrado, ¿comprendes?

Guillermo asintió con la cabeza.

En la situación de una herida con sangrado activo, la primera cosa que se debe de hacer siempre, es ejercer presión sobre ella. Esto, en la mayoría de los casos, puede detener el sangrado e incluso en el peor de ellos, puede hasta salvarle la vida a alguien.

Volteé hacia nuestro guía.

–Chuy, tu amigo necesita que le suturen la herida. ¿Hay algún doctor aquí en Hoya de Álvarez?

–No, *Jaguar* –me contestó–. El médico más cercano está como a una hora y fracción de aquí. Cuenta el tiempo que tomaremos en bajar, agrégale otra hora si bien nos va.

Totalmente consciente del predicamento en el que nos encontrábamos, se hizo un consenso general. Todos acordamos en que había que terminar la ruta, pues ya casi habíamos llegado al final de recorrido. Estábamos muy cerca de la cascada principal y Guillermo ya había ejercido presión sobre la herida por más de diez minutos.

Al llegar a un lugar más seguro y ya habiendo cruzado la parte expuesta del camino, pude revisar la lesión con más calma, y me di cuenta de que ya no le sangraba. La presión que Guillermo había ejercido sobre la herida, ayudó a detener el flujo de sangre. Sentí un aire de alivio. Al menos hoy, nuestro amigo el español no se moriría desangrado en la cima de un cráter.

Me dirigí nuevamente a Chuy.

–Aún creo que deberíamos de llevar a tu amigo para que lo suturen –comenté insistentemente.

–A ver, *Jaguar*, déjame echarle un vistazo –dijo Diana.

La cantora se acercó a Guillermo, tomando la parte occipital de su cabeza con las manos, aproximándolo a su rostro para observar detenidamente la herida que el español había sufrido. Se había logrado parar el sangrado y aparentemente él ya estaba fuera de peligro.

Diana habló, diciendo:

–*Jaguar*, no iremos a ver a ningún médico que se encuentra a más de dos horas de aquí. Es ilógico. Estamos en medio de un cráter. Él está bien. Ya no está sangrando y no parece ser tan profundo. Si me permites, Guillermo, te pondré algo sobre la herida, ¿vale?

El español volvió a asentir nerviosamente.

–Diana, ¿es en serio? –pregunté indignado.

Mi ego había sufrido una cachetada con guante blanco, pues mi autoridad médica se vio relevada por la sugerencia de una *hippie* que no ostentaba estudios en el área de la salud. ¿Qué iba saber ella sobre cómo tratar una herida? La miré incrédulo mientras sentía como la

199

sangre me hervía de impotencia y de enojo. Como si ella me percibiera, la mirada de Diana se tornó desafiante.

Sus ojos me penetraron hasta el alma.

–*Jaguar*, tienes que aprender a confiar. Todo lo que nosotros necesitamos, lo proporciona nuestra Madre Tierra.

Ella sacó tabaco orgánico de su morral, tomó unas hojas de un arbusto que desconocí, las trituró, luego se agachó para mezclarlas con algo de tierra, mayormente barro, y le agregó un poco de agua. Yo la observé atónito. El menjurje se transformó en una plasta grisácea y delgada. Diana tomó la plasta recién hecha entre sus manos y la empezó a extender suavemente sobre la cabeza de Guillermo. Él ya había dejado de sangrar, sin embargo, a mi juicio, seguía siendo una herida que necesitaba ser suturada. La mezcla de Diana había cubierto la herida en su totalidad. Puso una mano en la frente de Guillermo y emitió algo así como un rezo, con una voz apenas audible.

Yo seguí observándola, aún indignado.

"Pero, ¿qué diablos pasa contigo?" pensé hacia mis adentros. "¿No ves que esta persona fue atendida de la mejor manera posible en su momento? Deberías de sentirte aliviado. ¿Qué clase de doctor eres, cabrón?"

Les diré qué clase de doctor. Uno que acababa de recibir una cátedra en cómo tratar heridas en medio de un cráter, impartida por alguien sin estudios médicos formales. Sin querer, Diana hizo tragarme mi orgullo. De pronto, me sentí muy insignificante.

Se volvió a levantar un nuevo consenso general, y se votó en que Guillermo ya no necesitaría ser llevado al médico más próximo. Fue una votación casi unánime de cuatro contra uno (hasta el mismo español votó en no ir), siendo yo la única persona que aún creía que él requería ser suturado. Diana había terminado con su intervención 'médica'.

–¿Cómo se ve la herida, *Jaguar*? –me preguntó, percibiendo el torbellino mental que traía.

200

–Se ve bien, Diana. Ya no está sangrando. Aun así, creo que se necesitaba suturar.

Al escuchar mi comentario, Guillermo agachó la mirada, desconsolado; una tristeza invadió su rostro. Sin embargo, la urgencia había sido atendida con éxito. El español ya estaba fuera de peligro.

Diana me contestó lo más cariñosamente posible.

–*Jaguar*, creo que esto ya te lo he dicho antes. Ustedes los médicos tienden a ser muy rígidos, muy cerrados. Todo tiene que hacerse de cierta manera, si no, no está bien hecho. Qué flojera me da todo eso. La vida no es así. A veces tienes que hacer uso de los recursos que tienes a la mano. No siempre se pueden hacer las cosas al pie de la letra. A veces en la vida tendrás que aprender a improvisar.

La miré fijamente, aún con un aire de impotencia en mi ser. Odiaba admitirlo, pero yo sabía que ella tenía razón. No existía un argumento válido en ese momento. Había aprendido una lección muy importante, y Diana me había administrado una buena dosis de humildad.

Ella me abrazó repentinamente.

–Te quiero mucho, *Jaguar*. Lo sabes, ¿verdad?

Sus manos me sostenían las mejillas, mientras ella acercaba su nariz hacia la mía.

Chuy, percatándose de las sutilezas que se habían presentado, preguntó discretamente:

–¿Todo bien, *banda*?

Todos, incluso el herido, le dijimos que sí.

–Bien, pues ya no falta mucho. Estamos a unos escasos metros de la cascada principal, en donde Diana le cantará al agua por última vez.

***

La caminata estaba llegando a su fin. Después del último canto de Diana acompañado por Águila Blanca,

Chuy nos invitó a tomar agua de la cascada y a llevarnos un poco de regreso.

Jamás había probado agua tan natural, tan vivo, como aquel agua de la cascada. Comparado con el agua embotellada que nos venden, este sorbo de vital líquido sabía tan refrescante, tan orgánica.

Chuy nos llevó a sentarnos a la orilla de una parte superior del cráter, un área firmemente empedrado, que estaba situado unos poco metros más adelante de la cascada. Para ponerle la cereza al pastel, ya cuando todos nos encontrábamos sentados en el borde, Chuy sacó un *porro* de su mochila. Todos fumamos, incluyendo el herido.

El efecto visual llamado el 'pestañeo' era particular de Hoya de Álvarez, pues por el diámetro de la boca del cráter, este juego ocasionado por los rayos del sol junto con las paredes del mismo cráter, daba la impresión de un párpado superior de un ojo humano cerrándose lentamente.

Chuy exhaló una bocanada de humo.

—Hoya de Álvarez les da la bienvenida, hermanos.

Aquí estamos, agradecidos por la oportunidad de estar *divisando la luna*. Además, agradecidos con el Gran Espíritu porque nuestro hermano Guillermo no se nos cayó por el barranco.

Todos nos reímos de muy buena gana, hasta el mismo español quien había estado callado por mucho tiempo, cuando de pronto habló.

—Chicos, ¿les confieso algo bárbaro?

Ahora Guillermo tenía toda nuestra atención.

—Me apena confesarlo, pero, ¡joder! La razón por la que choqué contra la piedra fue porque estaba viendo mi celular en ese momento. ¡Por una *puta* pantalla, *tío*! ¡Por una *puta* pantalla!

Todos volvimos a compartir una risa grupal y esta aumentó de intensidad cuando vimos al español perder los estribos. Chuy casi le daba un *sape* a la cabeza de

Guillermo, pero por suerte se recordó a tiempo que su amigo estaba recién herido.

Había recibido una cátedra de *medicina ancestral* en donde con agua, barro y unas hierbas, la cantora logró tratarle la herida al español. A falta de equipo de sutura, échale tierra y algunas hierbas.

Mientras le pasé el *porro* a Diana con un renovado respeto, me vino a la mente la imagen de Jesucristo y la ocasión en que le devolvió la vista a un ciego, utilizando un proceso similar.

Me reprendí mentalmente.

"Qué falta de fe, Jaguar, que al leerlo en un texto sagrado, lo das por hecho, pero cuando se te presenta un milagro en tiempo real, te vuelves escéptico y dudas."

Diana era sanadora; cualidad de *diosa*.

"Entre tanto que estoy en el mundo, luz soy del mundo. Dicho esto, escupió en tierra, e hizo lodo con la saliva, y untó con el lodo los ojos del ciego, y le dijo: Ve a lavarte en el estanque de Siloé (que traducido es, Enviado). Fue entonces, y se lavó, y regresó viendo."

(Juan 9:5-7)

X. El Venadito Azul

"Tal es la naturaleza del hombre,
Que por tu primer regalo se postra;
Por el segundo – te besa la mano;
Por el tercero – te adula;
Por el cuarto – solo inclina una vez la cabeza;
Por el quinto – se torna demasiado familiar;
Por el sexto – te insulta;
Por el séptimo – reclama porque no se le dio suficiente."

(George Gurdjieff)

El *místico* que escribió las palabras de la epigrafía de este capítulo le dio justo en el clavo cuando nos dejó descrita una característica aparentemente muy propia de nuestra especie *Homo sapiens*, la avaricia.

A veces, podríamos parecernos al *perro de las dos tortas*. Esto parece ser un instinto animal. Llevamos algo de animal muy dentro de nosotros, aunque algunos no queramos aceptarlo.

Muchos han sido los pensadores e intelectuales, tanto antiguos como modernos, quienes definen nuestra insaciabilidad como una característica ubicua de la raza humana. Ha sido un instinto con el que hemos tenido que luchar incansablemente; ese instinto animal engranado en nuestro ADN.

Esa incapacidad de estar totalmente satisfechos y de querer siempre más, es lo que hoy en día nos tiene al borde de una crisis global masiva, en donde grandes corporaciones han deforestado bosques, han agotado recursos naturales, han contaminado ríos y océanos, han privatizado cuerpos de agua antes disponible para todos; se han vendido propiedades a empresas con gran poder adquisitivo. Todo esto ocurre a cambio de una ganancia económica.

Algunos dirán que es por culpa del capitalismo.

***

La Dra. Marcela Areli Araiza Ortiz, representante oficial de una organización llamada 'La Liga de la Leche' de Guanajuato, estaba visitando Hoya de Álvarez en estos días también. Diana le mencionó a Águila Blanca que yo era doctor y él insistió en que la conociera y que hablara un poco con ella.

Conocerla y conversar con ella resultó ser muy educativo, ya que se especializaba en el asunto de la alimentación pediátrica. Ella decía que la leche materna no perdía las propiedades con el tiempo, y que si la mujer aún producía el líquido, podía seguírselo dando al bebé y complementar la demanda calórica restante con otros tipos de alimento como papilla de frutas o verduras. La Dra. Marcela decía que hasta los niños de cuatro años podían recibir aún los beneficios de la leche materna.

Recibí esta pequeña clase de pediatría justo antes del temazcal. Fuimos nueve participantes, contando a la doctora y su hijo, además de dos mujeres de la localidad.

Por fin pude vivir esta experiencia, y compartirla con Diana lo hizo aún más especial; sabiendo lo mucho que significaba para ella este ritual.

Después de habernos salido del temazcal, nos reunimos en el área de picnic para compartir un muy merecido banquete al estilo mexicano en donde se habían preparado varios alimentos como tostadas con frijoles y salsa molcajeteada, ensalada, pico de gallo y guacamole, ceviche y tapioca sazonada con un toque preciso de canela, todo esto acompañado de *agua* de piña y *agua* de limón. Después de haber comido, la doctora solicitó amablemente nuestro tiempo y atención para hablarnos sobre un tema de importancia para ella; había preparado una presentación formal.

Conectó su *laptop* a un proyector para abrir un documento de *powerpoint*.

La doctora pronunció las primeras palabras de su ponencia.

–El *peyote* está en peligro de extinción.

Estas fueron las palabras iniciales de una plática *impromptu* que nos impartió la Dra. Marcela, después de haberse llevado a cabo el temazcal en Hoya de Álvarez. Ella tenía mi completa atención con las primeras siete palabras de su ponencia. Mi mente paranoica-analítica comenzó a gravitar desenfrenadamente hacía otro *delirio de referencia*.

Pensé para mí:

"No hay forma alguna de que ella pudiera saber que vamos a ir en busca del peyote. Ni de que Diana y yo vamos rumbo al desierto. Si apenas nos acabamos de conocer. ¿Por qué diablos está hablando sobre esto? ¿Cómo sabe que vamos para Wirikuta?"

La Dra. Marcela le preguntó a todos los presentes:

–¿Cuántos de ustedes ya conocen este cactus?

Varias manos se levantaron, incluso la de Diana.

–¿Cuántas personas han tenido la experiencia de consumir este cactus? –remató con la segunda pregunta.

Sobre una pared blanca en donde se proyectaba la presentación de *powerpoint*, la Dra. Marcela apuntaba con un láser hacia la primera página en donde había insertado una imagen de la cactácea conocida como *lophophora williamsii*. Jamás había visto el cactus en vida real, y la imagen compartida era parecida a las que ya había visto yo en el internet; una planta en forma de fruta, separada en gajos simétricos, de color entre verde olivo y verde oscuro; algunos *peyotes* tienen una flor blanca en la coronilla.

Ella prosiguió.

–El *peyote*, o como lo llaman los *wixárica*, *jícuri*, es un cactus que crece en el desierto de varios estados del norte de México, principalmente Coahuila, Nuevo León y San Luis Potosí. Esta *planta de poder* es considerada un sacramento para la tribu *wixárica*, así como para algunos nativos americanos quienes también lo utilizan en sus rituales y ceremonias. Para ellos, es el equivalente a la sangre de Cristo de los cristianos. Es la mejor analogía que les puedo brindar esta tarde. En lo personal, yo no lo he consumido –nos confesó–, y hoy, realmente no quiero platicarles sobre su efecto ni entrar en debate que si es una droga o no, o si te hace alucinar o no. Solamente las personas que lo han probado pueden hablarnos de esa parte. Hoy vengo a platicarles sobre esta planta ancestral desde un punto de vista antropológico y evolutivo. Me concierne más este aspecto. Verán, a lo largo de estos últimos años, a consecuencia de la explotación comercial por parte del *turismo psicodélico* normal y clandestino, hemos traído al *peyote*, así como a muchas plantas y animales en el pasado que ya no existen hoy, al borde de la extinción.

La doctora tenía la indivisible atención de todos.

–¿Cómo es que llegamos a un punto en la historia en donde el hombre ha convivido con esta planta por milenios y hasta ahora se corre el riesgo de eliminarla para siempre de la faz de la Tierra?

La Dra. Marcela se perfiló para un monólogo con preguntas retóricas, haciéndonos reflexionar conforme iba avanzando en su plática.

–Han sido varios factores interconectados, desde el aumento de la población general, el creciente interés de personas que quieren experimentar estos estados alterados de consciencia, el consumismo y el capitalismo. Todo ha cambiado. Nuestro mundo ya no es el de antes. En el pasado, los *wixárica* hacían su caminata de meses por el desierto, desde Nayarit y desde Jalisco, para llegar finalmente al desierto de *Wirikuta*. Hoy en día, esto es casi imposible de hacer. De por sí, esta peregrinación era un cometido monumental, y la razón principal de la dificultad actual de llevar esto a cabo es porque algunas de las áreas desérticas que se encuentran camino a *Wirikuta* han sido privatizadas por empresas extranjeras, así como también por personas físicas, prohibiendo de esta manera el paso libre a los peregrinos.

Ella continuó, diciendo:

–En cierto sentido, pudiéramos decir que es el capitalismo y el consumismo lo que está acabando con la cultura y las tradiciones ancestrales de países como el nuestro. En Sudamérica también sucede algo parecido. Está Brasil, por ejemplo, y la polémica situación de la deforestación de la selva amazónica. Estados Unidos también hizo lo suyo en el año de 1803, cuando firmó con Francia una negociación conocida como la 'Compra de Louisiana'. Esta acción desencadenaría en los siguientes años, el genocidio sistemático y la destitución de las tierras de los nativos quienes ya vivían en lo que hoy en día conocemos como parte de Norte América. Estados Unidos culminó este proyecto en 1830 con un último golpe mortal, creando la 'Ley de Traslado de los Indios' bajo el mandato del presidente Jackson. Lo que alguna vez fue un paraíso de ríos cristalinos, bosques verdes frondosos, y gente viviendo en armonía con la naturaleza, se convirtió eventualmente en un árido y estéril gran centro comercial.

Por alguna razón, se me vino a la mente un párrafo del libro 'Un Mundo Feliz' de Aldous Huxley.

"Diez minutos después cruzaban la frontera que separaba la civilización de lo salvaje. Por montes y llanos, a través de desiertos de sol o de arena, por entre bosques, por el fondo violáceo de los cañones, franqueando precipicios, picos y mesetas llanas, la cerca seguía irresistiblemente en línea recta, geométrico símbolo de la triunfante voluntad humana."

Pude ver de reojo que algunas lágrimas rodaban por las mejillas de Diana. En ese momento, extendí mi mano para secarle la pequeña cascada salina que brotaba de sus tristes ojos negros. Me tomó la mano entre las suyas y la apretó con fuerza. En ese momento, era yo

209

quien sabía exactamente lo que pasaba por su mente. No hubo necesidad de decirnos palabra alguna.

Todo se había dicho sin hablar. Ambos sabíamos que tendríamos que tomar una decisión importante en Hoya de Álvarez el día de hoy; terminar o no, el viaje con destino a Wirikuta.

***

Nunca me había tocado verla así.

Parecía sumamente pertubada.

–¿Qué piensas, *Jaguar*? –preguntó Diana–. ¿Crees que aún debemos de ir al desierto? Digo, con la nueva información que nos ha compartido la doctora, cambian un poco las cosas, ¿no?

Sin perder contacto visual conmigo, ella esperó paciente y serenamente para oír lo que yo tenía qué decir al respecto. Tomé un momento para poner en orden mis pensamientos. No quería simplemente hablar por hablar. Lo que sabía cierto era esto: *Diana era una amante de la naturaleza*.

Lo que yo había podido observar durante nuestra travesía era que ella trataba de llevar religiosamente a la práctica ciertos comportamientos ecológicos en pro de la preservación del planeta. Por ejemplo, cuando comíamos en algún restaurante, ella evitaba usar popote. No usaba bolsas de plástico, evitaba comer carne por la misma razón de la sustentabilidad, y procuraba no comprar agua embotellada. Le cantaba a la naturaleza, a los árboles y a las cascadas con devoción. Su comunión con la Madre Tierra era inspiradora y me hacía creer que si existían por lo menos un millón de otros seres humanos como ella, quizás aún había esperanza de salvar el planeta.

Fue la primera vez durante todo este tiempo que la vi cabizbaja, con un aire de tristeza hasta los huesos, como si el peligro de extinción de la cactácea *lophophora williamsii* era el equivalente al riesgo de perder a un ser querido suyo. Había llegado el momento de la verdad en este viaje para nosotros como aliados.

Elegí mis palabras cuidadosamente.

–Diana, sé lo mucho que amas la naturaleza. Sé cuanto te importan los animales. Sé que amas las plantas. Te he visto cantarle al agua. Es más que obvio que para ti, este asunto es algo más que solamente paisajes bonitos. Todo eso forma parte de tu ser. La Madre Tierra bien pudiera ser tu segunda madre. No lo comprendo, mujer, tu amor a las *fuerzas naturales*, pero me has hecho pensar y recapacitar en como es mi relación con todo lo demás, con lo natural, ¿sabes? No soy yo nada más, somos dos, así que la decisión que tomemos tendrá que ser unánime, vayamos o no en busca del *peyote*. ¿Lo comprendes?

Le sostuve las manos mientras expresé mi sentir. Ella me miró y escuchó con detenida atención.

Agregué:

–Habiendo dicho eso, Diana, lo que yo pienso con toda sinceridad es, ¿qué otra opción nos queda? Finalizar el viaje aquí en medio de un cráter no sería un mal lugar para concluir una travesía como la que hemos hecho tú y yo. He disfrutado nuestro tiempo juntos. Lo valoro. He aprendido bastante de ti. He conocido lugares de México que jamás hubiera conocido de no haber sido tú quien nos haya dirigido hacia ellos. Pudiera quitarme las botas aquí, desempolvarlas, y dar por terminado nuestro viaje.

Antes de proseguir, tomé un sorbo de mi agua de manantial.

–Pero honestamente, mujer, tengo que decirte que me llama el desierto. Así como una polilla es atraída hacia la luz, al igual que la aguja de un compás apunta siempre hacia el norte, así mismo siento una fuerza invisible que me atrae hacia *Wirikuta*. Sé que suena muy loco, pero mi camino no termina aún. Nuestro camino no termina aún. Aquí no es el final del recorrido. No puede serlo, por más mágico que sea este lugar. Lo que la Dra. Marcela nos ha compartido es nuestra prueba final. ¿Por qué nos habló sobre esto? Nos ha hecho pensar cuidadosamente sobre todo este asunto, ¿no es así? Podemos utilizar esta nueva información, podemos usar lo que hemos aprendido para truncar el último jalón del viaje, o podemos usarlo para ir al desierto, conscientes de que la misión de preservar las especies de flora y fauna recae al final sobre el ser humano y en el uso moderado de sus recursos. Nosotros tenemos esa gran responsabilidad, Diana. Debemos ser temperantes en todos los aspectos. Solo así podremos ser sustentables. Si decidimos seguir adelante con el plan, la ceremonia tomará un significado especial y para nada trivial. Lo que vayamos a consumir en realidad no tendrá un impacto negativo, ya que gracias a la doctora, hemos visto y aprendido como se debe de cosechar el *peyote* adecuadamente. También confío que Don Hilario está consciente de esto, digo, sobre el riesgo de extinción de la planta, y que él no iría a su ceremonia en la montaña, ni se hubiera tomado la molestia de invitarnos, si él supiera que su acción perjudicaría el sacramento de su gente. ¿No lo crees así, amor? ¿Hace sentido todo esto que te estoy diciendo?

Mi terquedad y mi capacidad para abordar una discusión se manifestó en este argumento, que no era un argumento en sí, sino la confesión de la existencia de una fuerza invisible, quizás hasta imaginaria, pero que sentía que me llamaba a gritos. Diana podía sin duda desarmar mi postura con un solo contraargumento; con el hecho de desenterrar un solo cactus de la tierra, automáticamente nos convertíamos en parte del problema.

Ella me miró entre confusa y resignada.

–Mi *Jaguar* –comenzó Diana–, los humanos somos insaciables. ¿A cuántas especies no habremos mandado al olvido a través del curso de toda la existencia humana? Tanto animales como plantas. El *peyote* ha crecido aquí por miles de años. Los nativos han estado en comunión con él desde tiempos ancestrales. ¿Cómo es que logramos llegar al punto en donde quizás en menos de diez años, este cactus no exista más?

212

Ahora era yo quien le ponía indivisible atención. Veía sus temblorosos labios moverse con una solemne tristeza. Sus ojitos negros habían perdido ese destello espontáneo de alegría que la caracterizaba desde que la conocí. Era como si se le hubiese roto el corazón.

Hubo una breve pausa y suspiró.

–Pero estoy de acuerdo contigo. Aunque no quiera aceptarlo, este lugar no es nuestro destino final. Aquí solo estamos de paso. El viaje debe de terminar en *Wirikuta*. Es algo que hablamos desde el inicio. Creo firmemente en terminar el recorrido. Pienso que sí debemos de seguir nuestro camino rumbo al desierto. Allá decidiremos si consumir el *peyote* o no. Por ahora, sigamos adelante. Hemos llegado hasta aquí, pero no es el fin. Ya no hay vuelta atrás. A mi también me llama el desierto, *Jaguar*.

Ambos nos miramos tiernamente y nos abrazamos con fuerza. Nos dimos un beso prolongado y emotivo, como si este beso fuese un sello del pacto, un acuerdo dicho con nuestros labios uniéndose; estaríamos juntos en esto hasta el final. Había que llegar hasta donde nos habíamos propuesto.

La Divina Providencia seguiría guiándonos tal y como lo había hecho hasta ahora.

Me sobrevino la emoción.

–Te amo, Diana –dije espontáneamente.

–*Jaguar*, sabes que el sentimiento es mutuo –me contestó, sin dar la respuesta exacta que yo hubiese querido oír.

En realidad, no importaba mucho, pues sus ojos me lo decían con claridad. Ese destello, el que se había disuelto de su mirada hace unos momentos, pareció recobrarse e irradiar con una nueva intensidad. Diana había 'vuelto'. Sus lágrimas finalmente cesaron y volvió a renacer esa sonrisa cautivadora que la caracterizaba.

Ese mismo día, nos despedimos de Águila Blanca, de la Dra. Marcela, de Chuy y de Guillermo. La doctora incluso tuvo la amabilidad de llevarnos hasta Valle de

Santiago en donde abordaríamos un autobús rumbo al estado de San Luis Potosí.

Durante el trayecto a la terminal, Diana y yo le compartimos a la doctora el predicamento que se nos había presentado posterior a su plática. Ella nos escuchó, sin prejuicios, sobre nuestra intención de aún participar en la ceremonia prehispánica.

Diana se sinceró con la Dra. Marcela.

–Don Hilario, un *marakame* que conocimos en la Ciudad de México, se reunirá con nosotros en un pueblo llamado Real de Catorce y nos llevará al *Quemado* para permitirnos participar en su ceremonia. Como quiera, gracias por compartirnos esa plática, doctora. Lo que nos dijo usted me ha hecho ver las cosas de una manera muy distinta. La verdad es que estábamos a punto de cancelar nuestro viaje al desierto, pero decidimos seguir adelante. Nos vamos porque *Jaguar* y yo nos prometimos llegar a *Wirikuta*, además, ya quedamos de reunirnos con Don Hilario, y sería de muy mala educación no respetar ese acuerdo después de que él nos haya dado la confianza de poder acompañarlo.

La Dra. Marcela nos escuchó con gran empatía y hasta nos externó sus buenos deseos.

–Buen camino, muchachos. Los entiendo. Que el Gran Espíritu los guíe en su andar, que las espinas, las serpientes y las *ánimas* se mantengan alejadas de ustedes en todo momento.

Nos despedimos cordialmente de la doctora y nos bajamos en la terminal de Valle de Santiago para comprar nuestros boletos de autobús.

Diana tenía toda la razón.

El hombre no conoce límites.

Hemos sido unos pésimos cuidadores de la Tierra, unos pobres mayordomos del planeta.

En resumidas cuentas, no hemos hecho muy buena *chamb*a cuidando de los recursos naturales que tenemos disponibles en la actualidad.

"Entonces dijo Dios: "Hagamos al hombre a nuestra imagen, conforme a nuestra semejanza; y señoree en los peces del mar, en las aves de los cielos, en las bestias, en toda la tierra, y en todo animal que se arrastra sobre la tierra."

(Genesis 1:26)

XI. Nierika

"Y es que hay que estar atentos,
Requiere de toda tu energía,
Si es que quieres salir de ese enjambre mental
Que te atrapa y no te deja ver la luz."

(Inca Yuyo)

Diana y yo logramos llegar a Real de Catorce sin contratiempos. Recostado sobre una modesta cama en una modesta habitación de un modesto hotel llamado 'San Juan', que está ubicado en la esquina de las calles Zaragoza y Constitución, con Diana a mi lado y con uno de mis brazos alrededor de su cintura, comenzaron a caerme *veintes*; realizaciones de mi vida que jamás había contemplado.

Al ya no estar bebiendo con regularidad, la neblina mental comenzaba a disiparse paulatinamente. Nuevos viejos recuerdos se asomaban a la superficie de mi consciencia. Todos los errores y todas las veces en las que rompí promesas, regresaban a mi mente con una claridad indeleble. Las recaídas y las borracheras más recientes, estos incidentes en particular, parecían ser retrocesos hacia la recuperación total, sin embargo, no quería ser muy duro conmigo mismo. Estaba intentando con toda sinceridad, mejorar.

Cuestionaba todas mis premisas fundamentales.

¿Por qué hacía las cosas?

¿Por qué era adicto?

¿Por qué no podía dejar de tomar?

¿Qué era lo que me hacía decidir comportarme de cierta manera?

¿Por qué a veces hacía lo que no quería? y lo que quería hacer, ¿no lo hacía?

"Porque lo que hago, no lo entiendo; pues no hago lo que quiero, sino lo que aborrezco, eso hago. Y si lo que no quiero, esto hago, apruebo que la ley es buena. De manera que ya no soy yo quien hace aquello, sino el pecado que mora en mí. Y yo sé que en mí, esto es, en mi carne, no mora el bien; porque el querer el bien está en mí, pero no el hacerlo. Porque no hago el bien que quiero, sino el mal que no quiero, eso hago. Y si hago lo que no quiero, ya no lo hago yo, sino el pecado que mora en mí."

(Romanos 7:15-20)

Mi meta principal era cortar el vicio desde la raíz. Me sentía mucho mejor, anímicamente hablando. No sé realmente lo que era, si lo emocionante de estar viajando por lugares que yo no conocía, la integración del ejercicio a mi rutina, o estar acompañado por una hermosa mujer, quizás la respuesta era: *todas las anteriores*. Sea como sea, algo estaba sucediendo en mí. Un tipo de cambio de consciencia. Una lucidez genuina.

De nuevo a los recuerdos...

Yo tenía la vaga noción de que mientras estuve casado con *Miztli*, había sido un marido responsable y ejemplar. No fue así.

Haciendo un recuento de mis *desmadres*, ahora me preguntaba, ¿por qué diablos se había tardado tanto ella en dejarme?

"Todos los errores posibles cometí."

Para darles un ejemplo, unos días antes de mi cumpleaños, mientras aún seguíamos casados, en plan de celebración tempranera, decidí comenzar a beber con Ernesto. Terminamos enfiestándonos por una semana completa, presumiendo de esta forma, días de abundante consumo de alcohol, antes, durante y después de mi natalicio, totalmente ignorando a *Miztli*. Le propuse a mi amigo que nos fuéramos a la *zona rosa* de la ciudad de las montañas, terminando finalmente en la calle Madero, visitando varios prostíbulos, coqueteando con las chicas nocturnas y gastándome el dinero del mes de la renta que estaba pendiente por pagar. En esa ocasión, Ernesto y yo volvimos al día siguiente a nuestra casa, completamente destruidos y sin manifestar algún sentimiento de culpa o vergüenza, únicamente para seguir bebiendo los días que le siguieron. Me jacté de beber por siete días sin parar. Nunca le pedí disculpas a *Miztli* por esta desenfrenada 'celebración'.

En la ocasión más crucial, creo yo, *Miztli* quería visitar precisamente Real de Catorce, el pueblo minero en donde me encontraba ahora mismo. Fueron dos cosas las que se fusionaron aquella vez. Unos amigos de *Miztli* habían hecho planes de visitar este concurrido *pueblo mágico* y ellos nos habían invitado para acompañarlos.

Lo más trascendental de esa vez fue que unas semanas previas, uno de sus amigos y compañero de la universidad quien había sido diagnosticado con un tipo de cáncer muy agresivo, había fallecido recientemente.

En su momento, ella me había compartido la desgarradora noticia; no recuerdo que me impactara de una forma importante. Para mí, esos días transcurrieron completamente normales. No sé qué percepción tuvo *Miztli* ante mi impotencia emocional frente a esa ominosa situación, pero ahora que hago memoria, mi indiferencia respecto a la muerte de su amigo muy probablemente presagió el inicio de nuestro fin. Ella se dio cuenta que no podía contar conmigo; estuvo triste durante las semanas posteriores y sin embargo, fui un marido apático ante la catástrofe personal de mi pareja.

Real de Catorce prometía ser para *Miztli*, un retiro espiritual, un encuentro con ella misma después de ese trago amargo, y quería que yo estuviese a su lado. A pesar de las insistencias fallidas de ella y sus amigos para lograr que yo los acompañase al *pueblo mágico*, aquel fin de semana preferí quedarme en casa y pasarla suave con una botella de Jack Daniel's y unas *tachas* muy de moda llamadas 'Piscis'.

219

No tengo muchos recuerdos concisos de eventos pasados; el alcohol parece haber borrado algunas partes de la cinta del *cassette* de aquella época de excesos. Una vaga memoria de *Miztli* diciéndome algo sobre el *peyote* y de que la planta le 'mostró' cosas que ella necesitaba entender, llegó a mí como un relámpago mental. No lo había captado en su momento, y ahora, arriba en las montañas, comencé a entender en parte, la razón por la que ella necesitó alejarse de mí. Odio admitirlo, pero en algún momento yo dejé de amarla, y ella lo sabía; lo pudo sentir. Mis acciones hablaron más que todas las palabras pronunciadas. Fracasé rotundamente como amante.

¿Será posible que el *peyote* le había dado el cierre y la paz con respecto la muerte de su amigo?

¿Qué tal si el *peyote* le mostró que mi presencia a su lado ya no era beneficiosa para ella?

¿Habría este cactus tenido algo que ver con que ella me pidiera el divorcio poco tiempo después?

Acostado en la rústica cama junto a Diana, mi cabeza comenzó a descifrar el rompecabezas que me había atormentado por mucho tiempo después de la partida de *Miztli*.

Una parte de mí estaba en paz, hasta alegre quizás, de que ella ya no estuviera a mi lado, pues el sufrimiento que le ocasioné, sufrimiento del cual yo no era consciente en su momento, ya no existía más.

Sin mí en su panorama, ella tendría la posibilidad de sanar; una nueva oportunidad para ser feliz.

Como cuando arrancas un problema de raíz, como cuando te quitas el *curita* de un solo jalón, esto es lo que aquella mujer de piel clara, aquella chaparrita con los ojos rasgados, de cabello liso y de hermosos labios, hizo en su momento.

Miztli se sacrificó por los dos. Yo fui el cobarde que no se atrevió a empuñar la espada. Ella lo hizo con todo el dolor de su alma. Egoístamente, pensé que yo había sido el más lastimado, el más herido, pero nunca tomé en cuenta las agallas que ella necesitó encontrar para tirar por la borda, un proyecto de vida como un matrimonio. Todo empezaba a *verse más claro en mi constelación.*

Mi hedonismo narcisista no solamente afectó mi matrimonio. Siendo completamente honesto, la fiesta y la búsqueda de placer en el alcohol y los estupefacientes también menguaron mi interés por la carrera profesional en general.

Si al iniciar mis estudios universitarios, comencé con un deseo insaciable de profundizar en lo que era esto de ser médico, ya al momento de graduarme, me daba igual si mis calificaciones eran mediocres o no. El mundo académico había perdido todo interés para mí.

Lo único que me interesaba era, *"¿dónde iba ser la fiesta para emborracharnos por enésima vez?"*

Mientras que la mayoría de mis compañeros se perfilaban para especializarse, yo me conformaba con tener un trabajo apenas decente que se acomodaba a nuestras necesidades básicas y que me diera suficiente espacio para mantener el hábito de la bebida.

Ya recién divorciado, un día mi jefe de trabajo el Dr. Bullón se acercó a mí y me compartió las quejas de varios pacientes que le dijeron que yo había presentado aliento alcohólico mientras les brindé la atención médica, además de parecer no estar en condiciones óptimas para estar prestando mis servicios. No tuve opción más que confesar, pues era verdad. En una ocasión, decidí beber dos días sin parar, y al tercer día, sin dormir, me atreví a presentarme a laborar; algo totalmente inexcusable y que hasta el día de hoy, sigue siendo algo por la cual me siento muy avergonzado. Antes de esas quejas, el Dr. Bullón ya se había enterado de que yo llegaba a laborar en condiciones desfavorables. El daño se había hecho. Ya era demasiado tarde. Ya no se trataba de mí sino del bienestar de los pacientes.

Despues de hablar conmigo sobre el asunto, no pasó mucho tiempo en que el doctor tomó la decisión definitiva; no tuvo otra opción más que dejarme ir.

***

Un cactus que ha crecido por miles de años en lo profundo del desierto, endémico en el norte de México y en el sur central de Estados Unidos, corría el peligro de extinguirse si persistía la indiscriminada explotación y la monetización del mismo.

Al haber obtenido esta valiosa información, me pregunté con seriedad, cuál era mi deber final. Aquí me encuentro, compartiendo y narrando una historia donde el clímax apunta hacia un encuentro inevitable con esta planta ancestral y el acto de participar en la ceremonia *wixárica*.

¿Qué es lo correcto?

¿Qué tanto peso tiene una pluma y sus letras?

¿Para qué sirven los libros?

¿Para qué sirve la poesía?

¿No es uno de los propósitos de esta vida, el de compartir nuestras experiencias?

Con el simple hecho de hacer alusión a *lophophora williamsii*, ¿no estaría yo contribuyendo indirectamente a la desaparición de esta *planta de poder*? Además de esto, la opinión de la Dra. Ávila, el contraargumento de esta odisea psicodélica, que la *mescalina* no tenía función terapéutica alguna, se asomaba siempre en la periferia. Si esto fuese así, con mayor razón, ¿no sería en vano nuestra búsqueda? ¿Valdría la pena consumir algunos de estos especímenes solo para tener la experiencia de alterar mi consciencia por algunas horas?

Hay otra ley por la que nos regimos los *galenos*:

"Preservarás la vida a toda costa."

Este es el mandamiento que posa en la cima de la escala jerárquica de las leyes hipocráticas. Comencé a pensar que esto no se aplicaba exclusivamente a vidas humanas. Después de conocer a Diana y como por efecto de *ósmosis*, comenzaba a ver el mundo de una forma más holística.

Preservar la vida de todo ser viviente, sea planta, animal o humana; este podía ser un nuevo ideal para mí.

En el mundo de la Medicina, se trata de jerarquías. Podemos aplicarlo también a nuestro entorno. Primero está el ser humano, luego las mascotas, después, todo mamífero, ave y reptil, seguido por todo árbol, toda flor y toda planta. Significa también implícitamente, procrear, la forma más básica y universal de preservar la vida para la continuación de nuestra especie. Procrear para poder proyectarnos por lo menos, a una generación más hacia el futuro.

En fin... esta conclusión será mi pequeña 'ofrenda' a La Gran Naturaleza. Compartiré con ustedes mi propio análisis sobre nuestro deber como humanos con respecto al *peyote*.

Si alguna vez, querido lector, te encuentras cara a cara con este cactus, mismo que ha sido desvirtuado por el mundo moderno en estos últimos tiempos, pudieras tener en mente estos siguientes apartados, sabiendo que de esta forma, estarás uniéndote al lado de los *wixárica*, los verdaderos *guardianes del peyote*.

Enlistaré aquí, mis conclusiones personales y los consejos que nos compartió la Dra. Marcela durante su ponencia en Hoya de Álvarez.

Formas impropias de cosechar *lophophora williamsii*:

1) *Extracciones frecuentes de la misma área de siembra.*

2) *Cosecha de plantas jóvenes.*

3) *Cosecha completa involucrando corona, tallo y raíz.*

4) *Cosechas no adecuadas que involucran las células de crecimiento.*

Formas de ayudar a preservar *lophophora williamsii*:

1) *Abstenerse de cortar la planta y evitar su consumo.*

2) *Cosecha sustentable y corte adecuado. Jamás arrancarlo de raíz. Cortar la parte verde en donde tiene la mayor concentración de mescalina, que es como a ras de tierra, dejando tallo y raíz intactas.*

3) *Rotar los sitios de colecta y cosechar cada ocho años.*

4) *Cosechar solamente plantas maduras.*

5) *Evitar la participación en la compra-venta clandestina del cactus (además de que es considerado delito federal el tráfico de esta planta).*

6) *Sustituir consumo de planta con alternativas como la mescalina sintetizada o el cactus homólogo sudamericano llamado San Pedro (Wachuma).*

***

Me había convertido en un científico dedicado a adentrarse en uno de los misterios más grandes del universo: *la mente humana.*

***

Desde mi sesión con el *ácido lisérgico dietilamida* a la orilla del mar en Chiapas, seguido por mi encuentro fortuito con la *psilocybe mexicana* en la Sierra Mazateca, había estado teniendo estos pensamientos nuevos, sin embargo, no eran nuevos en sí. Nuevos para mí, sí, pero con la intuición de que este conocimiento ya me había sido dado en algún distante pasado y que simplemente se me había olvidado con el pasar de los años.

Un ejemplo, nunca antes había yo considerado la posibilidad de la multiplicidad de existencias propias de un ser humano, pues el dogma de la religión en la que crecí, obliteraba cualquiera noción de que esto podía ser un asunto plausible. Luego descubrí que los primeros cristianos sí creían en el concepto la reencarnación.

Ahora me encontraba contemplando que quizás a fin de cuentas, el mundo no es como nos lo pintan.

Al acostarme por las noches, cerraba los ojos y me visualizaba como en un laberinto mental, un laberinto que yo mismo construí con el pasar del tiempo y ya no podía encontrar la salida, sin embargo, algo me decía que no estaba muy lejos de escaparme de ello.

Estas *tecnologías sagradas*, usadas por chamanes y curanderos, estas *plantas de poder*, catalogadas como sustancias *enteógenas*, habían comenzado a manifestarse en mi psique como un hilo de cabello de *Ariadna*.

Sin embargo, estas 'partículas de Dios' no habían funcionado como una varita mágica.

Yo esperaba ingenuamente que al consumirlas, me serían develados los secretos del universo. No fue así. Lo que sí pareció estar ocurriendo era que en las semanas posteriores a estas experiencias psicodélicas, observé que me estaba liberando de estar enredado en mi propia cabeza y comencé a ver las cosas de una manera distinta. Pueden ser muy densos los laberintos mentales que nosotros mismos nos construimos; nuestros *minotauros* pueden llegar a ser *monstruosos*.

Analizando más de cerca la premisa de Timothy Leary quien una vez declaró intrépidamente que "*una sesión con los hongos era el equivalente a cinco años de terapia,*" con la poca experiencia personal, entendí por qué lo dijo; la *psilocibina* es una sustancia muy poderosa.

Utilizada correctamente, pudiera generar grandes beneficios psicológicos.

Al momento de participar en una sesión con casi cualquier psicodélico, si las condiciones son óptimas, durante el *viaje* nos puede ser mostrada una parte de la psique que casi nunca se manifiesta (el subconsciente y la supraconsciencia) en nuestro día a día. Realizaciones importantes para nosotros se hacen manifiestas, y por un breve momento, todo el *meollo* del asunto se vuelve tan claro, tan obvio. Al terminar el *viaje*, dicha epifanía parece no ser más que un sueño lejano, un recuerdo distante. Debido a esto, es de gran utilidad tener a la mano una libreta *psiconáutica* para plasmar la información que nos ha sido revelada durante nuestro estado alterado de consciencia.

Cabe agregar que la sesión psicodélica es apenas el inicio de un *viaje* psicológico indefinido. Posterior a las sesiones, se requieren de herramientas adicionales para que el *enteógeno* haga su efecto deseable y tenga una mejor respuesta en nuestro cuerpo, mente y alma.

Diana una vez me comentó que cosas como la meditación (yo aún seguía siendo escéptico), terapia *Gestalt*, hipnosis, sesiones con psicólogos, psiquiatras o psicoanalistas, todo esto podía servir para potencializar la mejora de cualquier estado mental inadecuado que hemos creído tener en el pasado. Incluso si el consumo de dichas sustancias haya sido solamente con fines recreativas, aún se podían generar los beneficios, y ella recomendaba utilizar las mismas herramientas posterior a su uso.

A estas alturas, realmente ya no me importaban las etiquetas.

Científico...

Investigador...

Psiconauta...

Consumidor...

Dependiente...

Adicto...

226

Ya no me importaba en absoluto lo que mis padres, mis familiares o mis colegas pensaban de mí; ellos jamás lo entenderían.

Tendrían que haber tenido por lo menos un *viaje* para poder comprenderlo, y entre mi gente yo no veía eso sucediendo en algún futuro próximo.

Ya no tenía una reputación que cuidar porque yo ya no le daba la importancia que antes solía darle a eso. Todos me conocían como el 'borracho' de la familia, pues no solamente mis padres eran religiosos, sino que la mayoría de los familiares cercanos también; tíos, tías, primos, primas, etc. Para ellos, yo era un *caso perdido*.

En contraste, en la sociedad secular, es bien visto ser un consumidor de alcohol. Incluso, es considerado aceptable entre nosotros los médicos. A veces, somos nosotros mismos quienes le recomendamos una copa de vino al día al paciente.

La sociedad actual aún tenía un problema con los que consumíamos psicoactivos un poco más tabú. Es algo irónico, pues los chamanes, los *marakames* o curanderos como *María Sabina*, eran venerados por sus poderes de sanación y siempre ha sido conocimiento general que en las sesiones curativas, las *Búsquedas de Visión* en el caso de los *wixárika*, y las *veladas* en el caso de los mazatecos, ocurría algo 'mágico' en la psique de muchas personas.

Yo suelo ser una persona metódica y analítica. Es por esa razón que antes de embarcarme en esta aventura psicodélica mexicana, leí todo lo que pensaba que tenía que aprender a través de la literatura disponible en línea y en algunos libros en físico.

Las *plantas sagradas*, ejemplos como la *ayahuasca* de Sudamérica, la *psilocybe mexicana* de Mesoamérica, y la *lophophora williamsii* de Norteamérica, todas estas *plantas de poder* han sido utilizadas por milenios para acceder a estados alterados de consciencia.

Era una parte integral de la mayoría de las culturas prehispánicas, en especial las culturas chamánicas. Era parte de su tradición.

Estas prácticas casi ubicuas en aquel entonces, se intentaron erradicar con la llegada de los exploradores del Viejo Mundo, bajo la premisa de que todo eso era un asunto del *diablo*.

Parece ser que hasta en nuestro mundo moderno occidental, que tiene su origen en la cultura griega, en base a un trabajo meticuloso de investigación histórico y antropológico por parte de unos tipos llamados Carl Ruck y Brian Muraresku, hay una muy alta probabilidad de que algunas personas quizás participaron en algo conocido como los *misterios eleusinos*, ritual en donde también había algo parecido a un brebaje psicoactivo.

"A los griegos les gustaba ponerse pachecos."

¿Será posible que en un futuro, algunas escuelas de psiquiatría o de medicina general tendrán programas en donde los novicios serán invitados a ingerir sustancias *enteógenas* para inducir estados alterados de consciencia con fines de iniciación y potencialización académica?

¿Ayudaría esto a preparar mejor a los médicos para que desarrollemos una mayor empatía y un enfoque más holístico para abordar a nuestros pacientes?

Una idea tremenda, lo sé.

Quizás en el último año teórico, los estudiantes deberían de participar en algún ritual que involucre la ingesta de alguna de estas sustancias químicas; *misterios eleusinos* para los futuros médicos cirujanos y parteros.

¿Qué sucedería?

¿Se formarían mejores o peores profesionistas?

¿Habría más o menos errores médicos?

Al plasmar esto en tinta y sobre el papel, no suena del todo como un asunto tan descabellado.

Se vale soñar.

XII. El Quemado

"A punto de caer sobre los hombres,
Milagro de equilibrio,
Permanecen en su mismo lugar,
caen hacia arriba."

(Jaime Sabines)

Recordé un sueño que tuve hace varios años.

Los árboles se mecían de un lado para el otro; era una tarde con viento.

El cielo parecía color naranja-morado espacial con grandes nubes de algodón al derredor. Me encontraba en una montaña. Montado sobre un caballo negro, galopaba por una vereda bien marcada que llegaba hasta la parte superior. Me encontraba rodeado de pasto alto por ambos lados del camino, era como la vegetación de una sabana. Las hojas del zacate se inclinaban de un lado a otro, bailando al son del viento. Intuí que debía de seguir la vereda. Este era un camino en ascenso en forma de caracol que iniciaba desde la cuesta y que daba con la cima. De repente, la sabana mutó en un bosque de pinos. Rodeé la montaña en espiral ascendente para poder llegar a la parte más alta. Finalmente, al llegar a la cima, me percaté de que había un anciano de cabello largo, canoso, con los ojos rasgados y semiabiertos, sentado en posición de *flor de loto*. Me desmonté del caballo y lo amarré a un árbol. Después, me fui acercando lentamente al anciano. Al observarlo detenidamente, me fijé que sus manos, las cuales estaban posicionadas sobre su regazo, sostenían una caja negra metálica de pequeño tamaño.

En eso, escuché a alguien decir lo siguiente:

"Acércate. Abre la caja. ¿Qué es lo que ves?"

Pude haber jurado que el anciano me habló, sin embargo, nunca lo vi mover sus labios.

229

El cielo había cambiado repentinamente, pues ahora ostentaba una noche estrellada con una luna llena amarilla. La luna emergía gigantezca y por detrás de la espalda del anciano. Yo aún podía oír y sentir el viento soplar. Al acercarme lo suficiente, vi que aún tenía los ojos semiabiertos, cero iris, cero pupilas, solo blancas conjuntivas. En ese momento, el viento pareció disminuir de intensidad y el tiempo pareció detenerse. Viendo su rostro detalladamente, bajé la vista y ahora fijé mi atención en la caja negra que descansaba sobre su regazo. En perfecta sincronía, el anciano abrió la caja con una mano mientras la sostuvó con la otra.

"*¿Qué es lo que ves?*" volví a oír.

La voz venía desde adentro de mi cabeza. Un tenue resplandor color verde oro emergía de la caja negra, y por primera vez, ahí lo vi…

***

Habíamos llegado casi hasta el final del camino. Diana y yo yacíamos más o menos a unos seis kilómetros de distancia de *La Montaña Quemada*. Después de tanto andar, nuestro viaje había llegado a la última etapa. A la mañana siguiente, Diana y yo nos despertamos temprano y pasamos a uno de los puestos de comida que estaban en las proximidades del kiosco principal del pueblo para desayunar unas sabrosas *gorditas*. Las acompañamos con nuestro respectivo café de olla. Después de disfrutar del primer, y quizás, nuestro único y último alimento sólido del día, decidimos parar en una tienda para abastecernos de fruta, nueces y agua. Estos víveres serían esenciales para el camino rumbo a la montaña.

Terminando las compras, Diana y yo nos dirigimos al 'Hotel el Real' que se encontraba a la vuelta, sobre la calle Morelos esquina con Lanzagorta.

No sabíamos exactamente a qué hora iba llegar Don Hilario, o si llegaría siquiera, sin embargo, seguimos las instrucciones del *marakame* al pie de la letra.

La noche anterior había sido luna nueva y esta mañana nos tocaba esperarlo en la sala de recibimiento del hotel. Nos dio la bienvenida una bella mujer llamada Amanecer. Ella era alta, delgada, de facciones finas, una nariz elegante y con una radiante sonrisa. Nos dijo que no había problema, que podíamos esperar al *marakame* el tiempo que fuera necesario.

Mientras tanto, nos comenzó a enseñar algunas fotografías en blanco y negro, enmarcadas en madera y colgadas en la pared, de personas que se habían quedado en este antiguo y colonial hotel.

La pared del área de recepción ostentaba retratos de Brad Pitt y de Julia Roberts. Aparentemente, estos dos actores visitaron Real de Catorce para la filmación de la película de *La Mexicana* (2001).

Amanecer nos mostró otro retrato, esta vez, de un actor de reparto de la misma película y del mismo pueblo, llamado Humberto Fernández Tristán. Dato curioso: *este actor era su padre.*

Nos enseñó un nuevo retrato en donde Humberto salía nuevamente, ahora vestido de pirata junto a otros con la misma indumentaria. Nos dijo que su papá formó parte del elenco de una película muy reconocida. Ella nos comentó que al director Gore Verbinski le cayó muy bien, y se hicieron de una amistad, además de haber trabajado con él en la película *La Mexicana*, y que cuando se llegó el tiempo del rodaje de la tercera entrega de la saga de *Los Piratas del Caribe* (2007), Gore lo convocó al equipo de producción para que volvieran a trabajar juntos.

Yo escuchaba con gran interés la historia artística de su padre; a Diana le daba igual todo eso del mundo de la farándula. En fin, las imágenes plasmadas en la pared del 'Hotel el Real' quedaron para la posteridad.

No pasó mucho tiempo cuando otra encantadora mujer llamada Melody, llegó en busca de Amanecer. Eran hermanas. Al parecer, tenían unos asuntos que atender en otro hotel.

Ambas se despidieron amablemente de nosotros, diciéndonos que podíamos esperar lo necesario, que el *marakame* ya no debía tardar mucho. Ellas sabían quién era, pues Don Hilario llegaba de vez en cuando al hotel en busca de personas que iban a la *Búsqueda de Visión*.

Le dimos las gracias por la estancia temporal. Cuando ya se habían ido, me levanté nuevamente de mi asiento para husmear los retratos colgados en la pared, sumergiéndome en el improbable descubrimiento de un fragmento de la historia de Hollywood, aquí, en un *pueblo mágico* escondido en medio de lo alto de las montañas potosinas.

***

Don Hilario llegó como nos había prometido. Un poco antes de mediodía, él, su esposa e hija, una niña de aproximadamente doce años, arribaron al hotel. Después de los pormenores y pormayores, el grupo compuesto de tres *wixárica* y dos *tewaris* se comenzó a dirigir rumbo al cerro principal del lugar, *El Quemado*.

Se anexó a nuestra expedición un *caballerango* con el nombre de Zacarías. Él llevaba consigo dos caballos, uno de nombre Violín y otro llamado Coqueto. Uno de los caballos era para la esposa de Don Hilario y el otro era para su hija. Los demás nos iríamos a pie.

Del kiosco principal, nos dirigimos en dirección al sur poniente del pueblo para rodear unas montañas enormes que cubrían la visibilidad de la planicie del desierto desde aquí arriba en Real de Catorce.

Ya en marcha, sobre las calles empedradas (las calles principales estaban construidas de esta forma), el golpeteo de las herraduras de los caballos hacía sentirme como si estuviese yo en una película del Viejo Oeste.

232

Bajamos hacia las afueras del pueblo, cruzando por un pequeño puente. La calle empedrada se terminaba, y esta se convertía en una de pura terracería, pasando entre modestas casas en donde se podía ver a algún niño jugando entretenido, a algunas gallinas y a perros criollos que no le hacían mucho caso a Violín ni a Coqueto.

Desde el momento en que Zacarías se unió al grupo, supe inmediatamente que era todo un personaje. Él y Don Hilario parecían conocerse ya desde mucho tiempo atrás, pues hablaban como dos viejos amigos. Sin pelos en la lengua y con poca vergüenza, disculpándose con la esposa del *marakame* por puro compromiso, Zacarías conversaba apasionadamente sobre su última desventura sexual con su esposa Malena, insinuando que había sufrido un episodio de impotencia y quería saber qué podía hacer para remediar semejante situación. Diana y yo hacíamos señas no verbales entre nosotros, *curándonosla* de la información sensible que Zacarías compartió, sin importarle tener a terceras personas en la proximidad. El *caballerango* le preguntó al *marakame* si el *peyote* ayudaba con este tipo de problemas fisiológicos y que si él se lo recomendaba. Hasta le confesó a Don Hilario que estaba dispuesto a intentar con el *Viagra*.

Don Hilario repentinamente me aventó la pelota.

–¿Por qué no le pregunta a aquel joven, Zacarías? –apuntando la mirada hacia mí–. Él es doctor. Seguro puede ayudarte con tu problema.

Con una mezcla de incredulidad y de bochorno, volteé a ver al *marakame* quien ya se había olvidado de Zacarías y de mí por completo, brindándole completa atención a su esposa y a su niña, asegurándose de que ellas iban seguras y cómodas.

A Zacarías se le encendieron los ojos.

–¿A poco sí es médico usted, oiga? –me preguntó dubitativo.

Asentí con la cabeza a medio corazón. Es cierto que por cuestiones como el encuentro desafortunado con Carlos, el amigo de Diana de la ciudad de México, prefería reservarme el dato de mi profesión, sin embargo, la razón principal era porque a veces, independientemente del contexto social en el que nos encontrábamos, en ciertas ocasiones, familiares, amigos, o incluso extraños, me han abordado para llevar a cabo una consulta médica gratuita sin importar la hora o el lugar.

El mejor ejemplo es como cuando me había tocado escuchar sobre las irregularidades menstruales de una *teibolera* que me pedía consejería sobre ciertas prácticas sexuales y si debería de tomar los anticonceptivos orales o no, cuando lo único que yo quería era un baile privado.

"Dios mío, solo vine a divertirme un rato, cariño."

Zacarías de pronto se olvidó de sus males en la cama y aprovechó la oportunidad para hacerme una interconsulta debido a una cuestión oftalmológica de su esposa.

–Doctor, fíjese que mi esposa Malena tiene estas telitas sobre sus dos ojos. Han ido creciendo con el tiempo y ella me dice que ya le está afectando la vista. Dice que ve borroso en ciertas partes. ¿Sabe usted a lo que me refiero? ¿Qué pudiera ser, oiga?

Sí sabía a lo que se refería. Zacarías me estaba hablando sobre un probable caso de carnosidad que había desarrollado Malena y que aparentemente había ido acrecentando con el pasar de los años.

Este es un problema relativamente común en áreas donde los rayos UV del sol están más expuestos, y además de esto, está implicado un factor hereditario.

–Necesitan operar a tu mujer, Zacarías –contesté fríamente–. Es la única forma para que se alivie por completo. Verás, hasta el día de hoy no han encon...

Diana me interrumpió.

–Miel de *melipona* –contestando por ambos–. Una operación le va a costar miles de pesos. Puede aplicarse unas gotas de miel de *melipona*, si viera usted que qué bueno es.

Pensé hacia mis adentros:

"¿Esta ya se cree doctora o qué?"

La oí hablar sobre una miel especial con quién sabe cuántas propiedades curativas que aliviaba quién sabe cuántos males. Sonreí forzadamente.

Pero si Diana era la misma mujer a quien le dije que la amaba, solamente hace unas horas. ¿Cómo podían coexistir emociones contradictorias hacia una persona al mismo tiempo? ¿Es que acaso te puedo amar y odiar a la vez? Quizás por eso dicen que las emociones son como las olas de mar; un juego incesante de polaridad. A veces cresta, a veces el valle. A veces arriba, a veces abajo. A veces triste, a veces alegre. A veces tengo miedo, otras veces soy valiente. A veces 'te odio', a veces 'te amo'.

Zacarías pareció estar haciendo un ademán para poder memorizar la información que Diana le compartió. Repetía la frase 'miel de *melipona*' varias veces para que no se le olvidara.

Por más que intentaba no agradarme, Zacarías el *caballerango* estaba ganando mi simpatía.

–Doctor, quizás usted pueda traerme la miel de *melipona* la próxima vez que nos visite. Verdad de Dios, yo se lo agradeceré, pero mi mujer se lo agradecerá aún más –imploró Zacarías.

Acepté de mala gana la encomienda, tardándome unos segundos antes de contestar.

–Claro que sí, Zacarías, cuente con ello.

–*Jaguar*, ¡qué considerado de tu parte! –molestó Diana, viendo más allá de mi forzada amabilidad.

–Se lo vamos a agradecer mucho, médico –agregó Zacarías–. Créame, la operación ni de chiste lo podemos pagar.

Zacarías probablemente tenía toda la razón. Una operación oftálmica de ese tipo no bajaba de seis mil pesos por ojo, ósea, doce mil pesos total. La familia de Zacarías era humilde y yo era consciente de que quizás no tenía esa cantidad de dinero rondando en una cuenta bancaria. Se vive austeramente y un día a la vez en el desierto; no parecía haber muchas fuentes de ingreso.

Yo sabía que unos frascos de medicamento eran mucho más accesibles y que estaban a su alcance, en comparacíon con una intervención quirúrgica, por muy necesaria que parecía ser en su momento.

***

El pueblo minero Real de Catorce había quedado atrás, y ahora nos veíamos rodeados de una inmensa planicie compuesta de tierra árida, algunos matorrales, y rocas que se extendían hacia todos lados. Montañas se asomaban en las periferias. El sol del mediodía colgaba sobre nosotros, asechante.

Al seguir avanzando por el camino montañoso, comencé a apreciar un paisaje desértico sin igual. Había pocos árboles en la ruta. Se apreciaban algunas biznagas y rosetófilos. Jamás había visto una flora parecida. Un lugar tan solitario, tan único; como salido de un sueño.

Zacarías nos contó una historia antigua increíble. Nos contó que todo el desierto de la planicie que se extendía desde las faldas de la cadena de montañas hasta más allá al poniente, estuvo completamente sumergido bajo agua en un distante pasado. Desde San Luis Potosí hasta Zacatecas, la planicie desértica en donde estaban ubicados los pueblos como El Tecolote, Estación Catorce, Wadley y Vanegas, todo eso alguna vez fue conocido como el *Mar de Tetis*. Esto fue lo que un antropólogo que Zacarías trajo a *El Quemado* una vez le compartió. Este gran océano existió en la *Era Mesozoica*, según algunos científicos, hace aproximadamente setenta millones de años. Zacarías creía que hasta Real de Catorce junto con las montañas aledañas alguna vez también estuvieron bajo agua. Él creía esto firmemente, pues nos dijo que había encontrado evidencia para respaldar esta teoría. Él tenía una colección de objetos como pequeños fósiles, conchas de mar y piedras con extraños engravados que

236

no pertenecían a la formación de rocas endémicas del desierto. Esto me parecía de lo más fascinante. Aún me estaba acostumbrando a escuchar este tipo de intervalos de tiempos.

Una característica común de la mayoría de las religiones judeocristianas (las que usan la Biblia como guía infalible) es que se denominan 'creacionistas'.

Durante toda mi vida, había creído fielmente que la Tierra no tenía más de seis mil años de antigüedad. La programación fue tal que siempre juré que los científicos estaban equivocados y que todo eso era un engaño del *diablo* para hacernos creer en la evolución.

El momento revelador para mí sucedió durante el servicio social médico, en uno de esos fines de semana que había pasado en Iturbide conviviendo con Dr. J y el padre Félix. Entre la plática salió el tema del *Big Bang*. A mi colega le extrañó de que yo no creía en la teoría. Hasta el padre Félix respaldó la teoría sobre la singularidad del universo.

Indagando en nuestras respectivas creencias y filosofías personales, Dr. J escuchó detenidamente mis argumentos para respaldar la teoría creacionista y la visión de que el mundo tenía los escasos seis mil años de existencia. Él no necesitó persuadirme de creer en el *Big Bang*, ya que de por sí, el tiempo de trece mil ochocientos millones de años, cifra que según los científicos tiene de antigüedad la Tierra, era algo que mi mente no podía siquiera concebir.

Una eternidad para *Homo sapiens*; un parpadeo para los *dioses*.

Lo único que hizo mi colega fue compartirme un dato antropológico y que si yo tenía alguna duda, que lo corroborara en un libro llamado 'Historia y Evolución de la Medicina'. Según Dr. J, los arqueólogos descubrieron cráneos a los que le habían efectuado trepanaciones, un procedimiento médico arcaico que data alrededor de 10,000 (a. C.).

Al investigar esto, se abrió la 'Caja de Pandora' del pasado para mí, obliterando mi postura original sobre la antigüedad del planeta Tierra. En resumidas cuentas, *Homo sapiens* tal como nos conocemos hoy en día, data desde hace 200,000 años, sobreviviendo así a cambios atmosféricos, a las eras de hielo y a catástrofes naturales como por ejemplo, diluvios y supervolcanes. Si esto es verdad, quiere decir que ha sido un milagro que aún seguimos existiendo como especie después de ese gran recorrido planetario.

Salvo uno que otro dato esporádico compartido por el *caballerango* Zacarías, y mis *debrayes* mentales en respuesta a dichos comentarios, casi todos avanzábamos sin entablar plática, concentrados en guardar la mayor cantidad de energía para la travesía hasta la montaña, misma que ya se había asomado en el horizonte frente a nosotros. Se veía aún lejano y a una buena distancia.

Tomábamos agua sistemáticamente. Hasta Violín y Coqueto parecían avanzar un más lentos en algunos lapsos, quizás para también conservar su energía. Al pasar el último árbol de mayor tamaño visible en el camino, se comenzó a asomar con mayor visibilidad, la silueta de *El Quemado*. La montaña parecía tener forma de un elefante, con la trompa colgando hacia el lado izquierdo y la cola hacia el lado derecho.

–¡Mira! ¡Es *Ganesha*! –exclamó emocionada Diana.

No supe a lo que se refería.

Don Hilario apuntó hacia el cerro, indicándonos que estábamos a nada de llegar.

***

Cansado y abatido, pero ya al pie del majestuoso cerro, justo frente a nosotros se manifestaba una gran aglomeración de piedras, cactus y escalones empedrados que se perdían en lo alto de la cumbre; erguida con solidez una formación milenaria de piedras abuelas, minerales, plantas desérticas, y árboles áridos. Antes del ascenso a la cima de la montaña, había una construcción redonda de piedra y de cemento, de pocos metros de altura, en donde alguien que lo cuidaba nos dio la bienvenida y nos ofreció víveres a la venta. No hubo necesidad de comprar más cosas porque Diana y yo ya veníamos preparados con todo lo necesario. Don Hilario sí compró algunos comestibles para su familia. Zacarías había amarrado a los caballos y procedió a tomarse una Coca-Cola bien helada y escarchada.

Emitió un ruido de satisfacción y placer.

–La mayoría de la gente acostumbra subir hasta aquí en caballo –nos informó Zacarías–. A algunos locos nos gusta venir a pie.

Cerca de donde se había estacionado a Violín y Coqueto, había también otro grupo de cuatro caballos, seguramente perteneciente a turistas y un *caballerango* quienes probablemente ya se encontraban en la cima.

Justo en ese momento, sudoroso, fatigado, viendo a Diana, mi amada compañera de viaje, a la familia *wixárika* y a Zacarías disfrutando de su gaseosa, tuve una epifanía: *en este preciso momento, no deseaba estar en la ceremonia para curar o sanar algo de mí. De hecho, desde hace mucho tiempo, no había sentido ese agudo dolor de la soledad o las ganas de emborracharme hasta perder la consciencia.*

Hasta este momento, me di cuenta que lo que había comenzado solamente como un viaje de sanación, eventualmente mutó en una aventura de descubrimiento, interno y externo, a través de tierras de una cultura tan colorida y diversa, tan llena de vida, que hacía sentirme orgulloso de haber vivido todos estos años en México y de haber formado parte de esta gente hasta hoy.

Entendí que los mexicanos son guerreros de la vida, que son sobrevivientes de un genocidio ideológico; sobrevivientes de la filosa espada de Cortés. Todos los

239

demás seres humanos de alguna forma u otra, también lo éramos. Sobrevivientes, guerreros, inmigrantes.

En fin, muy en el fondo, todos somos *mexicanos*.

No necesitaba haber una gran guerra para ser sobreviviente o guerrero. La lucha campal se lleva a cabo en lo cotidiano, en pulir el arte de vivir dignamente, en hacerle la guerra a nuestro enemigo invisible; al *ego* y sus defensas formidables.

También percibí que la forma de pensar de Diana me había afectado profundamente.

"Ya estoy comenzando a sonar como ella."

Sonreí traviesamente.

"¡Como todo un hippie hecho y derecho!"

Volteé a ver a Diana, mi bella *princesa* mexicana, sin que ella sospechara de mis locuras mentales. Me sentí bendecido por el hecho de haberla conocido.

Hoy había sido una mañana inolvidable. Desde el amanecer al despertar, abrazado junto a mi preciosa *Huitzil*, desayunar en un *pueblo mágico* en medio de las montañas, conocer el 'Hotel el Real', y la caminata ardua y tortuosa por el desierto; solo quedaba subir la montaña y participar en la ceremonia prehispánica que ella y yo habíamos soñado alguna vez.

La última tirada... el escalón empedrado.

Se me figuraba como los escalones de esos que te llevan a aquellos monasterios budistas o a los templos chinos, como los que salían en las películas de artes marciales. Los cientos de escalones, que cuando crees haber llegado, te das cuenta de que te quedan otros cien más por subir. Lo di todo referente a esfuerzo físico, para llegar hasta aquí. Sentí que me faltó el aire en varias ocasiones, y con justa razón. Zacarías nos lanzó el dato final; yacíamos parados a una altura de un poco menos de 3000m sobre el nivel del mar.

Diana no se veía afectada en lo más mínimo por la caminata. Hoy mi compañera de viaje vestía un sombrero de paja florido y una indumentaria artesanal que la cubría del sol. La abracé en impulso, acercándola hacia mi pecho.

El olor del cabello de mi *diosa*, una mezcla de jabón barato de hotel y el olor de la tierra desértica, penetraba mis sentidos olfativos, creando una esencia que jamás olvidaré. Nuestras manos se encontraron y nos dimos un beso amoroso; recordando el pacto final.

Ambos sabíamos que este viaje estaba pronto a culminar. Sospechábamos sin cruzar palabras, que al terminar nuestro recorrido, quizás cada quién partiría por su respectivo camino sin mirar atrás. Cada quien por su rumbo, de vuelta a nuestros respectivos mundos; ella al orgánico y yo al material.

***

En la pequeña planicie principal de la montaña, había un montículo de piedras que formaba una espiral, un vórtice *cósmico* en donde los que llegamos al *Quemado* tenemos que caminar hacia dentro de la espiral, llegar al centro y 'pedirle permiso' a la montaña de permitirnos el paso. Don Hilario nos indicó que podíamos ofrendar algo o elevar un rezo si así lo deseábamos. En la mera cima de la montaña había una capilla hecha de piedra, una iglesia ancestral prehispánica, construida para los peregrinos milenarios que habían viajado a través del desierto para dejar sus ofrendas y colgar *mandalas* de todo tipo y tamaños.

Dimos finalmente con los dueños de los caballos que habíamos visto hace rato. Era otro *caballerango* de nombre Efraín, acompañado por tres australianos.

Se encontraban dentro de la capilla, escuchando la explicación de diversas pinturas y de algunas ofrendas atípicas (o no), como los cuernos de venado, copaleras y plumas de aves. Efraín compartía datos a los turistas *aussies* sobre la cultura *wixárika*.

Los *caballerangos* parecían estar bien preparados para compartir información pertinente y veraz con los turistas curiosos.

Nosotros no teníamos prisa alguna, pues había que esperar hasta que el sol cayera por detrás del horizonte para dar inicio a la ceremonia; eran apenas las cuatro de la tarde.

La vista hacia el occidente era algo espectacular. El inmenso desierto de *Wirikuta* se extendía hasta donde el ojo humano podía ver. Hacia nuestro oriente y a sus alrededores, podíamos ver todo por donde subimos para llegar hasta acá arriba. Colgaban por los lados del cerro, inmensos valles y precipicios, así como montañas vecinas que también reinaban grandiosas a la distancia.

Al poco rato, el grupo de australianos y Efraín se despidieron de nosotros, pues el sol estaba haciendo su descenso y ellos no querían volver de noche por el camino que habíamos recorrido. Efraín le puso llave a la capilla mientras que nosotros nos pusimos cómodos en una parte lateral de la capilla de piedra. Diana y yo montamos una casa de campaña a pesar de que Don Hilario nos dijo que no la íbamos a necesitar. Según él, no íbamos a poder dormir. Zacarías tambien se despidió de nosotros.

La niña, su esposa, el *marakame*, Diana y yo, vimos al gran astro rey esconderse por detrás del horizonte, totalmente absortos con esto que sucede todos los días, pero por el contexto actual, hoy era más significativo; una belleza *cósmica* astral. Los colores como rosa espacial y naranja desértica se pintaban en el cielo, con las primeras estrellas de la noche emergiendo sobre nuestras cabezas conforme se iba oscureciendo el firmamento.

El *marakame* había traído suficiente leña, misma que iba acomodando y preparando para poder encender la fogata. Mientras aún había visibilidad, fui en busca de más trozos de madera alrededor y entre los matorrales, para que no nos faltase en caso de que la leña se quemara antes del amanecer.

242

El instrumento musical del *marakame*, de nombre *jarana* (acento en la segunda 'a'), estaba recostado a un lado de la capilla, del mismo lado en donde él había erguido la leña para construir nuestra fogata.

La esposa de Don Hilario le daba de comer algunas nueces a la niña. Ambas se habían acomodado sobre unas piedras planas no muy lejos y no muy cerca de donde se estaba encendiendo el fuego.

Don Hilario logró su cometido. Después de varios minutos, las llamas tomaron la fuerza suficiente para que el viento ya no apagara las llamas.

Ya encendida la fogata, Don Hilario nos entregó a cada quién unos cabellos de maíz e insistió en que les hiciéramos cinco nudos, teniendo en mente nuestros cinco pecados más recientes; faltas cometidas hacía otras personas o hacia uno mismo. Ya hecho los nudos, nos indicó que echáramos al fuego los cabellos de maíz. Uno por uno, fuimos depositándolos en la fogata.

Tomó la palabra nuestro guía.

–Solo somos humanos, somos seres mortales. No somos perfectos, solo *Kauyumari* es perfecto. *Kauyumari* es sin tiempo, nosotros sí tenemos fecha de caducidad. *Kauyumari* es infinito, nosotros estamos aquí hoy, pero mañana, quién sabe.

A Diana, a su esposa, a su hija y a mí, a todos nos fue entregado un botón de *peyote* que el *marakame* nos extendió, sacándolos de un pequeño morral que colgaba de su cintura. A su hija le dio un botón pequeño; a mí me dio el más grande. Nos dijo que lo comiéramos poco a poco, que podíamos masticarlo a nuestro tiempo.

La consistencia era relativamente suave, como la consistencia de un durazno medio maduro. El sabor era amargo, tan amargo (lo recuerdo hasta la fecha de hoy) que me provocó nauseas y un aumento importante en la salivación. Todos logramos comerlos por completo. Don Hilario nos repartió una segunda dosis.

El *Mara'akame* entró en modo 'ceremonia'. Sin siquiera preverlo, el aire se tornó solemne y todo cambió de repente.

–Estamos al servicio de todos nuestros hermanos y hermanas. Por ellos, estamos aquí parados sobre esta montaña. Es sagrada para los *wixárika*, es sagrada para México y es sagrada para la Humanidad. Estamos aquí por los que no pudieron estar presentes. Ha sido su destino que el camino que han recorrido los haya traído hasta aquí, jóvenes. Es el camino trazado por *Kauyumari*.

Don Hilario prosiguió.

–Estamos al servicio del universo, al servicio de la Humanidad. Un hombre que no vive para servir, no sirve para vivir. Recuérdenlo siempre, jóvenes.

Sus palabras me conmovieron.

Los ojos se me humedecieron y lágrimas rodaron por mis mejillas. Habían pasado años desde la última vez que atendí a mis pacientes con esta mentalidad, con la intención de servir; convertirme en un intermediario entre el enfermo y su sanación.

En cierto sentido, había desvirtuado la profesión *galena* debido a mis vicios y mi apatía generalizada. Los médicos deberíamos de ser un vislumbre de esperanza en el momento a veces más oscuro de la vida de un paciente, y lo mínimo que pudiéramos hacer es realizarlo de todo corazón y de la forma más responsable posible.

El reciente ruido nocturno del viento y el crujir de la leña ocasionado por las llamas del fuego, se mezclaba con un aire de contemplación y de silencio.

De repente me llegó un pensamiento. Jesucristo siempre había sido el ejemplo más cercano de cómo debería ser un médico de verdad. Con el paso del tiempo, la visión clara que había tenido desde niño hasta el primer año de Medicina, se había distorsionado. Se había distorsionado tanto que me perdí por completo. Me perdí entre mis laberintos mentales. Lo más terrible que nos puede pasar es estar perdido sin siquiera saberlo. No hay forma de hallar un camino que no andamos buscando, y

244

aun si ese camino se manifestara, no sabríamos que ese es el camino que tendríamos que tomar.

Yo había estado perdido por mucho tiempo y no lo sabía.

–Gracias por recordármelo, Don –logré murmurar.

El *Mara'akame* inclinó su cabeza ligeramente en señal de reconocimiento.

Diana estaba sentada a mi lado. Había terminado de comer su segundo *peyote*. Ella tenía la vista fija en el fuego, aparentemente hipnotizada por el vaivén de las llamas. Yo ya no oía su voz. Ella había dejado de hablar conmigo; con una introspección enfocada en el estado en el que se estaba sumergiendo.

Había pasado poco más de media hora y era probable que la *medicina* ya había comenzado a hacer efecto. Me encontraba más sensible de lo habitual. De repente, Diana comenzó a cantar en voz baja un *mantra* a la Madre Tierra. Podía oír que el canto de Diana tomaba una reverberación distinta. Era como si su voz hubiera pasado por un micrófono y unos parlantes, pues la oía con total precisión. Su voz llenaba todo el firmamento. Una vez más, las lágrimas volvieron a rodar por mi cara. No eran lágrimas de tristeza, eran lágrimas de gozo; existía una conexión misteriosa que sentía con todos y con todo lo que acontecía en estos momentos.

El mensaje de Don Hilario y el canto de Diana, todo esto me remontó a la infancia, una época en que mis padres se desvivieron por llevarnos a la iglesia cada fin de semana; una época de inocencia y alegría. Hoy había vuelto a la iglesia de mis padres; restando las cuatro parades. Solo cambió la forma. Intercambié un edificio por el vasto desierto y el cielo infinito; por la cumbre de una *montaña sagrada*.

Recordé a mis padres.

–Ojalá estuvieran aquí –pronuncié suavemente.

El *Mara'akame* logró escucharme y adivinando a las personas que aparecieron en mi mente, dijo:

–Tus viejitos están contigo ahora en estos mismos instantes, joven *Jaguar*. Aquí los llevas –y apuntó al área de su esternón–. A nuestra gente siempre la llevamos cerca del corazón. Aún después de ellos trascender, no se van. Nunca morimos. La muerte es solo una ilusión.

Don Hilario nos proporcionó a todos un tercer botón de *peyote*, con excepción de su hija.

–Come, mujer. Coman, hermanitos míos. Esta es la carne del *Venado Azul*, herencia de nuestros antepasados. *Kauyumari* nos ha guiado desde hace tiempo hasta el presente. Nos sigue guiando y lo seguirá haciendo.

De repente, mi *ego* sintió desfallecer y como buen científico, comencé a hablar sobre la química de lo que estábamos ingiriendo.

–Don Hilario, es curioso, la *mescalina*, la sustancia principal de este cactus, actúa en nuestros receptores más importantes, disparando una cascada de reacciones químicas. Serotonina y dopamina, inclusive adrenalina... ¿Sabía usted que algunos doctores también se lo daban a pacientes en los años sesenta? Claro, era sintética, pero era básicamente lo mismo.

Con voz serena, Don Hilario contestó sin abordar mi punto.

–A veces, es bueno bajarse del caballo, joven. A veces, es bueno ser humilde. A veces, es bueno no hablar de más. A veces, el intelecto es un obstáculo para llegar al verdadero conocimiento. A veces, el saber nos estorba. A veces, es bueno solamente tener fe.

Pausó para darle una mordida a su botón de *peyote* y luego prosiguió.

–La ciencia no lo es todo. Hay cosas que no se pueden explicar y que están en el mundo espiritual. Solo porque los científicos no logran entenderlo, ellos piensan que no existe. Este mundo no está hecho solamente de materia, existe el *espíritu* de la montaña, el *espíritu* de las plantas. Hay *espíritu* en todas las cosas. Pero descuide, joven *Jaguar*, *Kauyumari* le ayudará a no pensar en lo material.

La esposa de Don Hilario no había hablado en absoluto, hasta ahora, cuando pronunció lo siguiente.

–Sin apegos y sin ataduras, somos libres. Siempre hemos sido libres. Debemos recordarlo siempre. *Jícuri* nos ayuda a recordar que no somos este cuerpo. Somos alma. El alma es libre.

De pronto, recordé unas palabras de mi padre. Una vez me contó sobre la ocasión en que se graduó de la universidad en Michigan, al haber concluido con éxito su doctorado, el máximo logro académico para cualquier profesionista académico. Mi padre estaba muy orgulloso de haber terminado sus estudios.

Al concluir la graduación y al haber recibido ya su diploma, se le acercó su mentor, Chuck, y le dio uno de los consejos más invaluables en el mundo. Con un abrazo paternal, su mentor palmeó la espalda de mi padre, se separó ligeramente de él y le volvió a estrechar la mano con efusividad diciendo solamente dos palabras:

"*Se humilde.*"

Al voltear a ver al *Mara'akame*, su rostro lucía como transfigurado por el efecto de la fogata. De una forma muy extraña, a veces su rostro se transformaba en el rostro de mi padre, después vi su rostro transformarse en el de mi abuelo, y otra vez más, en el de mi padre.

Definitivamente había perdido la cordura para este entonces.

–¿Qué ves, *Jaguar*? –me preguntó Diana.

–Estoy alucinando, amor –fue lo único que pude decir mientras observaba detenidamente a Don Hilario.

Como alguien que siente ser observado por otra persona, Don Hilario levantó la mirada instintivamente por un segundo para mirarme directamente a los ojos y pronunciar dos palabras claras y audibles.

–Sé humilde.

Hubo un silencio prolongado.

Don Hilario no decía nada. El *Mara'akame* estaba absorto en su ritual, en la *Búsqueda de Visión*. Nuestro guía nos observaba de vez en vez. Don Hilario volvió a

247

repartir otros botones de *peyote* a todos, con excepción nuevamente de su hija quien ya dormía plácidamente.

Prosiguió, diciendo:

–No estamos arriba de la naturaleza. El hombre piensa que sí. Este es su gran error. Por eso destruye la Tierra y mata a muchos de los animales con crueldad. En cierto sentido, el hombre se cree *dios*, pero es un *dios* destructor, no un *dios* de amor. Todos los demás seres, desde los animalitos hasta las aves, son nuestros hermanos menores. El venado, la liebre, el águila, la rata de campo. Todos somos hijos de nuestro Padre Sol y de nuestra Madre Tierra. Nos creemos superiores, pero esto es un pensar equivocado. Mientras más consciente el animal, mayor responsabilidad tiene de proteger a sus hermanitos. Somos mayordomos de la Tierra. Hemos hecho mal trabajo en cuidarla. Hasta el *peyote* está en peligro de extinción por esta creencia humana.

El trance fue interrumpido al pronunciarse estas últimas palabras. Diana y yo nos volteamos a ver como sorprendidos. Claro que Don Hilario estaría consciente de la fragilidad de la supervivencia del sacramento de su pueblo. Claro que le preocuparía esta situación.

Como si nos leyese la mente, siguió diciendo.

–No sientan ni culpa ni remordimiento, jóvenes. Ustedes están aquí porque lo soñaron. No es casualidad. El *Venadito Azul* les permite comer de su carne en esta noche tan especial. Que les muestre su nuevo camino a seguir, una nueva visión. Solo confíen y tengan fe.

Diana sollozaba de gozo y de éxtasis total. Con ambas manos, sosteniendo su *peyotito*, comenzó a cantar un rezo que no había oído antes.

"Lo siento, perdón, te amo, gracias.
Lo siento, perdón, te amo, gracias.
Lo siento, perdón, te amo, gracias.
Lo siento, perdón, te amo, gracias."

Ella repetió esto varias veces en forma de *mantra* mientras sonreía y se conectaba con *Kauyumari*. Diana en verdad era una *diosa*, intrínsecamente unida a su amada Madre Tierra, que me sentía afortunado de presenciar semejante devoción. Era una devoción contagiosa. Nunca antes me había pasado por la cabeza las cuestiones ecológicas, ni pensaba que la explotación de recursos como deforestación, o el aumento de la urbanidad, tenía que ver con el aumento de enfermedades como cáncer, diabetes, otras enfermedades crónico-degenerativas o incluso, trastornos mentales; ni mucho menos, ya a un nivel escatológico, que la existencia y la sobrevivencia de *Homo sapiens* dependía de esto. Era nuestro mayor predicamento como especie.

En esas pláticas de alcoba, Diana me dijo alguna vez, "*Jaguar, mientras más alejado está el hombre de la naturaleza, más neurótico y ansioso se vuelve. Permanece desconectado de la fuente, de la misma Madre de todas las cosas. Está desconectado de Pachamama. Sin esa conexión, todo tipo de malestares se pueden manifestar. Entrar en comunión con la naturaleza es una necesidad inherente del ser humano. Venimos de ancestros que fueron cazadores-recolectores. Vivíamos entre cuevas y dormíamos bajo la luna y las estrellas, pizcando fruta de la tierra y cazando. Los árboles eran nuestros abuelos.*"

Los comentarios tan acertados de Diana tenían la cualidad de permitirme poner las cosas en una nueva perspectiva. Era su propio *método socrático*, su pregunta sobre 'qué era la realidad', no para dejarse convencer, no para llenar un vacío intelectual o existencial, sino por la misma razón qué Sócrates se ponía a hablar con personas y hacerles la pregunta milenaria, "*¿qué es la realidad?*"

Como un rayo caído del cielo, un esclarecimiento repentino me penetró.

–Siempre estuvo delante de mí todo este tiempo. ¿Cómo es que no lo había visto antes? ¡Ahora todo hace sentido! –exclamé de repente.

La ingesta del *peyote* ya había comenzado a hacer efecto; lo sentía recorrer todo mi cuerpo. Entre figuras geométricas alternando en mi campo visual, con colores violeta, azul, y rojo danzando como luciérnagas en un coherente frenesí, comencé de la nada a reírme como si me acabaran de contar un muy buen chiste; un gran chiste *cósmico*.

–¿No ves, querida Diana? ¡Siempre ha sido la única respuesta! –insistí con entusiasmo.

En una verborrea incesante, mis palabras salían emitidas como el hablar de un loco. Aparentemente sin sentido y sin saber si me captaba mi interlocutora o no, yo hablaba con una fe de que ella de alguna forma podía entender lo que yo trataba de explicar.

–Desde las primeras clases de Medicina nos lo dijeron. Desde el nacimiento de una célula hasta el cese de un organismo. ¡Ahí siempre ha estado!

Los ojos de Diana me penetraban amorosamente. Yo podía sentir un calor interno reparador, una *fiebre enteogénica* que contrarrestaba la helada noche sobre la montaña.

Otra vez mi locura:

–¡ATP! *Adenosina trifosfato* es la clave, Diana –le dije con mucha euforia–. La realidad es esta. La bendita *mitocondria* es la clave de la vida. ¡Energía!

La sonrisa de Diana parecía decir algo como:

"*A este ya se le zafó el tornillo.*"

Seguí compartiendo mi gran descubrimiento.

–¡Si, mujer! Desde el *Big Bang*. Siempre ha existido la energía. Es lo único que ha existido, que existe y que existirá jamás. El sol le entrega energía a las plantas, las plantas entregan esa energía a los animales, y nosotros recibimos esa energía de las plantas y de los animales. Ese alimento es la principal fuente de energía que utiliza la *mitocondria*. Qué loco, ¿no?

Y pensar que cuando hablaban de energía, yo era el primero en rehuir de esa conversación.

En un acto de fe, le dije de todo corazón:

–Diana, ¡te amo! ¡Amo tu energía!

La sonrisa de Diana brillaba con más resplandor. Sus ojos negros reflejaban el movimiento de las llamas de la fogata en esta noche desértica e invernal.

Le tomé los brazos y la acerqué a mi cuerpo.

–Amo el calor que me transmites con tu mirada. Amo la sensación de tu piel cuando roza la mía. Nuestros dos cuerpos se han tornado uno, una fusión nuclear de dos átomos haciéndose uno solo. Una intimidad holística. Me siento en casa cuando dormimos abrazados, mi amor. Pudiera oírte cantar hasta hacernos viejitos. Que seas la madre de mis hijos, ¿sabes?

El poeta dormido había renacido. Estas palabras salían desde lo más profundo de mi corazón, y Diana las recibía extática. Ella me miraba con sus grandes ojos entre sorprendida y con una alegría desbordante.

Yo seguía hablando como un demente en fase psicótica y riéndome sin control. Don Hilario nos miraba ocasionalmente, pero no nos decía nada. Parecía estar observando más que nada, las llamas de la fogata y a su familia. Pude observar por debajo de su sombrero del cual colgaban listones de varios colores, que soltó una sonrisa empática hacia mi comportamiento infantil.

Mi locura volvía.

–¡Einstein lo sabía, nena! ¡$E=mc^2$, Diana! ¿Qué no ves que todo está conectado? ¡Energía es igual a la masa multiplicado por la velocidad de la luz al cuadrado, Diana! ¡Esa es la ecuación del *Big Bang*! ¡Exponencialmente infinita y más allá!

–Ay, *Jaguar*, ya estás muy loquito –me dijo con cariño–. Ustedes los médicos no están tan cuerdos, ¿eh?

Le contesté con certeza.

–No, Diana, no estamos tan cuerdos.

Con un fuego y una claridad que nunca antes había sentido, comencé a aceptarme tal y como era, un ser humano propenso a fallar, errando de vez en cuando.

Lo veía más claro que nunca. Ahí estaba... esa energía misteriosa... desde el inicio de los tiempos... aún hasta hoy.

Mi locura volvía como oleadas de pensamientos. Un calor sin igual corría por todo mi cuerpo. Reía solo, primero, apenas audible, después emitía unas carcajadas incontrolables. Me había convertido prácticamente en un *esquizofrénico*.

–¡La energía es la clave de la vida, nena! ¿Cómo no lo había visto antes? Desde el mero inicio. Siempre ha sido de esta manera y siempre será así. Increíble, pero Einstein solamente descubrió lo que ya existía.

Diana contestó.

–*Jaguar*, estás bien loquito, ¿lo sabías? Pero así te amo.

Mi corazón reblandeció con las palabras mágicas de Diana. Un amor incondicional de color morado brotó de su pecho y viajó hacía el mío. La acerqué hacia mí y nos fundimos en un poderoso abrazo.

Podíamos sentir nuestros latidos galopando al unísono. Su cuerpo se convirtió en una extensión del mío. En este momento éramos un solo organismo.

Le conteste, diciendo:

–Sabes que yo también te amo, Diana. En este sueño que hemos creado juntos, he tenido la fortuna de ser amado por una mujer, por una *diosa*, por una *Huitzil*.

Volvimos a acomodarnos alrededor de las llamas. Diana estaba sentada justo frente a mí. Nos separaba la esplendorosa fogata que Don Hilario había encendido al atardecer.

El fuego quemaba a un ritmo desértico nocturno ancestral. Las llamas se reflejaban en los ojos luminosos de mi compañera de viaje; danzaban con mensajes de los *dioses* para nosotros los mortales. En su contraparte, sombras danzaban alrededor de los cinco de nosotros, haciendo una sincronía dual con el movimiento del fuego. Al levantar la vista por un momento, nuestras miradas se cruzaron nuevamente, y nos 'penetramos', desnudando nuestras almas palpables y vulnerables. Diana lanzó un suspiro apenas perceptible.

Con el paso del tiempo y durante nuestro viaje, había aprendido a amarla cada vez más, a respetarla más. Aprendí a amar a esta mujer sin esperar nada a cambio, a permitirle ser tal y como era, así como ella me permitía ser yo mismo.

No me juzgaba; cualidad de *diosa*.

Ella era libre, y su libertad había afectado para siempre, mi rigidez analítica. Después de esto, yo jamás sería el mismo. Algo había cambiado muy dentro de mí. Yo había intentado descifrarla, pero el misterio detrás de sus ojos solamente se había profundizado. Su universo era infinito. Jamás la entendería por completo, solamente tenía que amarla. Yo sería siempre de Marte. Ella sería siempre una venusiana.

Aún con las miradas entrecruzadas, las comisuras de los labios de esta mexicana de belleza artesanal se levantaron repentinamente; podía ver un amor *cósmico* brotar de sus ojos negros.

–*Jaguar* –escuché a Diana hablar pero sus labios no se movieron.

"*Alucinación auditiva*."

Pensé y reí conmigo, viendo como mi mente científica no se daba por vencida.

–No, *Jaguar* –contestó Diana sin volver a mover los labios–, telepatía.

Debí en ese momento haber estado perdiendo por completo la cordura. No era posible poder comunicarse con otro ser humano sin hablar, ¿o sí?

–Hermoso *Jaguar* –seguía oyendo la voz de Diana, que parecía venir de todos lados–. Cuántos kilómetros hemos recorrido para llegar hasta el fin. Cruzamos ríos, cruzamos bosques, visitamos ciudades, dormimos en un cráter, caminamos por desiertos, escalamos montañas. Y de aquí, ¿hacia dónde?

La prosa de Diana retumbó en todo el firmamento, entrando por mis oídos y por los poros de la piel. En una consecución de coloridos paisajes, seguido por más y más figuras geométricas multicolores girando en el aire, aún lo podía percibir, esa energía *cósmica*, esa energía que brota de nuestros ancestros, esa energía que nace de la Madre Tierra.

Se comenzó a destruir todo lo que yo conocía hasta ahora. Las estructuras de la sociedad se derrumbaron ante mis ojos. Mis premisas se tambalearon y caí al vacío. Mi sentido del 'yo' se había desvanecido. Me sentía parte de todo y de todos. Esto iba más allá de toda locura.

Aún, esa *energía misteriosa... resplandor*.

***

Encontré un rincón en el universo, un portal que podía cruzar para arribar a un extraño lugar en donde las líneas del tiempo y el espacio se disolvían ante mis ojos. Una supraconsciencia *jungiana* se manifestaba desde lo profundo de mi ser, convirtiendo aquella experiencia en un eterno presente, en un *continuum* efímero. La ilusión de la dualidad se hacía evidente en estos estados no ordinarios de consciencia.

Llegó un momento en que me sentí muy extraño. Por mi cuerpo, sentí recorrer una especie de corriente, parecida a una corriente eléctrica que corría desde la coronilla de la cabeza hasta la planta de los pies. O ¿era al revés? ¿Desde la planta de los pies hasta la coronilla? Sí, quizás la energía de la montaña subía por la planta de los pies, atravesando todo el sistema nervioso, el sistema musculoesquelético y cada uno de mis órganos internos, hasta salir nuevamente por la parte superior de mi cabeza. Un calor intenso recorría la base de mi cuello. Me puse de pie y de repente, sentí que flotaba. Ya no percibía estar parado sobre el suelo. El peso de la gravedad era inexistente para mí en estos momentos. No sabía qué era lo que me detenía de levitar e irme flotando hacia el vasto cosmos. Volteé a ver las botas de mis pies. Yo aún seguía parado sobre tierra firme, pero aquí sobre *El Quemado*, sentí estar suspendido en medio del firmamento.

Levanté la mirada de nuevo. El cuerpo de Diana había cambiado de forma. Brillaba resplandeciente con destellos geométricos de colores rojo, azul y violeta, manifestándose así, en diferentes patrones y secuencias. Instintivamente, extendí mi mano para que nuestros dedos se entrecruzaran.

Diana y yo éramos dos peregrinos más en busca de un hogar que quizás alguna vez perdimos. Nuestros pies cansados habían encontrado descanso junto a *Kauyumari* en esta noche desértica.

Diana habló serenamente.

–Gracias por estar, *Jaguar*. Gracias por tu energía.

Era verdad. Yo era energía masculina, ella, energía femenina. Esto era el *meollo* de todo el asunto, lo que ha propulsado la existencia del ser humano hacia futuros inciertos desde los albores de los tiempos; la danza entre hombre y mujer. Cada quién esperando para entregarle a su contraparte, a su dualidad, su más preciada energía.

Amar...

Procrear...

Formar una familia...

Preservar la vida...

Don Hilario había estado tocando su *jarana*.

–Por milenios, incontables viajeros han recorrido los desiertos y los cerros, han pasado hambre y sed, solo para llegar hasta aquí, aquí donde comenzó nuestro universo –el *Mara'akame* habló con autoridad–. Desde curanderos, cantores, músicos, poetas, nuestra gente y los *tewaris*, por años han venido aquí para comunicarse con los antepasados, para hablar con las estrellas, para *viajar* a las estrellas. Ellos han visto nacer este mundo una y otra vez con sus propios ojos. Hoy nos unimos a esos viajeros que nos han trazado el camino *cósmico*. Estamos todos conectados. Seguimos creando juntos el sueño de una nueva Humanidad.

El corazón de *Wirikuta* brotaba con la sangre del *Venado Azul*. La noche palpitaba a un ritmo infinito.

Las estrellas susurraban melodías intergalácticas; cantos milenarios remanentes de un *Big Bang*.

Mi voz reverberaba en una nueva frecuencia jamás antes concebida. *Kauyumari* corría por mi plexo solar.

De repente, volví a recordar otro sueño que tuve hace algunos años. Iba por un camino solitario. A un lado de la carretera, un arbusto a unos escasos metros de mí se había incendiado, pero el fuego quemaba ferozmente, sin consumirla. El fuego se movía en cámara lenta. En el sueño, como si el arbusto hablara, escuché una voz decir, *"ahora ya conoces el templo en donde moran los santos y los profetas del ayer."*

Esa vez desperté perplejo.

Hoy, en la cima del *Quemado*, entendí finalmente, el significado de ese sueño. El arbusto representaba mi alma, y el fuego, al *jícuri*.

El resplandor de la *mescalina* había incendiado cada rincón de mi ser. Este compuesto químico entraba y salía por todas las membranas celulares de mi cuerpo, renovándose y convirtiendo en ceniza, todo lo que en alguna vez creí.

Diana oscilaba entre mi campo de visión, pero se había convertido en fondo, en un etéreo segundo plano. Don Hilario, nuestro guía, permanecía sereno y silente frente al *abuelo fuego*; su rostro oculto por debajo del sombrero de *Mara'akame* de donde colgaban figurines hechos de chaquiras de color azul celeste. La niña hace mucho se había quedado dormida sobre el regazo de su madre; ella le acariciaba el cabello y le susurraba un canto de cuna en lengua *wixárika*.

Todo lo que observaba en estos momentos me parecía un *film*. Yo era el espectador, pero a la misma vez, el único actor presente sobre el escenario. Los demás estaban, pero a la misma vez, no estaban.

Cinco... éramos cinco los nos encontrábamos sobre la montaña.

Nada es casualidad.

El número sagrado para los *wixárika* se había manifestado, colmándonos a todos de un buen augurio. No éramos tres, no éramos seis. Éramos cinco seres humanos, cinco viajeros, cinco buscadores, cinco almas. Lágrimas brotaban de mis ojos. Eran lágrimas de gozo, eran lágrimas de tristeza, eran lágrimas de esperanza y eran lágrimas de desapego.

Estaba por iniciarse una batalla épica en la cima de *La Montaña Quemada*. Volteé a ver a mi alrededor por un momento; había visitas invisibles a los demás. En la periferia de la fogata, a nuestro alrededor, en las sombras por detrás del *Mara'akame*, su mujer, la niña y de Diana, comencé a percibir siluetas de unos seres misteriosos entre los matorrales, pernoctando en la oscuridad.

Los espectadores ocultos parecían estar divididos en dos bandos.

Por un lado estaba *Lucifer*, riéndose a carcajadas, mismas que retumbaban en todo *Wirikuta*. Estas sonaban como poderosos truenos viajando por el firmamento. Acompañándolo, con sonrisas cínicas y ominosas, pude vislumbrar a *Mammón, Beelzebub, Belfegor, Leviatán,* y *Asmodeo*. En la otra esquina del cuadrilatero *cósmico*, mirándome detenidamente y con gran interés, figuraban los que parecían ser los *guaruras* celestiales de Dios; *San Miguel, Gabriel, Rafael,* y *Uriel*.

Esta noche pude salir del laberinto.

Esta noche descubrí el significado de *Nierika*.

Esta noche pude ver con los ojos del corazón.

Esta noche me perdoné.

Esta noche la perdoné.

Esta noche luché con Dios.

Me convertí por fin en un adversario formidable, pues estaba decidido a no rendirme hasta que Él me otorgara la bendición; aun si esto me obligaba a luchar hasta la aurora o morir en el intento.

"*Así se quedó Jacob solo; y luchó con él un varón hasta que rayaba el alba. Y cuando el varón vio que no podía con él, tocó en el sitio del encaje de su muslo, y se descoyuntó el muslo de Jacob mientras con él luchaba. Y dijo: Déjame, porque raya el alba. Y Jacob le respondió: No te dejaré, si no me bendices. Y el varón le dijo: ¿Cuál es tu nombre? Y él respondió: Jacob. Y el varón le dijo: No se dirá más tu nombre Jacob, sino Israel; porque has luchado con Dios y con los hombres, y has vencido. Entonces Jacob le preguntó, y dijo: Declárame ahora tu nombre. Y el varón respondió: ¿Por qué me preguntas por mi nombre? Y lo bendijo allí. Y llamó Jacob el nombre de aquel lugar, Peniel; porque dijo: Vi a Dios cara a cara, y fue librada mi alma.*"

(Génesis 32:24-30)

*** Todos los versos de la Biblia que aparecen en este escrito fueron tomadas de la versión *Reina-Valera*.

NOTA DEL AUTOR:

En esta obra, se hace manifiesta la participación de dos personajes que son en vida real, profesionistas, ambas doctoras, mismas quienes accedieron a que mi interacción con ellas fuese plasmada tal como sucedieron. Así como el permitirme utilizar sus nombres reales, quiero agradecer de todo corazón, a la Dra. María del Rocío Ávila Padilla y a la Dra. Marcela Areli Araiza Ortiz, pues su colaboración ayudó enormemente a enriquecer el texto de una forma veraz y exponencial.

Gracias infinitas a la doctora Ávila por permitirme entrevistarla en su consultorio médico. Gracias infinitas también, a la doctora Araiza por impartir información trascendental en una charla grupal una tarde nublada en algún lugar de Guanajuato. Dicha información compartida me hizo modificar una parte importante del contenido de este texto.

Cabe mencionar que por la temática de la obra y por ejercer la profesión de doctor, he hecho lo necesario para que todos los datos científicos, médicos y similares, sean lo más precisos posible.

La incursión en la mente humana, así como también investigaciones sobre eficacia de medicamentos alopáticos o alternativos, aún sigue desenvolviéndose, asimismo como las herramientas terapéuticas para tratar enfermedades mentales como la depresión, ansiedad, y otros trastornos de la psique. Por ahora hay más evidencia empírica que investigativa sobre la mayoría de estas cuestiones, sin embargo, confío plenamente que en un futuro no muy lejano, tendremos una mayor comprensión sobre nuestros estados mentales, sobre problemas de salud pública como adicciones, dependencias y todo lo relacionado al tema.

Por último, quiero hacer hincapié en la prevención como un objetivo principal, tomando en cuenta la salud mental como parte importante, ya que forma parte de la triada de mente, cuerpo, alma. Parece ser que el bienestar óptimo se logra al tener estas tres esferas dentro del mayor equilibrio posible.

Cosas como ejercicio, la buena alimentación, y tener conexiones humanas importantes en nuestras vidas, nos pueden ayudar a contrarrestar los embates del estrés, la ansiedad, la depresión y otras cuestiones psicológicas. Si esto no ayuda, siempre podemos hablar con un profesional de la salud sobre los asuntos de la mente. No estamos solos.

Dr. Alden Clarke, médico cirujano y partero.

Enlace para album 'Divisando la Luna'

Made in the USA
Monee, IL
13 September 2025

24652931R00144